三线星空系列

丛书主编　苏世奇

SANXIAN JIANSHE WENTI YANJIU

三线建设文体研究

苏世奇　等著

上海大学出版社
·上海·

图书在版编目(CIP)数据

三线建设文体研究 / 苏世奇等著. -- 上海：上海大学出版社, 2024.12. --（三线星空系列丛书）.
ISBN 978-7-5671-5087-4

Ⅰ. I209.7；J120.97；G812.97

中国国家版本馆CIP数据核字第2024FU2977号

责任编辑　傅玉芳
封面设计　柯国富
技术编辑　金　鑫　钱宇坤

三线建设文体研究

苏世奇　等著
上海大学出版社出版发行
（上海市上大路99号　邮政编码200444）
（https://www.shupress.cn　发行热线 021-66135112）
出版人　余　洋

*

南京展望文化发展有限公司排版
上海华业装潢印刷厂有限公司印刷　各地新华书店经销
开本 710mm×1000mm　1/16　印张 16.25　字数 300千
2024年12月第1版　2024年12月第1次印刷
ISBN 978-7-5671-5087-4/G·3668　定价 68.00元

版权所有　侵权必究
如发现本书有印装质量问题请与印刷厂质量科联系
联系电话：021-56475919

总序

20世纪60年代,面对严峻的国际局势,国家作出了三线建设的重大战略决策。三线建设历时三个五年计划,到1980年,全国三线地区共投入2 052.68亿元,相当于1953—1964年这些省区投资的3倍,在中西部建成约2 000个大中型企业、设施和科研院所。三线建设无论规模还是时间跨度,都堪称新中国历史上空前的经济建设战略。在"好人好马上三线、备战备荒为人民"的感召下,数以百万计的建设者奔赴三线建设腹地,用他们的坚定信念和无私品格筑起了中国现代企业的坚实基础和交通的钢铁命脉,催生了"艰苦创业、无私奉献、团结协作、勇于创新"的三线精神。

进入新时代,党和国家的各项事业取得系列历史性成就,发生历史性变革,三线建设这一历史事件在《中国共产党党史》《中华人民共和国国史》以及《中国共产党的一百年》等著作中被大量论述。2021年2月20日,习近平总书记在党史学习教育动员大会上强调:"党的历史是最生动、最有说服力的教科书……回望过往的奋斗路,眺望前方的奋进路,我们必须把党的历史学习好、总结好,把党的成功经验传承好、发扬好。"

伴随三线建设史料的大量呈现以及多学科的共同推动,从历史学、社会学、军事学、教育学等学科视角进行学术研究的成果不断涌现,引发学界关注。然而作为与三线职工生活密切联系的生活史的书写,特别是从文学、艺术、体育的角度对三线建设职工的文化生活进行研究的成果谓为鲜见。随着岁月的流逝,时间正在把许多深刻的历史年轮抹去,大量集体记忆面临人去"忆"绝的局面,生动的文化生活史即将湮没在历史的尘埃中,对这一领域的研究无论从学术价值还是应用价值来看都显得尤为重要。

2014年10月15日,习近平总书记在文艺座谈会中发表重要讲话,指出:"文艺是时代前进的号角,最能代表一个时代的风貌,最能引领一个时代的风气。"2019年8月,贵州省委宣传部、贵州省哲学社会科学规划办公室以文化单列课题的形式立项了由笔者主持申报的"贵州三线建设口述史料搜集整理与研究"课题(课题编号:19GZWH03)。该课题选取三线建设文艺、体育这些最能代表时代风气的物象视角为切入点进行项目的展开,汇聚了上海交通大学、上海大学、贵州大学、遵义师范学院、安顺学院、贵州商学院、攀枝花学院、六盘水师范学院等院校的三线建设研究学者,展开全方位的史料搜集整理与研究,以期丰富学界的研究视域和内涵。

三年时间,课题组成员须臾不敢停歇。作为国内首次以团队合作的形式关注三线建设文艺、体育的研究成果,本著述初步划定了三线建设文艺、体育研究的学科边界,对三线建设音乐、体育、美术、广播、文学等的学科概念、内涵进行了厘定,对其功能进行了探究,对相关领域的研究内容、研究方法以及未来的研究路径进行了学理性的思考。正如《2019年三线建设研究述评》(徐有威、张程程,2020)所言,"三线建设研究在近年来已逐渐成为中国当代史研究中的热点领域。2019年对于三线建设研究而言是一个丰收之年,回首该年的三线建设研究成果,三线建设文艺研究的系列成果是三线建设研究领域中较为新颖的视角,值得探索与研究"。

三线建设文艺研究进一步拓宽了三线建设研究的学科范围,丰富了三线建设研究的内涵,为学界此后在该领域的深入研究提供了史料支撑和研究先例。同时,课题组在关注历史的同时进一步连通当下,积极参与后三线建设时期三线建设文艺作品创作以及当下三线精神的传承与弘扬、三线建设工业遗产的保护与开发,在读懂历史的同时更关注当下三线地区的经济、文化建设,先后多次组织相关专家为区域三线建设文化品牌的打造及工业遗产的保护、开发和利用提供决策咨询。《2020年三线建设研究述评》(徐有威、张程程,2021)认为,"2020年是三线建设研究的重要一年,有100余篇相关研究论文相继问世,新问题的探讨如三线建设与乡村振兴、音乐史研究等诸多方面得到进一步加强"。2020年三线建设研究的特点包括"重视概念与内涵的辨析"、"多学科交流互动进一步增强"、"注重历史与现实的对话",这些评论也为本研究作了最好的脚注。

三线建设时期,由于三线企业靠山、分散、隐蔽的空间属性和建设者特殊的身份构成,使其迫切需要精神生活的支撑。文艺、体育工作者作为厂矿的活跃分子,给单位职工带来了多样化的精神享受。在三线建设者的世界,文体从业者如明星一样存在,给大家留下了难以磨灭的记忆。所以,课题组在对所搜集到的史料进行全方位的审视、对其中的学理进行多方论证和构建之后,取"三线星空"之名统摄史料收集和学术研究成果,凝聚成"三线星空系列"著作,以期实现从史料搜集整理到理论研究的自然过渡。

2019—2022年,疫情给口述访谈和田野调查工作带来了诸多不便,课题组通过各种方式解决研究中遇到的困难,只争朝夕,完成了预期目标。

随着研究的不断深入,新的研究内容已经出现,如今,春暖花开,我们将继续满怀激情地走在三线建设研究的大道上……

苏世奇
2024年春于颍州西湖

序言：奏响三线建设研究的璀璨华章

徐有威

60年前的1964年的春夏之交，毛泽东和中共中央作出了在全国范围内发动三线建设的决定。斗转星移，穿越了60年时空，拂去了历史的尘埃，三线建设已成为共和国历史上一个响当当的名词、一张亮丽的名片。现在放在我们面前的这本苏世奇教授领衔撰写的《三线建设文体研究》，则是三线建设研究的最新著作。

三线建设，作为共和国历史进程中一段极具战略意义与深远影响的特殊时期，近年来已成为学术界高度关注的焦点领域之一。三线建设研究虽如火如荼，但从文艺和体育的视角展开系统研究的成果较为匮乏。文艺与体育作为社会文化的关键构成要素，在三线建设时期无疑发挥了不可忽视的重要作用。它们不仅极大地丰富了三线建设者们的精神生活，更是三线建设精神的重要承载与传播载体。因此，从文艺、体育视角深入探究三线建设，对于全面且深刻地理解三线建设的历史价值与文化价值，意义重大。

世奇教授对三线建设音乐的研究可谓持之以恒、锲而不舍。从相关课题立项伊始，他便全身心地投入其中，耗费了大量的时间与精力。他不畏艰辛，深入走访三线建设地区，对当年的文艺从业者进行了广泛而深入的采访，成功收集到了大量极为珍贵的第一手资料。在研究过程中，他勇于探索创新，灵活运用多种前沿的研究方法，力求全面、准确且深入地揭示三线建设音乐的丰富内涵与重大价值。历经多年的不懈努力，他在三线建设音乐研究领域取得了一系列成果，先后发表了多篇高质量学术论文,填补了相应的研究空白,在学术界引起了广泛的关注与反响。

如今,世奇教授与国内多所知名院校的青年学者齐心协力共同撰写的这本《三线建设文体研究》著作,是他策划的"三线星空系列"著作中的一部。世奇教授完成了全文的校对、润色工作,撰写了总序、绪论、第一章和后记的相关内容,为整部著作奠定了基本的格调和风格。在这部著作中,攀枝花学院王华博士为我们展现了三线建设体育的丰富内涵与积极影响,攀枝花学院马宏强副教授带我们领略了三线建设美术在不同阶段的独特魅力与价值,攀枝花学院许见军博士剖析了三线建设文学中的家国情怀与创作特征,上海交通大学张杨副教授系统回顾了近代中国广播事业的发展以及三线厂的广播宣传历史,上海静安区委党校邹富敏老师则全面阐述了三线厂的文体公共空间在不同方面的重要作用。这种由多位学者携手合作的模式,充分展现了青年学者们对学术的执着坚守与勇于探索的态度,着实值得大力提倡与弘扬。世奇教授及其团队以实际行动诠释了其学术研究的价值追寻与实践意义,为年轻一代的学者树立了榜样。

本书作为第一部全面系统地研究三线建设文艺与体育的学术著作,具有一定的学术价值与现实意义。世奇教授和他的团队以严谨科学的学术态度、扎实深厚的研究功底以及创新进取的研究方法,为我们呈现了一部精彩纷呈的学术力作。然而在深入阅读的过程中,也发现了一些可以进一步完善与深化的地方。某些特定领域的研究尚存在进一步深入挖掘的空间,在研究方法的运用上可以更加多元化与创新化,在内容的呈现形式上可以更加丰富多彩。

2021年7月,我曾经远赴贵州六盘水。在这个举世闻名的凉都,出席了世奇教授主办的项目推进暨学科建设研讨会,目睹在他的带领下,一群志同道合的朋友摩拳擦掌,在为三线建设研究添砖加瓦。我要为他们的工作鼓掌喝彩,也为正走在三线建设研究大道上的所有奋斗者鼓掌喝彩!

徐有威

2024 年 11 月 28 日

作者系上海大学文学院历史系二级教授,博士生导师,上海大学中国三线建设研究中心副主任。2013年度国家社科基金重大项目"小三线建设资料的整理与研究"首席专家。

目 录

绪论 ·· 1
  一、研究现状、研究意义及研究对象 ············· 1
  二、总体框架、重点难点及主要目标 ············· 4
  三、概念界定、研究思路及研究方法 ············· 6

第一章　三线建设音乐 ·· 9
  第一节　三线建设音乐的概念、内涵与研究方法 ······ 9
    一、三线建设的概念与分期 ··························· 10
    二、三线建设音乐的概念厘定 ······················· 11
    三、三线建设音乐的内涵 ······························ 15
    四、三线建设音乐的研究方法 ······················· 21
  第二节　三线建设时期内迁职工的音乐生活 ··········· 25
    一、研究的视角、个案与维度 ······················· 26
    二、内迁职工的社会生活 ······························ 28
    三、六盘水三线建设单位职工的音乐生活 ···· 30
    四、西南三线建设时期内迁职工的音乐生活 ····· 41
  小结 ··· 42

第二章　三线建设体育 ·· 45
  第一节　三线建设的环境与文化生活 ······················ 45
    一、三线建设的环境 ····································· 45
    二、三线建设的文化生活 ······························ 48

第二节 体育活动的开展 ··· 49
　　一、机构成立与经费保障 ··· 50
　　二、体育活动场地的建设 ··· 51
　　三、体育活动的快速发展 ··· 53
第三节 体育活动的影响 ··· 55
　　一、丰富文化生活 ··· 55
　　二、提高工作效率 ··· 56
　　三、增强集体意识 ··· 56
　　四、强化身份认同 ··· 57
　　五、促进人才培养 ··· 58
　　六、促进工农互助 ··· 60
第四节 体育活动的特征 ··· 65
　　一、职工文化生活的主要手段 ····································· 66
　　二、体育活动与思想政治紧密结合 ································· 68
小结 ··· 71

第三章 三线建设美术 ·· 74
第一节 三线建设美术的概念 ··· 75
　　一、三线建设与工业题材美术 ····································· 75
　　二、三线建设工业美术的内涵 ····································· 76
第二节 三线建设题材美术的四个阶段 ································· 77
　　一、笔墨转型的中国画表达社会主义图景(1964—1976) ··············· 77
　　二、"文革"美术与反思(1966—1977) ····························· 78
　　三、改革开放和现代化建设的发展时期的美术(1978—1991) ··········· 80
　　四、多元与繁荣(1992—2000) ····································· 82
第三节 三线建设时期不同领域的美术作品 ····························· 83
　　一、四川(川渝)版画 ·· 84
　　二、攀钢工业题材版画 ··· 86
　　三、武汉中冶版画 ··· 89

四、铁路建设美术与大路画派 …………………………………… 90
　　五、林业美术作品 ………………………………………………… 93
　　六、水利电力工程建设美术作品 ………………………………… 94
　　七、煤矿工业美术作品 …………………………………………… 97
　　八、石油化工业美术作品 ………………………………………… 98
　　九、"两弹一星"、航空等国防科技美术作品 ………………… 100
　小结 …………………………………………………………………… 101

第四章　三线建设文学 …………………………………………… 103
第一节　三线建设文学的概念 …………………………………… 103
　　一、三线建设与三线建设文学 …………………………………… 103
　　二、三线建设文学的内涵 ………………………………………… 105
　　三、三线建设文学的社会价值 …………………………………… 107
第二节　三线建设文学中的家国情怀 …………………………… 111
　　一、保家卫国的战斗激情 ………………………………………… 112
　　二、忠于党、歌颂领袖毛主席 …………………………………… 115
　　三、一心为公的忘我工作 ………………………………………… 119
第三节　三线建设文学的创作特征 ……………………………… 123
　　一、塑造英勇战斗的工人阶级形象 ……………………………… 123
　　二、展现民族团结的三线建设生活 ……………………………… 127
　　三、省略号在诗歌中的大量运用 ………………………………… 132
　　四、《忻山红——短篇小说集》中的毛主席语录 ……………… 137
第四节　三线建设文学的评价 …………………………………… 142
　　一、符号意义的确定性 …………………………………………… 142
　　二、文学情感的现实性 …………………………………………… 143
　　三、高度理性话语的编织 ………………………………………… 146
　小结 …………………………………………………………………… 151

第五章　三线厂的广播宣传 ……………………………………… 153
第一节　近代中国广播事业的发展 ……………………………… 154

一、民国时期中国广播事业的发展⋯⋯⋯⋯⋯⋯⋯⋯⋯⋯⋯ 155
　　二、中国共产党广播事业的起步与建设⋯⋯⋯⋯⋯⋯⋯⋯⋯ 159
　第二节　三线地区广播网络的形成⋯⋯⋯⋯⋯⋯⋯⋯⋯⋯⋯⋯⋯ 165
　　一、中央与地方电台备战⋯⋯⋯⋯⋯⋯⋯⋯⋯⋯⋯⋯⋯⋯⋯ 166
　　二、广播器材生产企业内迁和新建⋯⋯⋯⋯⋯⋯⋯⋯⋯⋯⋯ 170
　　三、农村广播线路与三线厂广播站建设⋯⋯⋯⋯⋯⋯⋯⋯⋯ 175
　第三节　三线企业广播的内容和功能⋯⋯⋯⋯⋯⋯⋯⋯⋯⋯⋯⋯ 180
　　一、三线广播员的选拔⋯⋯⋯⋯⋯⋯⋯⋯⋯⋯⋯⋯⋯⋯⋯⋯ 181
　　二、三线广播的播音内容⋯⋯⋯⋯⋯⋯⋯⋯⋯⋯⋯⋯⋯⋯⋯ 187
　　三、三线广播的功能⋯⋯⋯⋯⋯⋯⋯⋯⋯⋯⋯⋯⋯⋯⋯⋯⋯ 193
　小结⋯⋯⋯⋯⋯⋯⋯⋯⋯⋯⋯⋯⋯⋯⋯⋯⋯⋯⋯⋯⋯⋯⋯⋯⋯⋯ 199

第六章　三线厂的文体公共空间⋯⋯⋯⋯⋯⋯⋯⋯⋯⋯⋯⋯⋯⋯⋯ 201
　第一节　有限空间里开辟的公共空间⋯⋯⋯⋯⋯⋯⋯⋯⋯⋯⋯⋯ 202
　　一、空间困境⋯⋯⋯⋯⋯⋯⋯⋯⋯⋯⋯⋯⋯⋯⋯⋯⋯⋯⋯⋯ 202
　　二、空间需求类型⋯⋯⋯⋯⋯⋯⋯⋯⋯⋯⋯⋯⋯⋯⋯⋯⋯⋯ 206
　　三、夹缝中建设的公共空间⋯⋯⋯⋯⋯⋯⋯⋯⋯⋯⋯⋯⋯⋯ 208
　第二节　成为刚需的三线企事业单位公共空间⋯⋯⋯⋯⋯⋯⋯⋯ 210
　　一、稳定生产情绪的必然⋯⋯⋯⋯⋯⋯⋯⋯⋯⋯⋯⋯⋯⋯⋯ 211
　　二、保障生活福利的必然⋯⋯⋯⋯⋯⋯⋯⋯⋯⋯⋯⋯⋯⋯⋯ 213
　　三、满足精神需求的必然⋯⋯⋯⋯⋯⋯⋯⋯⋯⋯⋯⋯⋯⋯⋯ 214
　第三节　三线企事业单位公共空间的建设⋯⋯⋯⋯⋯⋯⋯⋯⋯⋯ 216
　　一、可用空间的开源⋯⋯⋯⋯⋯⋯⋯⋯⋯⋯⋯⋯⋯⋯⋯⋯⋯ 216
　　二、公共空间的建设与优化⋯⋯⋯⋯⋯⋯⋯⋯⋯⋯⋯⋯⋯⋯ 218
　　三、公共空间的建设原则⋯⋯⋯⋯⋯⋯⋯⋯⋯⋯⋯⋯⋯⋯⋯ 220
　第四节　三线企事业单位公共空间的功用⋯⋯⋯⋯⋯⋯⋯⋯⋯⋯ 221
　　一、集体事务的延伸区⋯⋯⋯⋯⋯⋯⋯⋯⋯⋯⋯⋯⋯⋯⋯⋯ 222
　　二、生活服务的供给处⋯⋯⋯⋯⋯⋯⋯⋯⋯⋯⋯⋯⋯⋯⋯⋯ 223
　　三、社会交往的活动点⋯⋯⋯⋯⋯⋯⋯⋯⋯⋯⋯⋯⋯⋯⋯⋯ 224
　第五节　公共空间与效益转化⋯⋯⋯⋯⋯⋯⋯⋯⋯⋯⋯⋯⋯⋯⋯ 225

一、直接的生产效益 …………………………………… 226
二、生产后方的稳定 …………………………………… 227
三、内外部环境的优化 ………………………………… 228
小结 ……………………………………………………… 229

结论 ………………………………………………………… 231
参考文献 …………………………………………………… 234
后记 ………………………………………………………… 244

绪　　论

一、研究现状、研究意义及研究对象

(一)研究现状

课题组通过文献检索与口述访谈,从国内外三线建设的研究进程和研究内容两大方面对三线建设文艺研究的现状作了相关的学术史梳理。

1. 三线建设研究进程

就三线建设研究进程来看,基本可以划分为如下三个阶段:

20世纪80年代以前的保密阶段。由于特殊的时代背景,紧张的国际局势,这一阶段的三线建设基本处于保密状态,对其进行学术研究的成果寥寥无几。

20世纪80年代至20世纪末的起步阶段。这一阶段由于国际局势缓和,逐步出现了相关的文论,内容主要集中在三线建设的历史评价和三线企业的调整改造方面。历史评价方面如《对三线建设的一些认识》[①]、《研究新的标准,正确评价三线军工企业》[②]、《我国三线建设及其得失浅析》[③]等;三线企业的调整改造方面如《三线军工企业的发展及其面临的问题》[④]、《对云南三线军工企业调整改造的意见》[⑤]等。总体来看,这一时期的研究主要集中在对经验的总结、对现实问题的解决等方面。

---

① 辛文.对三线建设的一些认识[J].计划经济研究,1982(8).
② 赵锡斌.研究新的标准,正确评价三线军工企业[J].武汉大学学报(社会科学版),1987(3).
③ 李宗植.我国三线建设及其得失浅析[J].兰州大学学报(自然科学版),1988(3).
④ 曹立家.三线军工企业的发展及其面临的问题[J].科技进步与对策,1986(8).
⑤ 张怀渝,张德.对云南三线军工企业调整改造的意见[J].经济问题探索,1986(12).

21世纪至今的发展阶段。世纪之初,国家正式出台和实施西部大开发战略,三线建设与西部大开发问题受到学界广泛关注,研究成果剧增。学界以此为契机,一些问题被重新思考和讨论。一是围绕三线建设与西部大开发这一热点问题展开学术研究,如《三线建设——备战时期的西部开发》[①]、《中国共产党与三线建设》[②]等;二是学术界开始重视三线建设历史史料的搜集、挖掘和整理,扎实地做好三线建设研究的基础性工作,如《口述上海——小三线建设》[③]、《六盘水三线建设志》[④]、《遵义三线建设志》[⑤]、《永恒的记忆》[⑥]、《创业——三线建设在贵阳》[⑦]等;三是三线建设研究开始逐步走出"散兵作战"状态。2012年首届"三线建设史学术研讨会"召开之后,2013年再次召开了全国第二届三线建设学术研讨会,至今未曾间断。2014年3月,中华人民共和国国史学会三线建设研究分会在北京正式成立,"中国三线建设研究网"门户网站也已开通上线。国家级、省部级三线建设研究重大、一般课题相继立项,多学科交织、多领域并行渐成趋势[⑧]。

2. 三线建设的研究内容

就三线建设文艺、体育等领域的研究内容而言,近年来相关成果零星出现,如《历史记忆的文学书写——40年来三线建设题材小说创作与出版述评》[⑨]一文从宏观上梳理了四十年来三线建设题材小说的创作脉络,具有一定的理论和现实意义;《"三线建设音乐"的概念、内涵与研究方法》[⑩]、《三线建设时期内迁职工的文艺生活——以音乐生活为中心》[⑪]两文分别探讨了三线建设音乐的概念、内涵、研究方法以及三线建设文艺生活的类型,为此后相关研究提供了基本的方法

---

① 陈东林.三线建设:备战时期的西部开发[M].北京:中共中央党校出版社,2003.
② 陈东林.中国共产党与三线建设[M].北京:中共党史出版社,2014.
③ 徐有威主编.口述上海:小三线建设[M].上海:上海教育出版社,2013.
④ 六盘水市地方志编撰委员会.六盘水三线建设志[M].北京:当代中国出版社,2014.
⑤ 遵义市地方志编撰委员会.遵义三线建设志[M].北京:中国文史出版社,2016.
⑥ 六盘水市政协学习文史和联谊委员会.永恒的记忆[M].贵阳:贵州人民出版社,2018.
⑦ 中共贵阳市委党史研究室.创业——三线建设在贵阳(内部资料),2013.
⑧ 徐有威.2020年三线建设研究述评[J].三峡大学学报,2021(7).
⑨ 王小平.历史记忆的文学书写——40年来三线建设题材小说创作与出版述评[J].中华文化论坛,2016(12).
⑩ 苏世奇.三线建设音乐的概念、内涵与研究方法[J].人民音乐,2020(10).
⑪ 苏世奇.三线建设时期内迁职工的集体文艺生活——以音乐生活为中心[J].华中师范大学学报(人文社会科学版),2021(1).

和研究边界;《三线建设遗存建筑的类型与空间特征研究》①、《中国集体形制及其建成环境与空间意志探隐》②、《中国单位制度空间范型的探索性分析》③以及《公共空间对三线建设的非生产性贡献——以上海小三线礼堂为中心的研究》④等文则关注于三线建设文艺活动的空间问题,为三线建设文艺活动空间的研究提供了多样化的视角;《攀西地域文化视野下攀枝花地域美术特征研究》⑤与《山西省三线建设职工群体研究——以 4370 厂、4542 厂、音响厂为例》⑥、《建国初期西安工厂体育文化发展研究(1949 年—1966 年)》⑦则分别分析了三线建设美术特征及职工文体活动的宏观情况,为推进相关领域深入研究提供了素材。

纵览学界的研究成果,从研究视角上来看,立足宏观视野对三线建设进行整体性宏大叙事研究较多,从微观入手的专题性研究有待加强;从研究对象上来看,关注领袖人物在三线建设中的决策、思想和活动的较多,对普通建设者的研究仍有较大空间;从学科分类上来看,从历史学、政治学、社会学、经济学、管理学、军事学等学科视角出发,进行学术研究的成果较多,而从文学、艺术学、体育学等学科出发研究三线建设,特别是关注文艺、体育活动在社会变迁与功能维系的成果则少之又少。

基于此,本课题认为宜采用微观切入、中观发力、宏观叙事的学术视角勾勒三线建设的时代"肖像"。微观方面以最能代表时代风貌的三线建设时期的文体活动为切入点,中观方面探寻三线建设历史文化的功能与意义为要,最终实现三线建设历史进程宏观方面多维观照的学术目标。立足"口述史实与确定性史实"相互参照的学术立场,通过个体感受与集体记忆的有机融合,使口述的实录与档

---

① 袁磊,万涛,徐利权.三线建设遗存建筑的类型与空间特征研究[J].华中建筑,2020(11).
② 谭刚毅.中国集体形制及其建成环境与空间意志探隐[J].新建筑,2018(5).
③ 肖作鹏,刘天宝,柴彦威.中国单位制度空间范型的探索性分析[J].新建筑,2018(5).
④ 邹富敏,徐有威.公共空间对三线建设的非生产性贡献——以上海小三线礼堂为中心的研究[J].上海党史与党建,2020(5).
⑤ 杨叶.攀西地域文化视野下攀枝花地域美术特征研究[J].美术教育研究,2021(6).
⑥ 刘锐旭.山西省三线建设职工群体研究——以 4370 厂、4542 厂、音响厂为例[D].太原理工大学,2019.
⑦ 岳琳.建国初期西安工厂体育文化发展研究(1949 年—1966 年)[D].陕西师范大学,2014.

案的留存构成互为关照的书写基础,解读三线建设历史文化与时代的互动关系,探究文化形态与社会生态同频共振的内在机理和当下意义,这样的研究将具有足够的创新空间。

(二)研究意义及研究对象

1. 研究意义

从文艺、体育等最能代表三线人生活与精神世界的视角入手进行学术探讨,以口述史特有的生动性与鲜活性,还原即将消失的三线建设历史文化,缝合即将断裂的区域文化历史,这样的文本表达能够完成三线精神的重拾与回望、革命情怀的传播与弘扬,更能够通过对英雄精神的重塑扩大区域的文化影响,引领时代风气,构建民族精神的时代坐标。这样的研究不但可以丰富当下文艺创作的素材,更能够通过对其与意识形态、社会生态、心理图式、生成逻辑的学理探寻,为新时代乡村振兴、文旅结合提供智力支持。

2. 研究对象

通过历史信息搜寻、学术查找,本研究从学界关注较少的三线建设文艺、体育物象切入,以三线建设时期煤炭行业、冶金行业、航天、航空、电子机械等领域的音乐活动、体育活动、美术创作、文学创作、广播宣传、露天电影以及文艺展演实践的空间等为研究对象。

二、总体框架、重点难点及主要目标

(一)总体框架

1. 口文并重,寻找史实

口述史实与确定性史实的双重关照以及个体感受与集体记忆的有机融合,使口述史实避免了因个人的好恶、记忆的局限而形成的对既定史实有意无意间的掩饰与修改,所呈现出的生动、鲜活的评价性表达将更接近于历史的真相。

2. 横纵对比,洞悉规律

(1)横向考察。将三线文化置于三线建设时期特有的社会意识形态、独特的地理环境生态、多元的人文历史业态这一横向的意义之网中,对比不同领域的三线建设文化在历史表现、功能意义之间的异同,洞悉生成的逻辑要素、发展的趋势以及消亡的进程,完成时代意义的横向考察。

(2)纵向考察。将横向历史之"纬"线置于纵向的历史发展之"经"线中,将三线建设时期、后三线建设时期的三线文艺进行纵向比较,寻求同一区域及不同区域内不同历史时期文化的形态之异与规律之同。

3. 立足当下,预测未来

(1)社会学的角度。探讨审美多元化的当下,文艺创作在乡村振兴的历史进程中如何重塑革命精神、重拾历史记忆。

(2)人类学的角度。研究三线文化在历史构成、社会维系中的内在逻辑关系,寻求三线文化在新时代对人民群众价值引导、精神引领、审美启迪等方面的实现方法与路径。

(3)文化学的角度。关注新时代多民族地区的文化要素与创作主题,在文化构成的内在逻辑中完成民族文化、红色文化的创造性转化,用文艺为时代"画像",绘精神图谱。

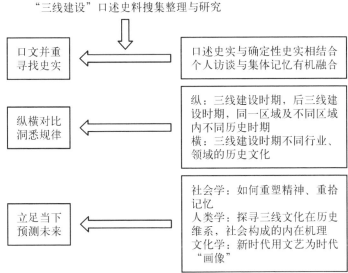

(二)研究重点与难点

1. 研究重点

口述史实真实呈现。如何真实准确地再现三线建设历史文化,探寻三线建设文化与特殊时代背景的内在逻辑关系。

2. 研究难点

内在规律合理揭示。如何揭示三线建设文化在历史构成、社会维系的横向坐标与历史纵向进程中关键节点、重大事件所产生文化现象的内在关联,探寻三线文化生成的内在逻辑及发展趋势。

(三) 主要目标

1. 微观方面

寻觅三线建设文艺、体育的生成逻辑与时代特征,为新时代红色资源的创造性转化提供理论基础。

2. 中观方面

探寻三线建设文化的功能与意义,研究三线建设文化产生、发展与社会变迁之间的特殊规律。

3. 宏观方面

关注三线建设的历史进程,勾勒三线建设文艺、体育的历史脉络。

立足"口述史实与确定性史实相互参照,个体感受与集体记忆有机融合"的学术立场,解读三线建设历史文化与时代的互动关系,探究三线文化与社会生态的内在机理和当下意义,为政府有关管理部门提供决策参考依据。

三、概念界定、研究思路及研究方法

(一) 概念界定

1. 三线建设分期

三线建设的研究问题,学界多从建设期[①](20 世纪 60 年代至 80 年代)和调整改造期[②][③](20 世纪 80 年代至 21 世纪初)两个时期进行探讨。

建设期以《关于国民经济建设如何防备敌人突然袭击问题的报告》(1964 年 8 月 19 日)被批复和《关于第三个五年计划安排情况的汇报纲要(草案)》在中共中央会议(1965 年 9 月 18 日—10 月 12 日)中被讨论通过为主要标志。作为新

---

① 武力.《三线建设——备战时期的西部开发》简介[J].中国经济史研究,2003(4).
② 李彩华.三线建设调整改造的历史考察[J].当代中国研究,2002(3).
③ 周明长.三线建设调整改造与重点区域城市发展[J].贵州社会科学,2016(10).

中国建设史上的一次大移民,建设期的十余年间累计投入资金2 000多亿元人民币(几乎占到同期国家基本建设总投资的五分之二),涉及500余万名不同行业、领域、战线的工人、知识分子、解放军官兵及数以千万计的民工,对国民经济、产业布局、文化传播等多方面起到了深远的影响。

调整改造期的标志性文件是1983年12月3日国务院下发的《关于成立三线建设调整改造规划办公室的通知》,此后调整工作有序展开。"2006年1月4日,国防科工委主任张云川在2006年全国国防科技工业工作会议的工作报告中宣布三线调迁工作全部完成。"[①]至此,三线建设全部结束。

虽然历史的发展进程与文艺、体育的发展脉络不一定完全一致,但历史的发展阶段为文艺、体育的研究提供了重要的参考坐标。

2. 三线建设文艺

文艺是文学和艺术的统称,主要包含语言艺术、表演艺术、造型艺术和综合艺术等。三线建设文艺则关注于和三线建设时期、场域、题材,对三线建设者的生产、生活产生影响的文学和艺术品种及类型。三线建设分为建设期(20世纪60至80年代)和调整改造期(20世纪80年代至21世纪初),由于历史观察的时间效度问题,故本研究重点关注前者。

(二) 研究思路及研究方法

1. 研究思路

论从史出,关注当下。立足"情境论"的论证模式,采取以点带面、以局部观整体的基本逻辑,历史地去认识三线建设文艺发展的时代轨迹。强调纵、横考察相结合的方法,在"历史视域"与"当代视域"互证的前提下,剖析三线建设文艺的内在逻辑,实现"三线精神""三线建设文艺"在新时代的功能转换。

2. 研究方法

(1) 文献法、数据分析法。对地方志书、档案文存等文本资料、数据资料进行系统梳理,寻觅三线建设历史的重要信息。

(2) 访谈法。对三线企业、三线建设工作者进行深度访谈,丰富文献的零散记录,形成完整的历史架构。

(3) 比较法。通过文献记载与口述实录的比较,确定史实,避免口述史实因

---

① 陈东林.中国共产党与三线建设[M].北京:中共党史出版社,2014:620-621.

个人的好恶或记忆的局限而疏远或有悖于历史的真相。

（4）推演法。考察个案在特定历史阶段中的发生和嬗变,审视三线建设文艺、体育在历史背景中发展的逻辑序列。

第一章

三线建设音乐

第一节　三线建设音乐的概念、
　　　　　内涵与研究方法

20世纪60年代,迫于严峻的国际局势,在我国的中西部地区掀起了一场以"备战"为首要任务的基础工业建设,史称三线建设。来自祖国各地数以万计的建设者们在大山深处杳无人烟之所,创造了一个个工业奇迹,三线建设史也由此成为国史、党史、工业史、移民史的重要组成部分。随着大量历史档案的解密和各学科的推动,近年来三线建设专题研究不断升温:三线建设与领导人[1],与西部大开发[2],与工业、国防布局[3],与城市化发展[4]等方面的研究一度成为热点;三线建设与多学科的交叉渗透衍生了众多研究课题,取得了国家社科基金重大项目[5]、教育部哲学社科研究重大攻关项目[6]等多项科研资助,推动了三线建设研究持续、深入地开展。

---

[1] 陈东林.评价毛泽东三线建设决策的三个新视角[J].毛泽东邓小平理论研究,2012(8).
[2] 王庭科.三线建设与西部大开发[J].党的文献,2000(6).
[3] 王毅,万黎明.三线建设中川渝地区国防企业发展与布局[J].西南交通大学学报(社会科学版),2018(1).
[4] 周明长.三线建设与宁夏城市化[J].宁夏社会科学,2018(3).
[5] 2013年11月,上海大学徐有威教授主持的"'小三线'建设资料的整理与研究"获得国家哲学社科规划重大项目立项。
[6] 2018年10月,四川大学李德英教授主持的"三线建设历史资料搜集整理与研究"获得2018年度教育部哲学社会科学研究重大课题攻关项目立项。

在精神生活极度匮乏的三线建设时期,一大批建设者用自己的聪明才智,创作、传播了大量紧扣时代脉搏的音乐作品,充分调动了音乐审美鼓舞人心的功能,彰显了英雄主义精神的时代意义,然而由于三线建设音乐游离于三线建设的主要任务而未被大量记入档案,使关于三线建设音乐的确定性史实似乎难以寻觅。又由于大量客观原因使学界对于三线建设音乐领域口述史料关注较少,使大量留存于人们记忆中的口述史实没有得到充分的挖掘,进而出现了关于三线建设音乐确定史实与口述史实严重缺乏的现状。随着历史的推移,许多三线建设时期的音乐文艺工作者相继离世,大量口述记忆也正在快速蒸发,一段红色文化的革命音乐历史即将湮没在历史的尘埃中。因此,对三线建设音乐的历史进行抢救性整理与研究就显得迫在眉睫。这样的研究不仅能够丰富当代音乐历史研究的内涵,为当代音乐史研究提供新的研究视野,更能为史学界三线建设研究提供鲜活的案例。

因此,为避免后续研究的"源头混乱"与"靶心模糊",本节试从三线建设音乐的概念、内涵与方法三个方面进行论述。

一、三线建设的概念与分期

三线建设是三线建设音乐的上位概念,是三线建设音乐的第一关联史实,三线建设音乐的概念界定与历史分期将从三线建设的概念与分期中演绎出来。因此,为了对三线建设音乐进行更为准确的定位与探讨,我们有必要对三线建设的概念与分期进行论述,为三线建设音乐概念与分期的界定提供基本的历史依据。

(一)三线建设的概念

三线建设是20世纪60年代至80年代在我国内地十多个省、自治区开展的以"备战"为中心,以交通、国防、工业等为半径的大规模基础建设。从时间范围来看有狭义和广义的区分,狭义的三线建设主要指三线建设的建设阶段。广义的三线建设则指三线建设的整个历史进程,除建设阶段以外还包括建设任务完成后的调整阶段。就地理区位而言,三线地区主要指:"甘肃乌鞘岭以东、京广铁路以西、山西雁门关以南、广东韶关以北的广大地区,包括四川、贵州、云南、陕西、甘肃、宁夏、青海、山西、河南、湖北、湖南、广东、广西等省区的全部或部分地区。"①这为三线建设音乐的产生提供了时间和空间的范围。

（二）三线建设的分期

三线建设的研究问题，学界多从建设期②（20世纪60年代至80年代）和调整改造期③④（20世纪80年代至本世纪初）两个时期进行探讨。

建设期以《关于国民经济建设如何防备敌人突然袭击问题的报告》（1964年8月19日）被批复和《关于第三个五年计划安排情况的汇报纲要（草案）》在中共中央会议（1965年9月18日—10月12日）中被讨论通过为主要标志。作为新中国建国史上的一次大移民，建设期的十余年间累计投入资金2 000多亿元人民币（几乎占到同期国家基本建设总投资的五分之二），涉及500余万名不同行业、领域、战线的工人、知识分子、解放军官兵及数以千万计的民工，对国民经济、产业布局、文化传播等多方面起到了深远的影响。

调整改造期的标志性文件是1983年12月3日国务院下发的《关于成立三线建设调整改造规划办公室的通知》，此后调整工作有序展开。"2006年1月4日，国防科工委主任张云川在2006年全国国防科技工业工作会议的工作报告中宣布三线调迁工作全部完成。"⑤至此，三线建设全部结束。

虽然历史的发展进程与音乐史的发展脉络不一定完全一致，但历史的发展依然是音乐史发展的重要参考坐标。以上对三线建设概念及历史分期的论述为三线建设音乐概念和分期地界定提供了基本的框架。

二、三线建设音乐的概念厘定

就笔者所查阅到的资料来看，学界对三线建设音乐进行专题学术研究的成果较少，但对同时期、同样处于重大政治历史背景中的"文革音乐""知青歌曲"的界定则见诸报端。在近五年团队调研所搜集的大量史料的基础之上，根据逻辑

---

① 陈东林.中国共产党与三线建设[M].北京：中共党史出版社,2014：8.
② 武力.《三线建设——备战时期的西部开发》简介[J].中国经济史研究,2003(4).
③ 李彩华.三线建设调整改造的历史考察[J].当代中国研究,2002(3).
④ 周明长.三线建设调整改造与重点区域城市发展[J].贵州社会科学,2016(10).
⑤ 陈东林.中国共产党与三线建设[M].北京：中共党史出版社,2014：620-621.

学的"属加种差定义法",通过类比与演绎,将同处相近历史时期(属)的三线建设音乐"文革音乐""知青歌曲"进行比对,找出三线建设音乐反映对象的特有属性(种差),从发生、性质、关系、功用四个维度对三线建设音乐的概念进行学术厘定。

(一)"文革音乐"相关概念辨析

汪毓和[1]、梁茂春[2]、戴嘉枋[3]、熊晓辉[4]等学者先后从宏观层面对"文革音乐"的概貌、"文革音乐"能不能研究、如何研究,进行了较为深入的探讨;蔡梦[5]、冯长春[6]、石一冰[7]等人则针对"文革"期间的音乐作品、音乐活动等进行中观、微观的研究。同时更涌现出一批硕士、博士学位论文就"文革"期间的地域音乐文化[8]、不同类型的音乐文化[9]进行了多维度的研究,推动了"文革音乐"研究的不断深入。

随着研究的深入,"文革音乐"的概念得到明晰,更多的研究者认为"文革音乐"是建立在"文化大革命"政治背景基础之上、产生于"文革"期间、为推动文艺领域的"革命"而出现的一种自上而下的音乐文化现象,多成为"文革"政治的附庸。其内容主要包括样板戏、语录歌、诗词歌、红卫兵战歌等,融"传统与现代、神圣与消遣、政令与娱乐"为一身,形成独特的"政治"特质[10][11]。音乐中呈现出强制、夸张的理念以及单一化、类型化、模式化的内在特征[12]。

---

[1] 汪毓和."文革"时期的音乐和"文革"后的拨乱反正[J].中国音乐,2000(3).
[2] 梁茂春.让音乐史研究深入下去——浅谈"文革"音乐研究[J].音乐艺术,2006(4).
[3] 戴嘉枋.沉重的历史回响——论中国"文革"音乐及其在新时期的影响[J].南京艺术学院学报(音乐与表演版),2007(3).
[4] 熊晓辉."文革音乐"研究[J].绵阳师范学院报,2012(1).
[5] 蔡梦."文革"中后期歌曲创作分析[J].中国音乐学,2014(4).
[6] 冯春玲,冯长春."文革"音乐的"样板"——"革命样板戏"的前因后果及其本质特征[J].中国音乐学,2012(3).
[7] 石一冰."文革"时期北京音乐演出概观[J].南京艺术学院学报(音乐与表演版),2013(1).
[8] 郑琦."文革"时期天津地区西洋器乐音乐研究[D].天津:天津音乐学院,2019.
[9] 王婕然."文革"电影音乐研究[D].哈尔滨:哈尔滨师范大学,2017.
[10] 熊晓辉."文革音乐"研究[J].绵阳师范学院报,2012(1).
[11] 梁茂春.让音乐史研究深入下去——浅谈"文革"音乐研究[J].音乐艺术,2006(4).
[12] 刘宁.样板戏——古典主义的复活——"文革"主流艺术个案分析[J].戏曲艺术,2003(2).

由以上论述我们得出如下结论:"文革音乐"是20世纪60—70年代存在的一种音乐文化类型(属);"文化大革命"的发生是其产生的主要因素(发生);由于政治力量的推动使其成为一种自上而下普遍现象,涵盖了样板戏、语录歌、诗词歌、红卫兵战歌等内容(性质);是"文革"政治的附庸(关系);推动了文艺领域的"革命"(功用)。

(二)"知青歌曲"相关概念辨析

孙文涛①、苗菁②、戴嘉枋③等人对与"文革音乐"几乎处于同一时代的"知识青年上山下乡运动"中的"知青歌"的概貌、概念厘定、历史分期以及"知青歌"产生的时代背景、形态特色、流布情况等从音乐史学、社会学的角度进行了深入的研究,推动了这一音乐文化现象的研究进程。张娟在对多种"知青歌曲"概念进行分析的基础上,认为"知青歌曲"是贯穿于"知识青年上山下乡运动"的全过程、以知识青年上山下乡为题材、由知识青年或专业音乐工作者创作,反映知识青年的生产劳动、生活以及他们思想感情与精神面貌的歌曲。其内容主要包括从知识青年的视角弘扬国家主旋律、与国家集体意识保持高度一致的创作歌曲和以个人小我为中心反映离乡、思乡、失落、诉苦、爱情为主的非主流音乐两类④,反映知识青年对现实生活的幻灭和失落成为"知青歌曲"的主体⑤。

从对"知青歌曲"的概念界定中我们发现:"知青歌曲"产生的时间范围也基本处于20世纪60—70年代(属);"知青歌曲"的产生主要是由于"知识青年上山下乡运动"在全国范围内的推行(发生);音乐作品中除了有反映生产劳动、生活过程的主流音乐(公开)之外,还有非主流音乐(不公开或半公开),表现一种理想与现实的落差、离乡思乡的哀愁和对现实的不满之情(性质);更多的是与知识青年群体的个人精神密切相关(关系);主流与非主流的存在为国家意识的表达和个人情感的抒发提供了存在的方式和表达的渠道(功用)。

---

① 孙文涛.知青时期歌曲漫议[J].当代文艺思潮,1985(2).
② 苗菁.中国现代歌词流变概观 1900—1976[M].北京:中国社会科学出版社,2007.
③ 戴嘉枋.乌托邦里的哀歌——"文革"期间知青歌曲的研究[J].中国音乐学,2002(3).
④ 张娟.知青歌曲的概念厘定及其历史分期[J].人民音乐,2018(8).
⑤ 戴嘉枋.乌托邦里的哀歌——"文革"期间知青歌曲的研究[J].中国音乐学,2002(3).

(三) 发生、性质、关系、功用：比较视野下的三线建设音乐的概念界定

"文革音乐""知青歌曲"与"三线建设音乐"作为同处相近历史时期的不同音乐文化现象，都属于社会变革期的音乐生产，"顺应着这一历史时期推动历史发展和社会进步的带支配性、占主导性、富有动力性的社会群体的精神需求"①。由此，我们运用逻辑学"属加种差定义法"，对"文革音乐""知青歌曲"与"三线建设音乐"在发生、性质、关系、功用四个方面进行比较并得出如表1-1所示的结论。

表1-1 三线建设音乐与同属音乐的差异性分析

比较维度 音乐类型	发 生	性 质	关 系	功 用
"文革音乐"	"文化大革命"	主流的音乐文化现象	政治意识	文艺领域的"革命"
"知青歌曲"	"知识青年上山下乡"	主流与非主流并存的音乐文化现象	政治意识与个人情感	国家意识与个人情感（悲观、哀伤、爱情）的表达
三线建设音乐	"三线建设"	非主流的音乐文化现象	集体意识	讴歌建设场景、凝聚时代精神

从表1-1三种音乐的发生、性质、关系和功用四个维度的对比分析中可以看出，三线建设音乐是因三线建设而生，以讴歌建设场景、凝聚时代精神为主要功用的音乐类型。由于国际局势的严峻性使得三线建设直至20世纪80年代一直处于保密状态，这也就使得依附于三线建设而产生的三线建设音乐一直以一种非主流的形态在区域范围内存在；又由于"好人好马上三线"的感召，使得奉献精神与集体主义成为建设者的主流意识形态，一种反映大无畏精神、集体与家国使命的音乐文化类型便借助集体意识形态得以集中呈现。

由此，我们可以认为：三线建设音乐是以三线建设为母体，以三线建设的生产场景、生活过程与建设者的精神世界为题材所创作的反映三线建设历史面貌、

---

① 曾遂今.音乐社会学概论——当代社会音乐生产体系运行研究[M].北京：文化艺术出版社,1997:110.

时代特征和讴歌"三线精神"的音乐文化类型。"三线建设音乐"与同时代的"文革音乐""知青歌曲"交织并行且又自成一体。

三、三线建设音乐的内涵

社会变革总是与音乐的产生相伴,但音乐的生产与历史社会的发展又非"镜像"的关系,三线建设音乐的产生、发展同样如此。

(一)"飞地"音乐是主要的文化属性

上海辞书出版社出版的《地理学词典》对"飞地"一词的界定是"因历史原因、资源分布与开发、城市经济发展与人口疏散等需要,在行政区以外、但属行政区管辖并与之有经济等方面密切联系的土地。"[1]《人文地理学词典》中对"飞地"的定义也类似,指"位于某一领土范围内,但与其有文化差异或政治隔离的小块领土。"[2] "飞地在国内外具有不同的特征和运用倾向,英文中的exclave 和 enclave 强调跨国的属性,并向多尺度内涵演变,而中文中的飞地(插花地)却主要集中于跨地区的含义。"[3]由此来看,三线建设作为我国建国史上的一次大移民,大批建设者从东北、中原、东南地区移入西部,由于三线建设特殊的政治要求以及移入地多为"靠山、分散、隐蔽"的交通闭塞之地且自成一体等方面的原因,使得三线建设地成为一个相对独立的"王国",这就为文化空间上"飞地"的产生奠定了基础。音乐在移民文化空间的构建中起到维系情感认同和强化族群记忆的作用,来自对故土眷恋之情和情感记忆的音乐文化便在异乡生根发芽。

我国音乐学家、贵州大学硕士生导师张人卓曾在笔者的访谈中深情地谈道:"三线建设时期大量的外部音乐文化资源融入西南,丰富了西南地区的音乐文化类型,为西南与外地的交流与融合奠定了基础。"原六枝矿务局宣传部部长、三线建设全程参与者卢相福先生也曾描述:"他们(全国不同地区的文艺

---

[1] 马永立.地理学词典[M].上海:上海辞书出版社,1983:75-76.
[2] Gregory D, Johnston R, Pratt G, et al. The Dictionary of Human Geography(5th)[M]. Oxford, UK: Wiley-Blackwell, 2000:191.
[3] 姚丹燕,刘云刚.从域外领土到飞地社区:人文地理学中的飞地研究进展[J].人文地理,2019(11).

工作者)的到来带来了文艺的多样性,出现了河南的豫剧、唢呐,陕西的秧歌,山东的跑驴,云南的花灯和贵州的山歌、芦笙等此起彼伏的场景。"原水城钢铁厂音乐教师卓英昂先生更是对他所见到的逢年过节一大批河南老乡聚在苗族的山寨一起敲起碗筷动情地演唱豫剧的场景记忆犹新。这些具备不同音乐文化身份的建设者所进行的音乐创作,无形之中都在他们的记忆空间留下了音乐文化的烙印。为了歌唱自己的生活,丰富集体的文化生活,反映三线建设的火热进程,来自不同地域的建设者用自己家乡的曲调和原本熟悉的旋律、表演形式创作了大量反映三线建设生产、生活场景的音乐作品,构成了一幅幅"飞地"空间的音乐文化场景。

(二) 集体主义与个人精神的明暗对比是主要内容

一是对生产场景的描摹。三线建设作为特殊国际环境下的一场大规模基础设施建设,它是建设者的主要任务。因此,反映三线建设场景的音乐作品成了三线建设音乐的重要组成部分。如反映煤矿建设的《工地铁工组》(图1-1)、《煤海深处炼红心》(水城矿务局文艺宣传队)、《地宗矿山换新貌》(六枝地宗矿文艺宣传队)等,反映基建工程兵生产场景的《战火海》《工地施工战》(基建工程兵第41支队)等作品都通过简明、直白的艺术形象与朴素的音乐语汇从宏观方面准确生动地再现了三线建设的生产场景。

图1-1 《工地铁工组》(1973)(吴剑宇提供)

第一章 三线建设音乐

二是对集体生活的依托。如《我们是西南建设的炊事员》《洗衣歌》《桥边粮店在前进》《三尺柜台干革命》《一条新围裙》《欢乐的基建兵》《咱支队形势好无限风光》(许传播词)、《快乐的斗车手》《高原英雄赞》(杨文铁等)、《一篮鸡蛋》(盘江矿务局总机厂)、《赶着马车下矿来》(表演唱)等音乐作品(图1-2),这些作品在中观层面体现了三线建设时期建设者的生活场景和精神面貌,占有一定的比例。

图1-2 《欢乐的基建兵》(基建工程兵第41支队1967)(屈有新提供)

笔者在采访原中国人民解放军基建工程兵第41支队文艺宣传队队长杨文铁时,他曾回忆起《高原英雄赞》的编创情况:"1970年,我们部队参加昆明军区调研,我当时是在一个说唱节目中使用了云南的民间音乐《金纽丝》的旋律片段,大概是唱我们部队的,叫《高原英雄赞》,是个说唱性质的节目,记得当时有'胸怀光辉老三篇,越是惊险越向前,困难挡不住英雄汉,甘愿热血洒高原'的唱词,主要反映我们的集体精神、生活面貌。"

三是对优秀人物的讴歌。如笔者在对水城矿务局宣传队演员的集体访谈中,大家记忆犹新的是《一顶矿帽》《勘探姑娘一枝花》《歌唱邹前方》《歌颂英雄许际直》(表演唱)、《养猪模范刘德明》《歌唱杨汝明》(说唱)和《女电工》等作品(图

1-3)。这些音乐虽然没有公开发表,但是却记在了人们的内心深处,以至多年后亲历者仍能唱出其中的曲调。三线建设所体现的时代精神也正是在这种集体记忆中代代相传,这类作品占有较大分量。

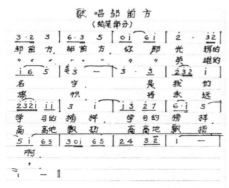

图 1-3 《歌唱邹前方》(表演唱)(1971)(吴剑宇提供)

四是对个人精神世界的隐喻。在集体主义与奉献精神为时代主流的背景下,个人小我的表达显得寥寥无几且多以器乐曲的形式进行隐晦的表达。在笔者对原水城矿务局文艺宣传队作曲兼指挥吴剑宇的走访中他曾谈道:"那一时期我们宣传队排练,队员演奏一些练习曲,我为了提高大家的兴趣,写了一些抒情的、和主流音乐不太一样的器乐作品,队员们很喜欢,感觉写到大家的心里了。"这类作品虽然保留下来的不多,但恰恰是此类作品最能反映人们内心深处最真切的感受。

在三线建设时期,音乐作为政治宣传与建设者心灵精神图式构建的符号表征,在传播政治意识与重塑人文精神方面起到重要作用。正如三线建设亲历者唐怀永先生在《六盘水三线建设音乐口述史》一书的序言中表述的那样:"(三线建设时期)物质生活的匮乏和文化生活的缺失并存,八亿人民八个样板戏,广大职工在苦、累、脏、险的劳动之余,迫切需要汲取精神营养,需要抒发战天斗地的豪情,需要歌唱自己这一代英雄,需要表达对美好生活的向往!于是,从领导到职工,文艺创作空前繁荣……"①也正是这样的时代背景造就了这一时期三线建设音乐独特的人文表达方式。

三线建设结束后,随着国际局势的缓和与国家工作重心的转移,这段历史逐

---

① 苏世奇.六盘水三线建设音乐口述史[M].武汉:华中师范大学出版社,2019:1-3.

渐被大众知晓,反映三线建设的文艺作品逐渐出现,特别是"电视纪录片"的大规模出现①使得三线历史、三线精神引发了人们的热议,从中所映照出的文化记忆、文化自觉、民族自信以及家国文化认同,一时成为主旋律。在这样的大背景下,人们对往昔的追忆以及对三线精神的钩沉与重塑成为这一时期三线建设音乐的主要内容。三线建设的素材结合西部大开发、脱贫攻坚、精准扶贫的大背景成为音乐创作的主要题材和地域文化的标识。如专业词曲作家创作的《寻找三线建设者的足迹》(龙浩东词,屈贵州曲)、《高原拓荒》《好酒开了坛》(崔有昌曲)、《大三线》(吴洪义)、《潮头涌出英雄魂》(吴竹君词,郝家军曲)等,在运用较为新颖的音乐语言的同时,更是将三线建设音乐的创作由局内人的感怀推演至局外人的理性把握,具备了更多的文化信息与审美感知。作为"后三线建设时期"创作的反映三线精神、弘扬时代旋律的优秀作品,连接着历史与现代的精神命脉,与三线建设时期的音乐共同构成了三线建设音乐的学术论域,进而为全面、深入地进行研究提供了可能。

(三)"口头传播"是主要的传播渠道

由于特殊的社会语境,三线建设时期的音乐传播更多的依托于人们的口耳相传,区域范围内公开出版的刊物可谓凤毛麟角。以因三线建设而生的六盘水市为例:三线建设期间第一份在区域范围内流通的文艺刊物是1972年1月由六枝特区文化馆编印的油印资料《文艺宣传资料》,集中刊载了一些音乐作品,此后时断时续,先后有《业余创作》(1973年创刊)、《煤城文艺》(1978年创刊)发刊,而在此之前六盘水地区暂无专门文艺资料的出版活动,各厂矿的内部报刊也只是报道性的点滴记录(图1-4)。在全国范围内的主流媒体、刊物进行大规模传播的音乐作品则更少,大量的音乐作品、音乐历史发生在人际传播中,存活在人们的记忆里。

这种口语文化中的传播活动区别于印刷文化中的传播活动,其在"特定情景中展开,传播者的即时表现、受传者的接受状态与反应、不同的场景等都会在某种程度上影响和改变传播的内容和效果"②。因此,美国学者威尔伯·施拉姆(Wilbur Schramm)也曾说,人际传播中每个人都是作为一个整体的人进行交流的……在其

---

① 王小平.三线建设题材纪录片的叙述变迁[J].当代电视,2016(9).
② 井延凤.20世纪70年代地下文学的口头传播方式研究[J].新闻爱好者,2019(3).

他条件相同的情况下,面对面交流应该能够传达更多和更全面的信息①。

图1-4 在区域范围内流通的文艺刊物

因此,三线建设音乐以口耳相传所进行的人际传播方式包含了大量区别于印刷文化所产生的历史信息,特别是在国家意识形态一体化的进程中,这种传播方式的大量存在为建设者个体精神多元化的表达提供了方式和途径。

改革开放之后的音乐借助多种媒介的立体化传播,构建了与三线建设时期具有一定内在联系而又自成一体的独特话语表达。

(四)三线建设音乐的历史分期

在三线建设历史框架基础之上,结合不同时期属性、内容与传播方式,可以对三线建设音乐作出如下分期(表1-2):

一是三线建设时期(20世纪60年代至80年代)。三线建设时期的音乐是借助上文对三线建设狭义界定而产生的概念,主要是指三线建设的建设期所产生的音乐。这一时期的音乐由于特殊的社会、政治和从业者的文化背景使其大量存在,具有独特的文化属性且呈现出同属的其他文化特性,是三线建设音乐产生的根源。加之较少的史料留存和口述记忆的易逝特性,使得这一阶段的音乐记忆亟待整理研究,因此成为三线建设音乐研究的重要环节。

二是后三线建设时期(20世纪80年代至今)。在这一时期,同处改革开放以及群众多元文化审美需求的时代背景,音乐的发展包含了三线建设调整改造

---

① 威尔伯·施拉姆,威廉·波特.传播学概论[M].何道宽,译.北京:中国人民大学出版社,2010:116.

期的停滞与此后螺旋上升发展两个阶段,使得三线建设音乐成为众多音乐文化类型中的一类。在与社会的互动中,音乐的形态、功能逻辑等方面与建设期的音乐文化相比发生了重大变化,呈现出有别于建设时期音乐的特殊品相。同时由于与我们的观察距离较近,如何更为准确地进行价值判断仍需要历史的检验。

表1-2 不同时期三线建设音乐的差异性分析

观察视角 \ 历史分期	三线建设时期	后三线建设时期
音乐属性	"飞地"音乐	个性写作
音乐内容	生产、生活场景等"写实"	时代精神"写意"
传播方式	口头传播	多媒体传播

四、三线建设音乐的研究方法

三线建设音乐作为一种特殊的音乐文化类型,更多的留存在人们的记忆中、图像里,与社会产生了强烈的时代共鸣。因此,音乐口述史、音乐图像学和音乐社会学的相关研究方法为该领域的深入研究提供了方法与路径。

(一)音乐口述史:个人感受与集体记忆

近年来,口述史研究越来越受到各人文学科的关注,音乐学科也同样如此。研究内容多集中在乐人[1]、乐社[2]及研究方法[3]的论述方面。既有对口述史实的丰富性、多元性与确定性史实的规范性之间的辩证关系的热议,同时又不乏借助具体案例阐释学理,给人以启迪的学术佳作。这些都为本研究的开展提供了可资借鉴的学术范本和深度挖掘的理论空间。

正如上文所述,三线建设音乐作为特殊时代背景下产生的音乐现象,体现出"口头性""群众性"的基本特点,在此基础之上的"易逝性"就显得非常明显。在

---

[1] 杨晓.蜀中琴人口述史[M].北京:生活·读书·新知三联书店,2013.
[2] 乔建中.望:一位老农在28年间守护一个民间乐社的口述史[M].北京:中央编译出版社,2014.
[3] 丁旭东."口述音乐史"学术实践的六个操作关键[J].中国音乐,2018(1).

史料即将消失的当下,运用口述史的方法对三线建设音乐历史进行抢救性整理与研究就显得迫在眉睫。然而个人记忆的偏差与好恶会使得口述史实呈现出非确定性与随意性的文本特征,由此,如何获取口述史料、获取哪些口述史料即成为三线建设音乐口述史研究亟待回答的问题。

首先,研究对象是我们获取研究史料的关键。三线建设是三线建设者集体经历的一段刻骨铭心的历史,众多个体的记忆汇聚成集体的记忆,也正是集体的记忆才凝结出三线建设的精神。因此,三线建设口述史料的构成应该是个体记忆与集体记忆相互支撑的史料逻辑,在史料的搜集整理过程中,对三线建设过程中音乐文化的创造者进行深度访谈的同时,更应注意到不同参与者的集体反响,与此同时确定性史实(包括档案、笔记、日记等)的佐证同样显得尤为重要。由此,立足口述史实与确定性史实的纵向线条,以个体感受与集体记忆的有机融合为两翼,避免口述史实因个人的好恶、记忆的局限而形成的对既定史实有意无意间的掩饰与修改,进而呈现生动、鲜活的评价性表达也将更接近于历史的真相。

其次,研究的内容是史学研究的核心。三线建设音乐口述史的研究需要在个体感受、集体记忆与确定性史实的框架内获取"音乐自述"与"音乐叙述"。所谓"音乐自述"是指用音乐的形式再现历史的音乐,而"音乐叙述"则是指让"与音乐相关的人、事、物"来叙述历史[①]。音乐史研究中,"音乐自述"是获取的难点,但在精神生活极度贫乏的三线建设时期,文艺演出和露天电影成了那一时期重要的集体记忆,虽然时间已过大半个世纪,但是当年音乐的创造者和欣赏者很多都还能记起三线建设时期演唱或聆听过的音乐片段。通过他们的回忆、演唱与表演,音乐的声音得以呈现,"音乐自述"也就有了可能。"音乐叙述"使历史中的声音具备了一张意义之网,是我们理解音乐、阐释音乐的重要条件,因此对"音乐叙述"材料的整理也是"三线建设音乐"口述史料采集的重要内容。

(二)音乐图像学:图像镜像与文化象征

音乐图像学是指以图像为主体来研究音乐的问题,一切与图片有关,可以用图片呈现出来的都能作为研究对象[②]。近年来,围绕音乐图像学的概念和内涵[③]、研

---

① 单建鑫.论音乐口述史的概念、性质与方法[J].音乐研究,2015(4).
② 韩国鐄.音乐图像学的范围和意义[J].中国音乐学,1988(4).
③ 李荣有.中国音乐图像学释义——《中国音乐图像学概论》导言[J].人民音乐,2015(8).

究方法与路径①、学科历史与未来发展②,音乐图像学与其他学科的关系③展开了深入的论述,音乐图像长期以来担当了"见证历史"的功能,随着研究的深入,其所具备的"文化象征"与"音乐重建"功能也得以长足发展④。

在三线建设的建设期,由于贫乏的物质条件使得照相依然是件奢侈的事情。据原六枝矿务局宣传部部长卢相福回忆:"在三线建设初期,整个六枝矿务局只有一台照相机,首要的功能就是为国家、省部级领导人照相,其次就是为各类庆典、演出照相。"因此,在笔者的调研中,大量三线建设时期的音乐活动照片被音乐的创造者、部门的领导人精心收藏,成为他们最重要的三线记忆。图片中所呈现的确定性史实不仅为口述史提供了具体的物证,更为解读"音乐自述"与"音乐叙述"背后的社会文化、政治空间以及审美内涵提供了可能。音乐图像学与音乐口述史的相互印证,使得三线建设音乐成史的目标又向前迈进了一步。

通过对搜集到的大量三线建设音乐表演的图片分析,一个重要的信息得以呈现:三线建设建设的中后期,音乐的表演多运用"挥掌"、提襟位为典型动作,表现坚定、果敢、积极向上的音乐情绪(图1-5、图1-6)。而这种"挥掌"、提襟位则与

图1-5 20世纪70年代三线建设者为苗族同胞表演节目(贵州三线建设博物馆供图)

---

① 吕钰秀.图像中的音乐史料研究视角与方法[J].中央音乐学院学学报,2014(3).
② 刘勇.音乐图像学的历史现状与未来发展刍议[J].中央音乐学院学报,2006(1).
③ 刘勇.音乐图像学与音乐考古学的关系及研究对象[J].音乐研究,2018(6).
④ 吕钰秀.图像中的音乐史料研究视角与方法[J].中央音乐学院学学报,2014(3).

西方的芭蕾和中国古典舞的手形、手位有着密切的联系,这在"文革"期间的样板戏中也曾大量使用。从这一角度我们不难看出,三线建设音乐在保有自身独特音乐文化特性的同时,与同时期的"文革"音乐存在着某种特殊的联系,同时进一步证明了音乐与社会之间的相互影响关系。在此基础之上借助乐谱分析或"音乐自述"中所呈现的音响聆听,"三线建设音乐"与"文革"音乐的联系与区别也就一目了然,进而在实现音乐图像见证历史的同时,更阐释了图像的文化象征意义。

图1-6　六枝文艺宣传队慰问湘黔铁路建设者(卢相福提供)

（三）音乐社会学：社会变迁与音乐运动

音乐社会学是音乐学与社会学的交叉学科,强调了音乐与社会的交织与互动。学界对于音乐社会学的研究主要集中在对大量国外音乐社会学理论的译介[①]、音乐社会学概念与内涵的界定[②]以及音乐社会学作为一种学术方法在具体的音乐事项当中的运用[③]等方面。音乐社会学"社会(Society)→音乐(Music)→社会(Society)"[④]的关系模式体现了音乐受制于一定的社会背景,同时音乐的功

---

① 金经言.音乐理论类译著概览[J].星海音乐学院学报,2017(1).
② 曾遂今.音乐社会学的基本观念与学科认识[J].音乐艺术,2002(3).
③ 项阳.山西乐户研究[M].北京：文物出版社,2001.
④ 曾遂今.音乐社会学的基本观念与学科认识[J].音乐艺术,2002(3).

能又对社会产生一定影响的多维互动关系。在这一多维空间中,音乐与社会的关系不是"镜像"的,而是间接与曲折的。其研究对象可分为音乐的社会成因、音乐的社会作用以及音乐的社会运动方式三个方面[①]。

立足于音乐社会学的学科认识与研究方法以及现有的研究范例,三线建设音乐的社会学研究同样可以在三线建设时期、后三线建设时期两个历史时期的框架内进行如下学理探讨。

一是对三线建设音乐纵向运动的社会学考察。探寻不同时代背景下同一音乐题材形式的差异性与音乐本体的流变,观察不同历史时期音乐变迁的内在逻辑,把握三线建设音乐的纵向运动规律。如对三线建设时期与后三线建设时期以三线建设为题材的音乐形态与功能进行成因、作用以及运动方式的探讨,将有助于厘清革命历史题材音乐发展的内在逻辑,以此把握历史、预测未来。

二是对三线建设音乐横向运动的社会学考察。把研究的视角置于"三线建设音乐"各历史分期的内部进行横向考察,将音乐植入各时期特有的社会意识形态、独特的地理环境生态、多元的人文历史业态这一横向的意义之网中,比对不同领域的音乐文化在音乐表现、功能意义之间的异同,洞悉生成的逻辑要素、发展的趋势以及消亡的进程,完成时代意义的横向考察。在对同一时期不同领域产生的三线建设音乐进行横向考察时,音乐功能与形态的差异性就会显现出来。如对铁道兵、地质勘探队以及航天工业、军工行业所产生的音乐文化进行横向比较的时候,三线建设音乐的功能与意义就会得到更为清晰的认识。

三是对三线建设音乐综合运动的社会学考察。将两个时期作为两个独立的研究论域,在横向考察的基础之上,将各阶段由于音乐社会横向进行所产生的纵向结果进行多维观照,将横向的历史之"纬"线置于时期内部音乐历史发展之"经"线当中,探讨两个时期各自内部的音乐综合运动模式,进而实现对三线建设音乐综合运动的考察,其结果也将对纵向运动有进一步的理论深化。

第二节 三线建设时期内迁职工的音乐生活

"单位制"是"理解新中国成立后第一个30年中国城市社会的基本切入

[①] 曾遂今.音乐社会学概论[M].北京:文化艺术出版社,1997:73-77.

点".① 三线企业"大分散、小集中"的选址原则、"村落式"的单位布局以及特有的内部组织管理使其成为一个较具特色的"单位制"社会存在。近年来,各方学者先后借助"单位制"理论对三线企业职工的婚姻生活②、语言生活③、民生活动④、身份认同⑤、文化变迁⑥等方面进行了多学科研究,丰富了三线建设研究的维度与内涵,但作为三线建设职工"社会生活向度"重要组成部分的职工音乐生活,则较少有人关注。职工音乐生活包括集体音乐生活与个人音乐生活两种类型,集体音乐生活是指由单位统一组织的含有明确国家、集体意识的音乐生活,而个人音乐生活则指个人自发、自娱自乐为主的音乐生活。职工集体音乐生活对强化职工价值认同和集体归属具有润物无声的作用⑦,对其进行研究,不仅能够展现三线建设时期鲜活的生命存在,更能洞悉音乐在历史构成与社会维系中的作用与意义,从而以一种多维的视角唤起集体的社会记忆。因此,本节立足三线企业单位制的共性存在,以因三线建设而生的贵州六盘水内迁职工的集体音乐生活为考察个案,从基本类型、主要内容和运行机制三个方面钩沉这段即将消失的音乐史实,探寻西南三线建设内迁职工集体音乐生活的逻辑序列。

一、研究的视角、个案与维度

三线企业作为一种"嵌入式"组织,具有极为典型的"单位制"属性⑧,由此形成单位人生活方式的一致性⑨。因此,选取合适的视角、典型的个案与恰当的维

---

① 柴彦威等.中国城市单位制研究的一个新框架[J].人文地理,2013(4).
② 徐有威.危机与应对:上海小三线青年职工的婚姻生活——以八五钢厂为中心的考察[J].军事历史研究,2014(4).
③ 蓝卡佳,敖钰.三线建设言语社区语言生活[J].小说评论,2013(1).
④ 张秀莉.皖南上海小三线职工的民生问题研究[J].安徽史学,2014(6).
⑤ 林楠,张勇.三线建设移民二代地域身份认同研究——以重庆K厂为例[J].地方文化研究,2018(2).
⑥ 何瑛,邓晓.重庆三峡库区三线建设时期的移民及文化研究[J].三峡大学学报(人文社会科学版),2012(3).
⑦ 陈鹏,肖赛玥."单位意识"形塑研究——以"单位文艺"的促进作用为视角[J].哈尔滨工业大学学报(社会科学版),2019(5).
⑧ 张勇.社会史视野中的三线建设研究[J].甘肃社会科学,2014(6).
⑨ 揭爱花.单位:一种特殊的社会生活空间[J].浙江大学学报(人文社会科学版),2000(5).

度,可使管中窥豹式的探究成为可能。

(一)研究的视角

"单位制"是指"以单位组织为基础的某种社会体制、制度结构"①,是我国计划经济时期为应对复杂局势、摆脱落后状态、快速建立自己的工业化体系所采用的一种社会组织方式,具有高度行政化和严密控制性的特点,对单位职工的生产、生活、心理适应等方面产生了重要的影响。"单位制"的高效动员机制使得国家、企业和单位的各项指令能够迅速地传达到最基层的民众,起到全国人民步调一致的作用②③。

运用"单位制"理论对三线建设职工生活进行研究的成果主要集中在理论阐释和个案剖析两个方面。在理论阐释方面,张勇认为"单位制"理论可以帮助我们更好地认识三线单位的内部生活与外部互动,同时三线企业的个案研究还可以丰富、发展"单位制"理论④。在个案分析方面,徐有威等借用"单位制"理论,系统地研究了小三线地区八五钢厂职工婚姻危机的产生、解决的过程及其由此产生的结果,是该领域较具代表性的论述⑤。同时也有学者立足单位制的"正向意识",从"单位文艺"的视角论述了单位文艺对单位职工的精神满足与情感动员的运行机制⑥,"单位文艺"对"单位意识"形塑的基本逻辑等⑦。

通过回溯我们不难发现:运用"单位制"理论对三线建设时期内迁职工社会生活进行研究具有较强的方法论意义。

(二)个案的选择

贵州六盘水因三线建设而生,三线建设时期的煤炭、电力、钢铁、建材、化工

---

① 李路路.论"单位"研究[J].社会学研究,2002(5).
② 路风.单位:一种特殊的社会组织形式[J].中国社会科学,1989(1).
③ 揭爱花.单位:一种特殊的社会生活空间[J].浙江大学学报(人文社会科学版),2000(5).
④ 张勇.社会史视野中的三线建设研究[J].甘肃社会科学,2014(6).
⑤ 徐有威.危机与应对:上海小三线青年职工的婚姻生活——以八五钢厂为中心的考察[J].军事历史研究,2014(4).
⑥ 吴海琳,王晓欢."单位文艺"与国企动员——计划经济时期Y厂的个案分析[J].社会科学战线,2017(8).
⑦ 陈鹏,肖赛玥."单位意识"形塑研究——以"单位文艺"的促进作用为视角[J].哈尔滨工业大学学报(社会科学版),2019(5).

等多个行业均在此布点,内迁职工10万余人①,为丰富职工的精神生活,各单位开展了多样化的音乐生活。据三线建设亲历者、原水矿教育集团总经理唐怀永回忆:"当年,数十万建设大军云集,漫山遍野的油毡棚户,干打垒,先生产,后生活,'文革'中简易投产。物质生活的匮乏和文化生活的缺失并存,八亿人民八个样板戏,广大职工在苦、累、脏、险的劳动之余,迫切需要汲取精神营养,需要抒发战天斗地的豪情……一支支文艺宣传队应运而生,活跃在工厂、矿山、乡场、工地。"②另据《六盘水市志·大事记》记载:"1968年9月1日,六盘水地革委也下发了《关于组织和训练工人毛泽东思想宣传队的初步意见》,要求全区要组织1 000人左右的宣传队进行文艺宣传。"③单位的自发与组织的要求使得六盘水内迁职工的音乐生活蓬勃开展。

笔者长期生活于此,先后对六盘水市、区、县和三线企业等单位、部门关于三线建设的档案资料进行了查阅,搜集了大量珍贵的档案资料,并对41名不同行业的三线建设亲历者进行了深度访谈,为研究的开展提供了较为翔实的资料。

(三)维度的确立

单位制的存在,"靠山、分散、隐蔽"的选址原则,使三线企业不但需要组织生产建设,更需要负责职工生活的运行,从而形成"大而全、小而全"的组织结构。为实现高效的政治动员,保障国家意志和单位意识的有效落实,内迁企业充分发挥单位制的优势,以集体音乐生活构建为主,在音乐生活的类型、内容、组织运行的保障机制等方面呈现出大量的共性存在,保障了职工集体音乐生活的顺利开展。因此,基本类型、主要内容与运行机制也就成为本节考察内迁职工音乐生活的主要维度。

二、内迁职工的社会生活

社会生活是音乐生活的母体,音乐生活是社会生活的反映。因此,在探讨内迁职工音乐生活之前有必要对职工的社会生活进行相关的论述。

---

① 六盘水市地方志编撰委员会.六盘水三线建设志[M].北京:当代中国出版社,2014:4.
② 苏世奇.六盘水三线建设音乐口述史[M].武汉:华中师范大学出版社,2019:3.
③ 六盘水市地方志编撰委员会.六盘水市志·大事记[M].贵阳:贵州人民出版社,1992:125.

第一章 三线建设音乐

单位制作为计划经济时代的一种特殊组织形式,具有政治动员、经济发展与社会控制三位一体的功能①,在单位制统领下的三线企业同样如此。在政治动员方面,各单位均设有党群组织,如工会、宣传部门等,负责对单位的职工群众进行宣传、动员工作,利用丰富的党群宣传活动,将国家的方针政策、单位的价值取向快速地传递给每一位职工,进而实现强化单位政治凝聚的功能。笔者在采访原水城矿务局宣传队员方惠群时她谈道:"那个时候经常是半夜就被叫醒,说是上级又有新要求了,让我们以文艺的形式传达,然后我们就赶紧编排节目以群众喜闻乐见的形式进行宣传。"②在经济发展方面,国家对各类资源进行绝对控制,上级单位对下级单位具有绝对的领导权,对稀缺资源、生产资料和生活资料等各方面进行逐级分配,保证了集中力量办大事的制度优势。原西南煤矿后勤部汽车大队二分厂分队长张金合在回忆录中写道:"国家用火车调来的一切物资,首先要运到二分厂仓库。然后再由二分厂的汽车运输到三个矿务局和所有矿上。那个时期后勤部二分厂汽车大队,共计有大小汽车600多辆,二分厂汽车大队的运输任务一年到头都特别重,压力也非常大。每时每刻都在向三个矿区运输各种各样的物资和设备。当时的后勤部二分厂汽车大队就像一个物资转运站一样。"③

单位在负责政治动员、经济发展的同时对职工的社会生活也全面负责。"靠山、分散、隐蔽"的选址原则和三线建设的保密性使三线企业呈现出文化孤岛的现象④,封闭性是其显著特征。为了生存需要,个人对单位的依附也就显得更为强烈。因三线建设而生的六盘水市又被称为"火车拉来的城市",正是对这种生活的集中反映。大批的生活物资通过火车、汽车源源不断地拉进大山深处,再分配至各个厂矿,对内迁职工的生活产生了重要的影响。正如笔者在采访三线建设亲历者方福寿时他所描述的那样:"大家的衣食住行都是依赖于单位的供给,所以就出现了几乎家家每顿饭菜基本都一样的情况。"⑤单位为了满足职工的生产生活所需,几乎都修建有医院、学校、文化娱乐场所等,职工在单位内部就可满

---

① 何海兵.我国城市基层社会管理体制的变迁:从单位制、街居制到社区制[J].管理世界,2003(6).
② 电话采访方惠群(原水城矿务局宣传队员),2018年3月。
③ 张金合.投身三线建设(连载二).三线故事会微信平台,2019年10月1日。
④ 丁艳、王辉.移民外来文化的土著化过——以西南三线厂的"厂文化"为例[J].人文地理,2003(6).
⑤ 采访方福寿(原贵州省地质勘探一队队员),方福寿家中,2017年10月16日。

足生活的各种所需。高度的行政化和组织化使企业几乎承担了职工从摇篮到坟墓的所有大小事宜,职工也对单位形成了强烈的依附感,"小单位"内"大世界"的社会生活方式由此形成。

三、六盘水三线建设单位职工的音乐生活

作为单位制背景下内迁职工社会生活重要组成部分的音乐生活,是"单位文艺"传达政治动向、强化集体意识与主人翁精神的重要途径,单位在其中起到了统一组织和领导的作用。单位充分发挥其政治动员和社会控制的功能,借助音乐的特点从音乐生活的类型、内容和运行等多方面构建了三线建设内迁职工的音乐生活。在满足人们精神需求的同时更多的起到传达政治动向、强化集体凝聚力的作用,为三线建设的顺利进行(生产建设、经济发展)提供了精神上的动力与支持。

(一) 内迁职工音乐生活的功能类型

内迁职工音乐生活所形成的基本类型是建立在单位制功能基础之上的。单位为充分发挥其政治动员、经济发展和社会控制的功能,形成一套与之相匹配的文艺生活机制,保障单位功能的实现。文艺人类学者陈鹏等曾依据"单位文艺"的组织形式和组织目标将其划分为"常规型""专题型"与"临时型"三种类型[①],并划分了单位文艺的基本层次,但是对文艺活动的功能关注不够。本节主要立足单位制的视角更多地考察单位开展音乐生活的主要功能,因此将内迁职工的音乐生活分为以下三种类型:

1."政治动员型"的音乐生活

"政治动员型"的音乐生活是指在特殊的时间节点,借助于政治节日或重大的历史事件所开展的具有明确主题和动员意义的仪式性音乐生活。"政治动员型"的音乐生活作为一种集体的仪式,在识别群体成员、保证群体成员对群体的承诺、产生集体凝聚力和亲社会行为的过程中起到重要作用[②]。

笔者在采访杨文铁时他谈道:"每年的'五一''八一''十一'等重要节日,是我

---

① 陈鹏,肖赛玥."单位意识"形塑研究——以"单位文艺"的促进作用为视角[J].哈尔滨工业大学学报(社会科学版),2019(5).
② 邹小燕,尹可丽等.集体仪式促进凝聚力:基于动作、情绪与记忆[J].心理科学进展,2018(5).

们基建部队文艺宣传队最繁忙的日子,我们会把一年中国家的政策方针、身边的好人好事、典型事迹以'兵演兵''兵唱兵'的形式集中展现,起到了宣传、鼓舞、凝聚的重要作用。"①除此之外,在纪念性的场合大都伴随着大量的音乐活动。如1970年为保障渡口出铁,盘县火铺矿开展"夺煤保钢大会战",作为亲历者的鲁汉生在《三线岁月唱红歌》一文中写道:"(文艺宣传队)创作了一些贴近战士生活的文艺作品,并在各种场合演出,受到了官兵们的热烈欢迎。"②还有如庆祝矿山投产(图1-7)、圆满完成预期目标等场合、节点也会开展相关的音乐生活。

图 1-7 庆祝矿山投产

"政治动员型"的音乐生活借助于特殊的时间节点与文化场域以仪式形式出现,并作为一种"象征符号和社会价值的话语系统"③规约着集体的思想与行动,是三线建设时期单位音乐生活的重要组成部分。

2."精神满足型"的音乐生活

"三块石头架口锅,帐篷搭在山窝窝"是三线建设时期内迁职工社会生活的生动写照。在这种艰苦的生活环境下,除了物质生活的缺乏,更多的还是人们精神生活的极度贫乏。精神生活作为人类内心世界构建的生命框架,直接或间接

---

① 电话采访杨文铁(原41支队文艺宣传队队长),2018年1月20日,此后长期保持联系.
② 鲁汉生.三线岁月唱红歌[C].余朝林.乌蒙山下军旗红.昆明:南方出版社,2017:81.
③ 彭兆荣.人类学仪式研究述评[J].民族研究,2002(2).

地影响到人的外在行为。因此，为不断丰富建设者内心的精神世界，满足广大内迁职工的精神需求，单位组织了形式多样的以满足职工精神需求为主要目的的音乐生活，我们称之为“精神满足型”的音乐生活，主要包括以下几种活动形式：

一是文艺轻骑兵式的即时演出活动。在建设、生产场合，为缓解疲劳、鼓舞干劲，一支支乌兰牧骑式的文艺小分队以三五人为一组，表演歌舞节目，为建设工地带来了欢乐，加强了彼此的沟通，提高了生产效率。三线建设亲历者张国华谈道：“在建设初期我们文艺宣传队以轻骑兵的形式分布在各个建设场地，表演各种节目，就像以前的劳动号子那样。后来煤矿投产了我们就组织了班前会、班后会，在职工上下班的时候为他们表演节目，鼓舞干劲。”①

二是内部汇演式的演出活动。除了建设工地上的即兴演出，单位还会组织专门的内部文艺汇演，丰富职工的精神生活。内部汇演主要是指由单位内部组织各下属单位集中演出的形式。如 1986 年 12 月水城矿务局编写的《水城矿区工会简史》（手稿）中曾清晰地记录了 1975—1985 年水城矿区每年所举办的文艺汇演，涵盖了参演单位、人数、天数、节目数量等相关信息，成为这一时期水城矿务局职工音乐生活的重要物证（图 1－8）②。

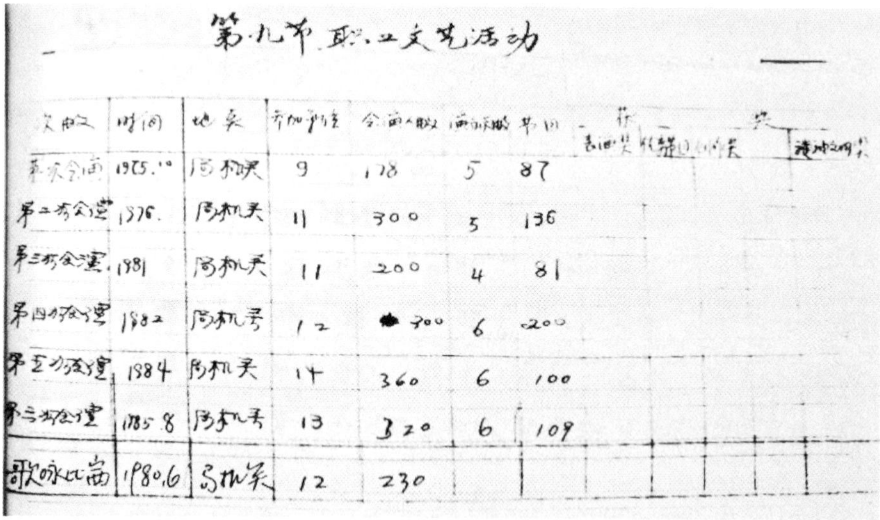

第九节 职工文艺活动

次数	时间	地点	参加单位	会演人数	演出天数	节目	获奖：表演奖	优秀节目创作奖	精神文明奖
第一次会演	1975.10	局机关	9	178	5	87			
第二次会演	1976.	局机关	11	300	5	136			
第三次会演	1981	局机关	11	200	4	81			
第四次会演	1982	局机关	12	300	6	200			
第五次会演	1984	局机关	14	360	6	100			
第六次会演	1985.8	局机关	13	320	6	109			
歌咏比赛	1980.6	局机关	12	230					

图 1－8 《水城矿区工会简史》（手稿）中的职工文艺活动记录

---

① 采访张国华（原水城矿区宣传队队员），微信访谈，2018 年 3 月。

② 水城矿区工会.水城矿区工会简史（手稿），1986：99.

从图1-8中我们可以看出,汇演时间跨度达十年之久,每次的演出时间大都在一周左右,汇演单位最高达14个,汇演人数至360余人,节目200余个。如此大规模的演出活动在精神生活相对单一的时代下有机开展,无疑构成了三线建设时期内迁职工重要的精神生活内容。

三是外部送演活动。外部送演主要是指国家专业文艺院团受国家机关、部门委托为三线建设者送来文艺演出,丰富职工精神生活的类型。据《六盘水市志·工会志》记载:1964年全国煤矿文工团、电影演员剧团、贵州省歌舞团、话剧团、贵阳市曲艺团、杂技团等专业团体先后到六盘水矿区慰问演出。1978年,中国儿童艺术剧院剧组来六盘水演出《马兰花》,在水城矿务局演出22场。1980—1982年,贵州省京剧团、云南省京剧团在关肃霜带领下先后到盘江矿务局演出。1985年,煤炭部文工团、全国总工会文工团、贵州省歌舞团、贵州省花灯剧团、昆明市歌舞团、广西桂林歌舞团等文艺团体到六盘水厂矿演出……"①由此可见,外部专业院团的送演活动作为国家的关怀以较高的演出水平极大地满足了人们的审美需求,成为三线建设时期内迁职工音乐生活的有益补充。

文艺轻骑兵式的即时演出、单位组织的定期汇演与专业院团的送演活动作为三种不同类型的演出形式为内迁职工精神世界的满足提供了强有力的保障。

3."交流慰问型"的音乐生活

在兄弟单位的相互交流、慰问中,演出活动常会伴随左右,成为沟通情感、学习提高,展现单位职工风采、精神面貌与建设成就的重要途径,这类音乐生活我们称之为"交流慰问型"的音乐生活。

单位之间的交流慰问小至企业内部各部门之间,大到不同的企业、行业之间均有存在。据卢相福回忆:"1966年六枝特区政企合一,成立了矿区的第一支宣传队。我们组织了一台节目对辖区各厂矿、群众以及盘县刚刚成立的41支队进行了慰问。这支宣传队深入矿区、农村和部队共演出47场,观众超过10万人。"②另《水矿志》记载:"1975年1月22日,大河边矿、小河矿、老鹰山矿相继因车皮不足造成停产,局向省革委报告请求解决铁路运输问题。"③这一问题的出现极大地限制了煤矿的开采,矿务局领导一方面通过行政手段向上级请求援助,

---

① 六盘水市总工会.六盘市水志·工会志[M].贵阳:贵州人民出版社,2008.
② 采访卢相福(原六枝矿务局宣传部部长),六枝文化馆办公室,2017年11月2日。
③ 贵州水城矿业集团有限责任公司矿志编委会.水矿志[M].贵阳:贵州人民出版社,2005:39.

另一方面也主动出击,再次组建宣传队充分发挥文艺外交的手段与兄弟单位进行有效沟通,寻求解决问题的办法。"1975年2月,局派出文艺宣传队赴云、贵、川有关钢铁、铁道、林区慰问,争取缓解坑木、钢材、运输紧张问题。"①在对41支队文艺宣传队早期队员许传播的采访中,也得知曾出现这种情况:"我们支队早期的官兵大都来自铁道兵一师和七师,1966年11月我们成立了第一支文艺宣传队,第一个任务就是去慰问老单位、老领导。"②"交流慰问型"的音乐生活因其便捷性和生活化的特点而大量存在,在加强不同单位、部门的交流、融合等方面具有积极意义。

"政治动员型""精神满足型"和"交流慰问型"的音乐生活作为内迁职工音乐生活的不同功能类型既自成一体又相互联系,在各单位中不同程度地存在,是内迁职工音乐生活的重要类型。

(二)内迁职工音乐生活的内容样式

音乐作为单位进行政治动员、社会控制的主要途径之一,在不同类型的音乐生活中选取何种内容的音乐进行传播是音乐生活构建的核心。通过对三线建设时期六盘水内迁职工音乐生活主要内容的分析,我们发现三线建设时期国内的主流音乐,反映三线企业生产、生活的单位音乐和三线企业迁出地、迁入地的民间音乐是其主要内容。

1. 国内主流意识形态音乐:革命歌曲、"革命样板戏"

从宏观方面来看,三线建设时期也是国内革命歌曲蓬勃发展的时期,在全国上下群众歌咏运动中涌现出一大批家喻户晓的革命歌曲。如《我们走在大路上》(李劫夫词曲)、《毛主席的战士最听党的话》(李之金词曲)、《社会主义好》(希扬词,李焕之曲)、《学习雷锋好榜样》(洪源词,生茂曲)等。从1972年开始陆续出版的《战地新歌》共计五集,先后收录了"文革"期间较具影响的歌曲,如《我爱五指山,我爱万泉河》(郑南词,刘长安曲)、《北京颂歌》(洪源词,田光、傅晶曲)、《红星照我去战斗》(王汝俊等词,傅庚辰曲)等。革命歌曲作为国内的主流音乐深刻地影响了内迁职工的音乐生活。在笔者对三线建设亲历者陈冬梅等人的访谈

---

① 贵州水城矿业集团有限责任公司矿志编委会.水矿志[M].贵阳:贵州人民出版社,2005:39.
② 采访陈冬梅(原41支队文艺宣传队队员),陈冬梅家中,2017年12月5日。

中,问及他们最喜欢的一首歌是什么的时候,他们都毫不犹豫地回答是《毛主席的战士最听党的话》,从中不难看出主流音乐对他们的影响之深。

国家意志的在场,特别是"文化大革命"期间"革命样板戏"借助政治的力量在全国范围内的广泛传播,以其较高的艺术品质赢得了"当时迫切需要文艺享受的群众的欢迎"①,也对内迁职工的音乐生活产生了较大的影响。

笔者在对成立于贵州盘县的中国煤炭行业第一支基建工程兵部队——中国人民解放军基建工程兵第 41 支队音乐生活的访谈中,多名亲历者都清晰地记得:我们部队宣传队常年保留的一套节目就是样板戏,特别是《智取威虎山》的选段《深山问苦》、《沙家浜》选段《军民鱼水情》《泰山顶上一棵松》《奔袭》等的表演,有打有唱,演出效果很不错②。在对水城矿务局的音乐生活调研中,人们对"革命样板戏"的记忆同样深刻:"1974 年贵州省文艺汇演,我们带去的节目是由吴剑宇编创的交响合唱《杜鹃山》,这场节目在省里面引起强烈反响,此后很多兄弟单位还专程来学习。"③"这次改编最早是受到交响音乐《红灯记》的影响,我把《杜鹃山》中的《家住安源》和《乱云飞》两个唱段改编成合唱,为独唱者伴唱,又加了引子和尾声,那个时候人们可能感觉比较新颖吧,于是反响比较强烈,很多单位还专门来观摩、学习。"④原六枝矿务局宣传部部长、文联主席、三线建设亲历者卢相福先生在《六枝文艺史话》一书中也写道:"1970 年,六枝像全国一样掀起一股'样板戏热',矿区组织了四个由煤矿职工组成的样板剧团,先后演出了《红灯记》《沙家浜》《杜鹃山》《白毛女》和《智取威虎山》片段。"⑤

由此可见,在特殊的时代背景下,借助于政治的力量和音乐自身的艺术美感,革命歌曲和"革命样板戏"构成内迁职工音乐生活的重要内容。

2. 单位意识形态音乐:颂歌、劳动歌曲

如果说革命歌曲和"革命样板戏"属于国内主流音乐在内迁职工音乐生活中

---

① 汪毓和.50 年中国音乐回顾之三"文革"时期的音乐和"文革"后的拨乱反正[J].中国音乐,2000(3).

② 采访杨文铁(原 41 支队文艺宣传队队长),电话访谈,2018 年 1 月 20 日,此后长期保持联系;采访屈有新(原 41 支队文艺宣传队班长),电话访谈,2018 年 3 月 21 日。

③ 采访张如玉(原水城矿务局文艺宣传队队长)、李凤祥(水城矿务局文艺宣传队演奏员),张如玉公司,2018 年 1 月 29 日。

④ 采访吴剑宇(原水城矿务局文艺宣传乐队指挥),电话访谈,2018 年 1—2 月,此后长期保持联系。

⑤ 卢相福.六枝文艺史话[M].北京:中国文联出版社,2013:175.

内容存在的话,那么对于单位优秀人物的歌颂,生产、生活场景的描摹所产生的颂歌和劳动歌曲,则属于内迁职工音乐生活中单位意识形态的音乐。为丰富矿区职工的精神生活、凝聚人心、鼓舞干劲、展现矿区的精神面貌,三线建设时期内迁职工以自己身边的优秀人物、典型事件和生产建设为题材,创作了大量音乐作品,主要集中在以下两种类型:

一是颂歌。对优秀人物的颂扬既包含对产生重大影响人物的颂扬也包含对身边小角色的塑造。如1971年3月26日,中国人民解放军基本建设工程兵第41支队战士许际直在矿井下作业,突然塌方,他用身体保护了队友的安全,自己则壮烈牺牲。此后,贵州省军区发出了全省部队战士向许际直同志学习的号召,一时间音乐作品层出不穷并借助政治的力量广泛传播。原六盘水市地方志办公室主任斯信强回忆道:"那年我们根据许际直的事迹创作了小歌剧《生为人民谱新曲 死为人民写壮歌》,在全区巡回演出,产生了很好的效果。"①与许际直同属一个支队的音乐创作员杨文铁更是记忆犹新:"那年我专程去许际直所在的二大队十七中队以及他的家乡四川巴中蹲点采访,对他的生平进行详细的了解,后来谱写了一系列音乐作品在单位传唱。"②1972年,六枝特区文化馆《文艺宣传资料》创刊,第二期作为专刊刊发《江茂明专辑》,以锣鼓快板、小演唱、小歌剧的形式歌颂了三次冲入井下救被困兄弟、最后壮烈牺牲的烈士江茂明的事迹,特区军代表张森林称《江茂明专辑》是一曲英雄的赞歌,在矿区广泛流传③。此外,对身边小角色的塑造在群众中也产生了积极的意义。1973年,六枝文化馆创刊出版了第一期铅印综合性文艺刊物《业余创作》,此后先后发表了《歌唱贫农王大妈》《驾驶员之歌》《歌唱杨汝明》《养猪模范刘德明》等音乐作品④,以生动朴实的笔触竖起了群众身边的一个个坐标。

二是劳动歌曲。源于生活是艺术创作的主要途径,内迁职工的主要任务就是生产建设,因此,此类作品在三线建设过程中大量存在,也深刻地影响了职工的音乐生活。这类音乐作品可分为两类,第一类是对建设场景的"白描",如反映基建施工单位施工场景的《战火海》《工地施工战》《快乐的斗车手》(表演唱,基建

---

① 采访斯信强,斯信强家中,2017年10月12日。
② 采访杨文铁(原41支队文艺宣传队队长),电话访谈,2018年1月20日,此后长期保持联系。
③ 卢相福.六枝文艺史话[M].北京:中国文联出版社,2013:45.
④ 采访卢相福(原六枝矿务局宣传部长),六枝文化馆办公室,2017年11月2日。

工程兵第41支队),反映早期矿井生活的《赶着马车下矿来》《工地铁工组》等作品;第二类是对生产建设场景的"写意",如《煤海深处炼红心》(表演唱,水城矿务局)、《地宗矿山换新貌》(六枝地宗矿文艺宣传队)、《英雄奋战大煤山》(63处文艺宣传队)、《高原英雄赞》(基建工程兵第41支队)等,从对生产建设的"白描"与"写意"两个方面再现了建设者不畏艰辛、斗志昂扬的革命豪情。

3. 民间音乐:迁出地与迁入地音乐的交汇

民间音乐作为地域文化的标识,凝聚了人们大量的文化记忆和情感寄托。三线企业职工大都由不同地域迁入,随之而来的就是和他们附着一体的迁出地音乐文化。卢相福在《六枝文艺史话》中回忆道:"由于煤矿职工来自四面八方,那时各种民族民间艺术形式争芳斗艳,贵州芦笙、陕北秧歌、云南花灯、东北高跷、四川花棍、河南唢呐、山东跑驴、中原旱船、江淮彩车……像烂漫的山花开满整个矿区,给人以美的享受。"①除此之外,西南地区丰富的少数民族音乐文化资源更是矿区创作、表演人员学习的一笔财富。据杨文铁和曲有新回忆:1973年我们部队慰问铁道兵一师和七师带了两套节目,一是样板戏,一是民族歌舞。民族歌舞我们主要是向云南国防歌舞团、花灯剧团以及当地老乡学习的,由于这些演出内容很新颖,去巡回演出受到了极大的欢迎②。

来自各迁出地的民间音乐在满足内迁职工多元化审美需求的同时更以情感寄托的方式缓解了对家乡的思念,对迁入地民间音乐的学习也进一步推动了地域间文化的交流与传播。

(三)内迁职工音乐生活的运行机制

单位集体音乐生活的有机开展依赖于演职人员的选拔、配备,观众群体的组织,演出设备的购置、管理与演出场地的建设等。单位充分发挥其制度优势,在"先生产后生活"的政策指引下,伴随生产效能的提升、生活条件的改善,不断提高职工音乐生活的质量、优化音乐生活的运行机制。

1. 演职人员的选拔

演职人员的选拔是音乐活动得以开展的基础,三线建设单位演职人员的选

---

① 卢相福.六枝文艺史话[M].北京:中国文联出版社,2013:28.
② 采访屈有新(原41支队文艺宣传队班长)、杨文铁(原41支队文艺宣传队队长),2018年1—3月。

拔大都经历了从业余到专业的渐变过程。

三线建设初期,为丰富职工的音乐生活,各生产建设单位逐级选拔具有音乐才能的职工组建文艺宣传队,负责矿区的文艺宣传。六枝特区文艺宣传队队长、三线建设亲历者卢相福回忆:"1965年9月六枝特区指挥部举办了首届职工文艺汇演,展出了12个单位的80余个节目,涌现出了一批优秀的演员。经过一年左右的酝酿,1966年秋以这次汇演中的优秀演员为主力组建了六枝特区第一支文艺宣传队,并在西南矿区指挥部招待所后面专门划拨四间油毛毡房子作为排练室和宿舍,队员们夜以继日集中排练,先后深入厂矿、农村、部队,为工农兵演出47场,观众近十万人次。"①这些演员放下乐器就是工人,拿起乐器就是演员,平时负责生产建设,演出前就临时抽调,专门从事排练、演出工作,这种选拔方式在三线建设初期的各厂矿普遍存在。

三线建设的中后期,随着内迁企业建成投产,经济效益不断好转,单位为进一步提高演出水平,在原有宣传队员的基础之上先后组建专职的文艺团体,不断满足单位宣传的需要和职工的审美需求。水城矿区委员会文件《关于成立局职工业余文艺宣传队的通知》(〔1981〕水煤工字第009号文件)清晰地记载了水城矿务局职工业余宣传队的组建情况:1981年3月成立水城矿务局职工业余文艺宣传队,分演员组、乐队组、美工组。在对基建工程兵第41支队的调研中同样出现这种情况:1969年5月,41支队专门从贵州省艺校招来一批文艺兵,加上以前的宣传队员,成立专门的战士演出队负责全师的文艺宣传工作②。

演职人员选拔方式的变化进一步体现了单位对音乐生活的社会控制功能。

2. 观众群体的组织

观众群体的获得感是音乐生活开展效度的重要衡量指标,以何种方式来组织观众、组织哪些观众进行观看,无不体现单位制的功能。

三线建设初期文化生活的极度贫乏使得观看文艺演出成为内迁职工重要的精神生活。由于演出场所大都在开阔的露天进行,没有相对封闭的区域,所以每逢有演出活动,单位就会在大喇叭中反复广播,在显眼的位置张贴海报,人们奔走相告,早早地搬着凳子像赶大集一样到指定地点占好位置,期盼着节目的早点上演。三线建设者二代陈桂湘说:"我之所以能走上音乐演奏之路与小时候在矿

---

① 采访卢相福(原六枝矿务局宣传部部长),六枝文化馆办公室,2017年11月2日。
② 苏世奇.六盘水三线建设音乐口述史[M].武汉:华中师范大学出版社,2019:60-61.

区看文艺队的演出有关,那个时候露天演出,谁都可以看,大家特别期盼,我挤在最前面早早地占好位置,看乐队的演奏看得如痴如醉。"①

此后随着俱乐部的修建,各种演出一般都会在俱乐部进行,工会会按照各单位的人数印制一定的票据作为一种福利发放给各级单位职工,而一些高水平的演出,如国家级专业院团的慰问、名家的到来等往往会优先发票给各单位优秀的干部职工。三线建设亲历者唐怀永说:"一般的演出,工会会发票给各部门,谁有时间或者爱好就去取票,甚至没票的也可以进去,只是可能没座位,挤得到处都是人,但是一些重要的高水平演出,单位不允许没票的进入,那就要指定发票了,一般都是给各单位表现比较好的人。"②

无论是早期的大喇叭宣传、海报通知,还是后期的票据发放,作为职工音乐生活顺利进行的一种保障机制,职工的一种生活福利,都具有明显的单位意识。

3. 演出物资的购置

演出物资是音乐生活得以开展的重要保障,主要包括乐器、灯光、音响、服装、道具等方面。

三线建设时期的乐器来源主要分为个人自制、购买和单位集中购置等方式。三线建设初期,演员的乐器极为简易、缺乏,且大多是由于个人对音乐的爱好,作为随身物品从迁入地携带的一些个人物品,或发挥自己的聪明才智利用自己的特长自己制作,如笛子、二胡等乐器。随着宣传工作的大量开展,这些简易的乐器、简陋的演出设备难以满足单位开展文艺活动的需要,于是由单位集中购置的演出设备作为国有资产就大量出现。李凤祥作为乐队的黑管演奏员回忆起乐器购置这件事记忆尤深:"我以前是吹笛子的,从小就喜欢,后来到了宣传队,说要组建管弦乐队,单位说我有笛子演奏基础,让我吹黑管,于是就转吹黑管了。但是没有乐器,不单我没有乐器,西洋乐器大家基本上都没有,于是单位就去上海专门采购了一批乐器还有些音响,我就是那个时候开始学习西洋乐器的。"③盘县 41 支队宣传队队长杨文铁在回忆起单位乐器采购这件事情上则说是"被逼无奈":"1970 年火铺会战,我们精心准备了一系列节目。演出一开始就下起了大

---

① 采访陈桂湘(三线二代,六盘水师范学院原音乐学院教师),六盘水师范学院,2017 年 12 月 20 日。
② 采访唐怀永(原水城矿务局文艺宣传队创作人员),唐怀永家中,2017 年 11 月 15 日。
③ 采访李凤祥(原水城矿务局黑管演奏员),水城矿业集团工会办公室,2018 年 1 月 29 日。

雨,而我们当时主要是民族乐器,如二胡、笛子之类的,遇到潮湿一时间变成了哑巴,唯有我的手风琴还勉强能拉,这次演出由于天气原因显得非常狼狈。可是塞翁失马焉知非福,也正是因为这次演出促使部队首长思考下一步如何改善宣传队乐器的问题。此后,我们陆续购买了一大批铜管乐器,引进了一些演奏员,到1975年左右基本完成了单管编制的创建。"①

集体演出所需的灯光、音响在建设初期几乎没有,为了演出需要出现了许多自制的设备。作为水城矿务局宣传队灯光音响师的陈明才对灯光、音响的置办过程颇有感慨:"宣传队成立初期,音响、灯光主要是我们自己制作,音响就是大喇叭套在大铁皮桶里面,灯光我们自己做的罩子灯防风、照明都不错。随着矿务局投产,效益越来越好,局党委特别重视文艺宣传,特别是1973年为迎接贵州省文艺汇演,局党委派我和另外一个电工到上海购买了专业的音响、灯光设备,演出的效果就更好了。"②

张如玉在回忆起单位演出服装、道具的问题时还记得:"早期的服装大都是自己制作或者工作服,后期单位统一买了很多由工会保管。我记得最清楚的是1973年的省文艺汇演,那个时候单位统一购置了崭新的蓝色涤卡服装,我们套在军大衣里面,脱掉军大衣一上场真就像服装秀,台下欢呼声响成一片,取得了非常好的演出效果。"③

在特殊的时代背景下,大量管弦乐器、灯光、音响、服装、道具等的购置更多的是一种单位功能的彰显,特别是在物质生活相对贫乏的年代,也只有单位能够承担昂贵的演出物资费用支出,实现器物的批量采购。

4. 演出场地的建设

演出场地是提升演出品位、满足演员与观众舒适感与获得感的重要物质载体。根据各单位的职工规模、经济效益等情况,演出场地可分为早期的露天舞台、简易舞台和后期的俱乐部修建两个阶段。

《水城矿区工会简史》中有这样的记载:"水城矿区1964年开始大规模建设时,在'土法上马''先生产后生活'的思想指导下,没有俱乐部,电影放映和文艺演出均在露天进行。1979年至1985年4月才相继建立了局机关、老鹰山煤矿、

---

① 苏世奇.六盘水三线建设音乐口述史[M].武汉:华中师范大学出版社,2019:64-65.
② 采访陈明才(原水城矿务局黑管演奏员),六盘水天鹏驾校办公室,2018年1月28日。
③ 采访张如玉(原水城矿务局工会主席),六盘水天鹏驾校办公室,2018年1月28日。

老鹰山选煤厂、汪家寨煤矿、汪家寨选煤厂、局机电修配厂6个俱乐部,总面积5 801平方米,座位5 273个。"①《六枝矿志》记载:"1965年至1966年,矿区指挥部在云盘修建了简易礼堂,取名抗大展览馆,可容纳两千余人。各基层单位用临时房、干打垒、油毛毡建立了几个简易文化活动室。1970年,六枝矿区第一个职工俱乐部在六枝矿落成,面积850平方米,1 228个座位。此后,地宗矿、四角田矿、木岗矿、化处矿、大用矿、凉水井矿、65处、地宗洗煤厂等单位的职工俱乐部相继建成。"②

单位修建的露天简易演出场地和俱乐部大都具有演出、会议、观影、用餐等多种使用功能,作为一种特殊的文化场域构筑了集体共享精神生活的文化空间,强化了单位职工共享集体劳动成果的成就感和获得感。

四、西南三线建设时期内迁职工的音乐生活

音乐生活作为单位文艺的重要组成部分,之所以能成为三线企业进行政治动员和社会控制的重要手段,主要在于三线企业共有的单位制属性、"嵌入式"的社会生活结构和音乐"感人也深、化人也速"的政治与审美功能。正如文艺人类学家所言:"单位组织内部不断运用多重手段对'单位人'的观念和习性进行积极方向的形塑,其中'单位文艺'因组织策划易于把控,表现形式多样,内容易于职工群众接受而成为'单位意识'形塑的重要手段。"③六盘水内迁职工音乐生活作为西南三线建设内迁职工音乐生活的缩影,其功能类型、内容样式与运行机制在其他行业、单位中也不同程度地存在。

位于四川广安的华光仪器厂是一家三线军工单位,作为三线建设亲历者的杨晓虹在回忆录中这样描述:华光仪器厂文工队成立于1966年,因为从小喜欢唱歌,她被破格吸收为厂文工队员。那个年代里必须把参加文艺汇演当作一项政治任务来完成,因此1971年参加了南充地区的现代京剧样板戏文艺调研,大获成功并在周边单位进行巡回演出。20世纪80年代初,单位召开的"73·9""74·8"等重要会议,文工队也进行了演出,她还参加了四川清音的表演唱,给前

---

① 水城矿区工会.水城矿区工会简史(手写版),1986:109.
② 贵州六枝工矿集团有限责任公司矿志编委会.六枝矿志(内部交流).2007:427.
③ 陈鹏,肖赛玥."单位意识"形塑研究——以"单位文艺"的促进作用为视角[J].哈尔滨工业大学学报(社会科学版),2019(5).

来参会的领导、专家留下了深刻的印象。20世纪80年代中期,每周二、四、六晚上在职工食堂定期举行的舞会,她和另一名男歌手担任主唱,为职工提供文化服务①。同期,位于贵州凯里、隶属于国家电子工业部的083基地长征机械厂的音乐生活也开展得如火如荼,据机械厂乐队首席何宗东回忆:当时厂子里面设有合唱队、乐队、舞蹈队。乐队的指挥是上海的知青别海音,40多人在工会活动室进行排练,当时他最喜欢的音乐是《千年的铁树开了花》《金色的炉台》,还有独具黔东南特色的音乐《苗岭的早晨》。主流音乐就是"革命样板戏"。1975年6月,为迎接第四机械工业部部长王诤将军视察,他们全脱产排练,厂里还向工具车间和电镀车间下达为乐队制作谱架的生产任务。1975年9月至1976年1月在083基地各工厂巡演20多场次,每次演出完毕还要为服务人员准备一些小节目,这是驻厂军代表沿袭的部队传统②。

由此来看,六盘水内迁职工音乐生活在具备个案的特殊性之时更多地体现了西南三线建设时期内迁职工音乐生活的共性存在。

小　结

本章共分两个小节,第一节从三线建设的概念和历史分期入手,为三线建设音乐概念、内涵与研究方法的设定提供了分析与研究的基本框架。运用"属加种差定义法",将同"属"的"文革音乐""知青歌曲"三线建设音乐放在发生、性质、关系、功能四个维度进行差异性分析,把三线建设音乐定义为:以三线建设为母体,以三线建设的生产场景、生活过程与建设者的精神世界为题材所创作的反映三线建设历史面貌、时代特征,讴歌"三线精神"的音乐文化类型。从音乐的属性、内容和传播方式的差异性方面进行分析,将三线建设音乐分为"三线建设时期"与"后三线建设时期"两个历史阶段。音乐口述史所强调的"个人感受"与"集体记忆"、音乐图像学的"图像镜像"与"文化象征"、音乐社会学的"社会变迁"与"音乐运动"等理论视角为三线建设音乐进行较深层次的文

---

① 张勇.多维视野中的三线建设亲历者[M].上海:上海大学大学出版社,2019:216-217.

② 政协黔东南州委员会.三线建设在黔东南[M].北京:线装书局,2017:131-137.

本解读提供了方法和路径。

由于本节主要关注三线建设音乐的概念、内涵与方法的问题,所以在"三线建设音乐"口述史"成史"过程中将要涉及的"音乐自述"与"音乐叙述"的比例关系、音乐图像学方法运用时如何解决"乐、图、文"的互证以及三线建设音乐与政治制度、时代背景、精神世界的内在联系等问题未作深入探讨。同时,三线建设音乐作为当代音乐史研究的新视野,本节对三线建设音乐的概念、内涵和方法等问题的设定和划分或许还存在这样或那样的偏颇与欠缺,但正是这种偏颇与欠缺才需要更多的学者来关注、探讨这一话题。

三线建设音乐历史作为由特殊群体所创造的小历史,"这(小历史)是一种适应未来公民社会形态的新史学"[①]。随着时光的推移,承载这段音乐历史记忆的亲历者将渐行渐远,对三线建设音乐文化进行抢救性整理研究就显得尤为迫切与急需,它不仅"增加音乐历史的细节叙述、拓展音乐历史的多种写法和多种风格"[②],更为当代音乐史的书写提供了新的视野。因此,在未来的研究中,三线建设音乐文化资料的搜集、整理工作依然是当务之急,基于此所进行的音乐口述史、音乐图像学、音乐社会学等多学科交叉的研究进程也需进一步深入展开。

第二节立足单位制的视角,以三线建设重镇六盘水三线企业职工的音乐生活为研究个案展开叙述。在"单位制"背景下,贵州六盘水作为西南三线建设时期内迁企业的聚集区,从内迁职工的音乐生活功能类型来看,呈现出"政治动员型""精神满足型"和"交流慰问型"三者并存的现象,涵盖了主流音乐、单位音乐与民间音乐的不同内容,在单位强有力的保障机制下,实现了演职人员的选拔、观众群体的组织、演出物资的购置与演出场地的修建,强化了职工对国家与单位的情感认同,丰富了职工的精神生活,鼓舞了士气,凝聚了人心。

单位通过政治动员和社会控制最终是要实现其经济发展(生产建设)的目标,经济的发展又进一步优化政治动员的形式和社会控制的手段,进而形成政治动员、社会控制与经济发展之间的双向互动。三线建设过程当中也同样如此:三线企业为保障建设、生产任务的圆满完成借助于音乐生活的构建,实现了内部成员的政治动员与社会控制,为三线建设的顺利进行提供了精神上的保障;同时,建设者精神世界产生价值认同和情感共鸣之后又会以更大的热情

---

① 钱茂伟.公众史学的定义及学科框架[J].浙江学刊,2014(1).
② 梁茂春.边角风光亦灿然——浅谈音乐史的边角研究[J].音乐探索,2015(2).

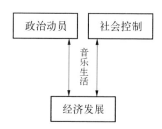

图 1-9 音乐生活与政治动员、社会控制、经济发展之间关系

投入到建设的浪潮当中,助推三线建设的顺利开展。随着建设取得成效,单位又进一步丰富音乐生活的内容,完善保障机制,音乐生活的质量进而得到提升(图1-9)。

从社会学的视角来看,三线建设时期"单位制"背景下内迁职工的音乐生活无论以何种形式出现,总是饱含"明确的主题和目标……对职工群众具有积极向上的价值引领和思想教育的作用"[①]。在传播媒介相对单一的计划经济时代,由此所产生的强烈集体意识、协作精神以及情感认同等积极因素,在满足职工精神需求的同时借助高度行政化的单位组织,把党和政府的各项决议、企业所需传达的精神意志迅速地传递到最基层的民众,为单位职工步调的一致提供了可能,这在新时代背景下依然具有积极意义。然而,从音乐学的角度来看,我们不难发现特有的时代背景以及"单位制"固有的"国家—单位"管理模式,更多地强调国家、单位的政治动员与"模范塑造",而淡化了音乐艺术的审美功能与个人内心世界的多元化表达,从而使音乐呈现出较为单一的模式化,其生命力的延续也就不言而喻了。

---

① 陈鹏,肖赛玥."单位意识"形塑研究——以"单位文艺"的促进作用为视角[J].哈尔滨工业大学学报(社会科学版),2019(5).

第二章

三线建设体育

三线建设文化生活是探索国家意志与地方实践多种关系的重要一环,从体育活动这一视角出发,有助于进一步拓展三线建设研究。有鉴于此,本章内容以档案、文献和口述访谈等资料为基础,对三线建设时期文化生活状况、体育活动开展、体育活动的特征及影响等进行初步论述。

第一节　三线建设的环境与文化生活

一、三线建设的环境

1964年5月下旬,鉴于日益严峻的国家安全形势,毛泽东作出加强战备、调整工业布局、进行三线建设的战略决策,全国开始了轰轰烈烈的三线建设。1964年下半年起,来自全国各地的职工在"好人好马上三线"的号召下,成千上万地聚集到广大的中西部偏远农村和小城镇。其中,攀枝花地处川滇交界的横断山区,云贵高原西北部的金沙江峡谷地带,因大西南内陆优越的战略位置和特殊的资源禀赋成为"备战"特殊历史条件下毛泽东重点关注的战略大后方[①]。1964年4—5月,毛泽东多次强调建设攀枝花钢铁厂的重要性[②],很快在中央集体达成

---

① 毛泽东.毛泽东主席对攀枝花建设的指示(1964—1967)[C].中共攀枝花市委党史研究室.攀枝花开发建设史文献资料选编.2000:6-7.

② 李富春.关于计划安排的几点意见;刘少奇.继续控制基本建设,着手搞西南三线;周恩来.关于第三个五年计划的若干问题(1964-05-28)[J].党的文献,1996(3).

共识①。

因受到"靠山、分散、隐蔽"选址方针的影响,攀枝花三线企业主要分散建设在金沙江东西长50多公里和仁和沟南北20多公里的"Y"字形河谷地带,缺乏城市依托,必然会给职工生产生活造成诸多不便。首先是物资供应紧张,无法满足职工基本生活需要。建设初期职工没有安身之所,只好露宿山沟,"三个石头支个锅,帐篷搭在山窝窝",没有菜吃就用盐水下饭,外地迁建职工尤其是鞍钢、阜新煤矿等北方职工不适应南方炎热的气候和饮食口味。生活用水甚至也无法保证,需要"从金沙江一盆盆往上端,一盆水早上洗脸,中午洗手,晚上洗脚,最后来打干打垒"②,基本生活所需的蔬菜缺乏和柴火紧张均关系到人心的稳定,很多职工对此表现出不满情绪③。面对艰苦的工作和生活环境,职工普遍存在"五怕"④思想。其次,由于执行"先生产,后生活"的建设方针,文化生活设施严重缺乏,连最基本的扑克牌都无法保证供应,职工只能"把医院作废的胶片弄出来做扑克凑合着玩,想法找点乐趣"⑤。虽然"有时候也会有文工团、歌舞团来特区和各个大型企业慰问演出……但是没得演出和电影看的时候文化生活就枯燥得很"⑥,职工娱乐更多的是听高音喇叭反复播放革命歌曲,"能听听收音机就很不错了"⑦。此外,医疗卫生、交通设施、地质灾害也影响着职工的生产积极性。

这些被整体迁建或部分援建而来的职工群体,在三线企业迁入地形成了相对独立的"社会"。虽然这些三线企业"具有政治、经济与社会三位一体的功能,

---

① 高扬文.三线建设回顾[J].百年潮,2006(6).
② 攀枝花市档案馆馆藏档案:攀枝花工业基地情况汇报提纲(1978年5月),0004-001-312.
③ 牛季良,刘洋.回忆电子工业三线建设[J].百年潮,2014(8).
④ 五怕:"一怕麻风、二怕狼、三怕横渡金沙江、四怕地震倒了房、五怕坏人打黑枪"。攀枝花市档案馆馆藏档案:渡口总指挥部政治部关于上半年政治工作情况和下半年政治工作安排的报告(1965年7月23日),ⅡA470:3.
⑤ 王DB(原煤炭指挥部职工、东北阜新煤矿援建三线建设者)访谈记录,攀枝花西区陶家渡攀煤集团办公楼老年支部,2018年7月17日。
⑥ 李ZS(原煤炭指挥部职工、东北阜新煤矿援建三线建设者)访谈记录,攀枝花西区陶家渡攀煤集团办公楼老年支部,2018年7月17日。
⑦ 卢M(原煤炭指挥部职工、东北阜新煤矿援建三线建设者)访谈记录,攀枝花西区陶家渡攀煤集团办公楼老年支部,2018年7月17日。

以行政性、封闭性、单一性为特征"①，但建设初期的城市建设没有基础，单位制社会组织形态也未能完善，三线企业既无法获取城市的文化设施，也无法融入乡村娱乐活动。建设者面临的实际情况是，整个工业区体育事业"是一张白纸，一无基础，二无场地，三无器材，四缺干部"②，职工开始抱怨攀枝花"天是罗帐地为床，澡堂就是金沙江，哪里还有运动场"③。基础设施建设严重缺失，造成生产生活上的严重困扰。据重庆印刷厂迁建女职工陈 XS 回忆："自己一度因为渡口生活一团糟，要住的没住的，要耍的没耍的，气得饭都吃不下。"④一些职工为了消除工余无聊时光开始赌博，虽然单位明令禁赌，但还是屡禁不止。时任渡口市第二建筑工程公司动力站站长马 ML 回忆："职工把门关到起，在屋里悄悄地赌博，我们就像抓敌特务一样，再怎么抓搞赌博的现象还是存在。"⑤

生活的艰苦和抱怨情绪累积，一些单位"职工不满这里生产和生活条件，成为职工离岗离职的导火索。一旦到了过春节的时候，好多人都要请探亲假，职工几乎都跑光了，找个戳钢印的都没得"⑥。这种枯燥的文化生活和孤独的情感，在知识分子队伍中也存在，负责矿石冶炼科研试验的四一〇厂部分职工开始抱怨"西昌好地方，四面是高山，既无电影院，又无娱乐场……狼多姑娘少，对象不好找"，有的甚至公开表示"只要调回重庆，宁愿降一级工资"⑦。职工中甚至出现"有的现在就要求回家探亲，有的要给中央写信，有的要跳金沙江"⑧的严重情况，职工队伍不稳定使生产建设受到严重影响。

---

① 何海兵.我国城市基层社会管理体制的变迁：从单位制、街居制到社区制[J].管理世界，2003(6).
② 攀枝花市体育运动委员会.攀枝花市体育志.1988：1.
③ 攀枝花市档案馆馆藏档案：我市体育工作情况汇报（1970 - 12 - 24），0084 - 001 - 001.
④ 颜 JR、陈 XS(原攀枝花自来水公司职工，重庆援建三线建设者)访谈记录，攀枝花市东区人民街 448 号 5 栋 16 号，2018 年 7 月 5 日。
⑤ 马 ML(原攀枝花市第二建筑工程公司职工，成都二建公司援建三线建设者)访谈记录，攀枝花大道东段攀枝花市经贸旅游学校内，2018 年 7 月 13 日。
⑥ 马 ML(原攀枝花市第二建筑工程公司职工，成都二建公司援建三线建设者)访谈记录，攀枝花大道东段攀枝花市经贸旅游学校内，2018 年 7 月 13 日。
⑦ 攀枝花市档案馆馆藏档案：四一〇厂在"练兵"运动中是怎样开展毛主席著作学习的(1966 - 03)[A].II472.
⑧ 攀枝花市档案馆馆藏档案：我市体育工作情况汇报（1970 - 12 - 24），0084 - 001 - 001。

二、三线建设的文化生活

为了稳定建设队伍,地方党政和三线企业开始把职工思想政治工作放在优先地位。1965年4月13日,攀枝花特区党委召开第一次大会,针对职工来自四面八方、思想混乱的状况,特区党委提出必须抓紧进行形势及阶级教育工作,宣传好人好事,稳定职工情绪,鼓舞干劲,要求各单位除了"必须使每个人都知道毛泽东有关渡口和三线建设的各项指示"外,还必须抓好"老三篇"的学习,搞"思想磨刀"运动,树立艰苦创业思想。各单位随之组织职工学习毛泽东著作,进行形势和任务教育,即使在夜晚也要学习毛泽东著作、唱语录歌①。经过思想宣传和政治教育,"三线建设的重要性尽人皆知,整个工地上为党中央争气,让毛主席放心的口号随处可见"②,工厂、矿山和基建工地的工人,在讲述当地建设情况和他们的工作与生活时,都很自然地谈到了毛主席对渡口建设的指示和要求③。

虽然三线建设的重要性"人尽皆知",但职工从东部、东北等繁华的都市来到中西部地区,心理动力严重不足。例如,在所有到攀枝花三线建设职工的人口构成中,99.5%为外来人员,其中绝大部分为非自愿申请到攀枝花工作的。仅靠"思想磨刀"这"政治动员"的方式,无法解决物质生活困难和精神生活匮乏的双重冲击,有些职工甚至不顾后果连夜偷跑回家,生产建设的顺利开展和稳定职工队伍成为地方党委和三线企业的紧迫的现实需要。其中,支援攀枝花三线建设的华北建筑公司第三公司由石家庄整体迁建,因不满高山峡谷的环境和艰苦的物质生活,部分职工坚决要求"打回老家去",成为建设初期职工不满生产和生活条线的典型事件。为了解决这一"棘手"问题,1965年4月14日,攀枝花特区党委针对华北建筑公司第三公司职工"闹事"情况,专门召开该公司支部书记以上的干部座谈会。特区党委书记徐驰提出"一定要把除工作、吃饭和睡觉以外的业余时间占满,要以无产阶级思想去占领阵地"④,同时明确要求把集体文化娱乐

---

① 韩国宾.艰难的攀钢岁月(1968-1980)[M].1995:6.
② 中共攀枝花市委党史工作委员会编.建设攀枝花的人(下)[M].成都:成都电讯工程学院出版社,1989:108-109.
③ 王焴长.我在"中央文革记者站"的一次突击采访[J].百年潮,2007(12).
④ 攀枝花市档案馆馆藏档案:华北三公司职工思想动态(1965年4月18日),0001-001-003.

好好搞上去。

除了政治动员外,如何稳定职工队伍,把"集体文化娱乐搞上去"成为面临的现实迫切需要。总指挥部白认和任汉卿在随后的调查中提出解决措施,指出在职工集中的地区设立新华书店或书摊,组织电影队巡回放映,解决职工文娱生活①。但三线建设总体是在"先生产、后生活"的建设方针指导下进行的,作为文化生活的体育活动,无法获得"名与实"的支持,各单位只能因陋就简,"山坡是现成的剧院、电影院,稍加平整,坡地就成了球场"②,篮球队、宣传队、放映队这一富有娱乐功能的"三大队"随之成为建设初期最受职工欢迎的文化生活方式③。

"三大队"的存在和发展在全国各地的三线建设企业普遍存在,各地区由于生产条件和物质生活环境迥异,"三大队"存在"此消彼长"的动态变化过程,但总的来说,作为解决三线建设时期职工文化生活的组织活动形式,其娱乐功能趋同,但活动方式和时空需求殊异。宣传队"面对面"的歌舞表演形式虽然生动活泼、深受职工喜爱,但各单位专职演出人员少且不固定,一般只在重大节日时从各单位临时抽调文艺爱好者组成,不能随时随地组织演出,且演出所需舞台搭建、化妆设施、电力和音响设备等硬件设施也无法得到保障。放映队同样存在队伍编制少、放映任务重、设备运输远和场地选择难等问题,无法随时随地放映。两者都存在时间安排、空间布置和设备安装等问题,无法普及到整个工业区。与之相较,体育活动具有不受场地影响、人数限制和时间安排的优势,逐渐成为全工业区范围内广泛开展的职工文化活动方式。

第二节 体育活动的开展

随着生产活动的发展,为了解决文化生活的需要,除了篮球运动得到一定程度的开展外,职工还自发性地开展武术、摔跤等自己家乡的传统性地方体育活动,同时也组织小范围的象棋和游泳等简单易行的体育活动。伴随着三线建设

---

① 攀枝花市档案馆馆藏档案:关于攀枝花矿区区划等问题的报告(1965年4月2日),IF-001-604。
② 攀枝花市档案馆馆藏档案:渡口基本情况(1974),0001-001-003。
③ 段HY(三线建设成昆铁路建设者,女铁道兵)访谈记录,攀枝花市仁和区同德烈士陵园,2019年12月15日。

职工的大量涌入，"小众型"的地方体育活动已无法满足日益增长的文化生活需要，有组织地开展体育活动势在必行。

一、机构成立与经费保障

体育活动具有天然的娱乐性，职工对体育活动产生广泛而热烈的需求。各地三线建设单位在开展生产活动的同时，体育管理机构也开始"从幕后走向前台"。以三线建设重点地区攀枝花为例，1966年3月，国家体委下发通知，提出让"厂矿、企业、机关开展多种多样的群众性体育活动，组织小型比赛"[1]，攀枝花特区党委于当年5月20日成立工业区体委，体委的体制实行委员会制[2]，由副市长蔡步云兼任主任委员，江玉春、马金生等任副主任委员，1名专职委员蔡瑞平任办公室主任，17名有关部门领导兼任委员。成立之初，体委的主要工作是在市政府领导下，组织和开展群众性体育活动，增强职工体质，活跃工余文化生活，建立基层体育组织，抓好体育场地建设。1968年7月17日，按省市有关文件，由中国人民解放军成都军区军管办批准，对市体委实行军管，由军代表张俊渠等全权负责党政工作。1970年12月10日，撤销中国人民解放军渡口市体育运动委员会军事接管小组，成立渡口市体育局。体育局设副政委，由军代表担任，下设体工、政工、后勤三个组。1972年10月恢复体委，此后组织机构逐渐完善，体育事业蓬勃发展，体委委员制未恢复。

随着1970年攀钢出铁和成昆铁路全线通车，地方政府开始着手抓市政和生活福利设施建设，体育事业有了进一步发展。首先是体育领导机构进一步健全，专职人员不断增加，从1966年到1974年的八年间，攀枝花市体委工作人员（不包括各指挥部、区专职体育干部在内）已从建设初期的"四人体委"发展到44人的体育领导机关[3]。随着三线建设的推进，农村地区也开始成立和完善体育主管机构。1972年11月，由原大河、玉泉、金江、大田四个区体育科成立了郊区体

---

[1] 攀枝花市档案馆馆藏档案：国家体委党委关于1966年全国体育工作会议的报告（1966-03-15），0001-002-043。

[2] 何海兵.我国城市基层社会管理体制的变迁：从单位制、街居制到社区制[J].管理世界，2003(6).

[3] 攀枝花市档案馆馆藏档案：渡口市体委关于编制十年远景规划说明（1974年9月19日），0084-001-007。

育委员会,具体负责农业区的体育工作。1981年,郊区体育主管机构改名为仁和区体育委员会,有专职工作人员三人,设有业余篮球队、足球队①。

体育经费也开始逐年增加。如甘肃金昌在三线建设之初,体育工作即由市文教卫生委员会主管②,但体育活动的开展其实殊途同归。金昌地区在体育委员会成立以来,政府逐年增加体育经费,促进了体育事业的发展,其中,市财政先后拨款184.07万元,省财政厅和省体委先后拨款20万元。经费开支上,体育教育(市业余体校学生伙食补贴、服装、器材)占40%左右,人员经费和体育活动费占20%左右,体育设施的建设和维修占40%左右③。攀枝花地区在1971年的投入更是高达115.35万元,虽然随后基建费用有所下降,但体育行政费和事业费均有较大幅度的上升,为体育工作的进一步开展提供了资金保障(表2-1)。

表2-1 攀枝花市历年体育工作行政费、事业费和基建费　　(单位:万元)

年　度	行政费	事业费	基建费	合　计
1971	1.85	3.5	110	115.35
1972	1.87	7.56	—	9.43
1973	2.13	14.1	5.24	21.47
1974	2.13	11.16	—	13.29

资料来源:根据攀枝花市体育运动委员会编《攀枝花市体育志》(修订稿,1988年)第87页资料整理。

二、体育活动场地的建设

有了体育领导机构和经费的保证,体育组和体育协会先后成立,进而促进三线企业体育组织的建设和发展,各三线单位也开始发动群众开辟场地。如攀枝

---

① 四川省攀枝花市市志编纂委员会编.攀枝花市志[M].成都:四川科学技术出版社,1995:896.
② 甘肃省金昌市地方志编纂委员会编.金昌市志[M].北京:中国城市出版社,1994:683.
③ 甘肃省金昌市地方志编纂委员会编.金昌市志[M].北京:中国城市出版社,1994:686.

花地区煤炭指挥部所属7号信箱(4-7)①自己动手,发动群众开创各种简易场地,自做单杠、双杠、举重杠铃器材,因陋就简地广泛开展篮球、乒乓球、羽毛球、跳高、跳远、体操等各色各样的体育活动;二〇公司(汽车运输公司)大修厂则通过单位之间的协作,开辟了一个七人比赛足球场②,基础设施在"因陋就简"基础上向规模化建设推进。从1967年开始,基础建设投资有了较大的增加,该年度体育场地建设计划投资达到14万元③。据不完全统计,截至1972年12月底,攀枝花地区全域有各种项目的业余队604个、运动场地408个,其中灯光球场105个④,体育场馆成为职工集体共享文化生活的空间。

西昌地区也大力开展职工体育活动场地的建设。民国时期,国民政府为将西昌打造成第二个战略后方根据地,以西昌行辕为中心进驻了大批的机构和人员,但囿于经费欠缺和战时精力,境内体育设施仅南郊有一简易田径、足球场,此外在部分有条件的学校和驻军、最高行政机关内设有篮球场,总计亦不超出10个运动场地。新中国成立初期,由于生产力推进的原因,体育活动在西昌地区开展缓慢。60年代初期,由于体育组织机构的建立,西昌专区在西昌县召开体育群英会,开始进一步推动体育活动的开展。

三线建设初期,毛泽东非常重视钢铁事业发展,由于地处西南,且物产丰富,地理位置优越,西昌的钢铁工业开始得到重视。1958年3月"成都会议"后,在"大跃进"指导思想的影响下,四川省委开始积极推进西昌工业区的建设,大批工程技术人员和管理者进入西昌地区,体育场馆设施开始得到增强。到1965年前,政府拨款修建大中型场馆,各学校和有条件的厂矿、机关等单位亦纷纷建设体育场地及设施。如1964年开建的西昌市体育馆,占地近3 000平方米,内设灯光球场和露天游泳池各1个,球场四周建有钢筋水泥阶梯式看台,可容数千人就座观赛。体育馆设备设施可供篮球、排球、体操等活动和竞赛。游泳池有50

---

① 三线建设期间为对外保密需要,单位名称以信箱代替,1、2、4、9、10、17号信箱分别为总指挥部、冶金、煤炭、交通、建工、林业指挥部,各大信箱下属单位为附属信箱,如煤炭指挥部附属7号信箱即为4-7,其他信箱同。下同,不再注释。
② 攀枝花市档案馆馆藏档案:我市体育工作情况汇报(1970年12月24日),0084-001-001。
③ 攀枝花市档案馆馆藏档案:渡口市体育运动委员会关于1967年度体育场地建设计划(1967年2月4日),0002-001-120。
④ 攀枝花市档案馆馆藏档案:渡口市体委1973年工作总结(1973年12月30日),0084-001-006。

米泳道8条,以自来水为水源。同样兴建的大型体育场馆还有四川省西昌航海俱乐部,这座位于泸山脚下邛海之滨的水上体育馆,于1964年三线建设初期在原西昌水上运动站基础上扩建,由四川省体委主办,20世纪70年代逐步完善建成,设备可进行海军5项、航海多项、摩托艇划水及帆板等训练与竞赛①。虽然受到"文革"的冲击,但随着1973年四川省"省职工体育工作座谈会"的召开,西昌地区的职工体育活动再一次得以正常进行,并得到进一步发展。

三、体育活动的快速发展

有了组织领导机构建立、经费供给、场所建设等呈现出的变化,随之而来的是体育活动组织的频繁性、体育项目的多元化、参与人数的扩大化。在攀枝花地区,1970年市体委组织的体育表演活动就呈"爆发式"增长,该年有6次全市性体育表演活动,其中5次大型体育活动在各地区、各单位20个点进行,除了为在生产第一线的钢铁、煤炭、电力、运输、基建等各行业工人表演以外,还深入到部队,为解放军表演17场,为伤病员表演4场,为有农民的地区表演4场②。

体育的健身功能和娱乐性特点成为缺乏文化生活的职工和家属的"广泛追求"并得以迅速辐射,吸引大量职工和家属积极参与。攀枝花地区的林业指挥部为了开设更多的体育项目和扩大职工参与面,要求下属单位分头准备:17-1组织全林区男、女篮球邀请比赛;17-6组织男、女乒乓球邀请赛;17-3组织男子排球赛;17-5选派男、女拔河队参加市里比赛;17-9依托所办中学组织青少年田径代表队和女子排球队参加市里比赛③。同处攀枝花地区的攀钢因公司单位众多,职工大多来自不同地域,为了照顾职工不同运动爱好,公司按照小型、分散、业余的原则组织拔河赛、越野赛、篮球赛、排球赛、乒乓球赛和棋牌比赛,组织由下而上的田径运动会,小型分散的体育比赛经常举行④。冶金矿山公司、十九

---

① 四川省西昌市志编纂委员会.西昌市志[M].成都:四川人民出版社,1996:905-906.
② 攀枝花市档案馆馆藏档案:我市体育工作情况汇报(1970年12月24日),0084-001-001。
③ 攀枝花市档案馆馆藏档案:关于参加渡口市首届工农兵体育运动会项目安排请示报告(1971年7月27日),0037-002-012。
④ 攀枝花钢铁(集团)公司.攀钢志(1964—1985)[M].北京:科学出版社,1994:436-437.

冶所辖单位兰尖铁矿、朱家包包铁矿等企业单位在每年定期举行运动会,竞赛项目设置有拔河、乒乓球、象棋、游泳、田径等①。建工指挥部航道处则根据企业自身特点,除了开展篮球、排球、足球、乒乓球、羽毛球、广播操、拔河比赛外,还包括游泳、水上救护、单杠、双杠、爬杆等项目,70%以上的职工参加了体育锻炼②。此外,各单位还结合生产特点,编制和推行生产操③。

体育活动开始呈现出参加人多面广、体育项目多、基层活动活跃等特点。据统计,仅1970年国庆节进行的7天62场比赛,观众就近5万人次④,1972年年底的全市第二届运动会,参加比赛的运动员为1 086人,其中最小年龄的11岁、最大的40岁,观众激增至18万人次⑤。仅半年之后,1973年上半年全市各县乡、各区举行各项竞赛多达24次,运动员3 071人,观众达48万人次⑥。该年举办的12次全市性比赛中,除篮球、排球、足球、乒乓球和田径外,棋类和越野跑也开始增多。此外还增设了横渡金沙江的游泳赛,600余名运动员报名参加,经过严格的选拔后组成184人(女子8人)的精干队伍渡过金沙江,其中年龄最小的16岁、最大的40岁⑦。

各大企业和机关也开始从"自娱自乐"到有组织地通过体育活动"走出去"交流,加强不同单位之间的互动。如煤炭指挥部要求机关和各生产单位采取"请进来,走出去,共同学习的办法进行友谊比赛"⑧;林业指挥部则根据作业林区范围广、职工分散的特点,组织篮球队深入到300公里内的各林区,为林业工人进行

---

① 攀枝花东区银江镇志编纂委员会.银江镇志[M]北京:中央文献出版社,2010:357.
② 攀枝花市档案馆馆藏档案:关于参加渡口市首届工农兵体育运动会项目安排请示报告(1971年7月27日),0037-002-012。
③ 攀枝花市档案馆馆藏档案:国家体委党委关于1966年全国体育工作会议的报告(1966年3月15日),0001-002-043。
④ 攀枝花市档案馆馆藏档案:我市体育工作情况汇报(1970年12月24日),0084-001-001。
⑤ 攀枝花市档案馆馆藏档案:渡口市第二届运动会成绩册(1973年9月),0084-001-006。
⑥ 攀枝花市档案馆馆藏档案:渡口市体委1973年工作总结(1973年12月30日),0084-001-006。
⑦ 攀枝花市档案馆馆藏档案:渡口市体委1973年工作总结(1973年12月30日),0084-001-006。
⑧ 攀枝花市档案馆馆藏档案:渡口市十七号信箱革委会关于新年、春节开展文体活动的通知(民兵政治工作简报第一期)(1971年10月),0049-002-057。

了16场慰问表演①；林业指挥部各附属单位也先后开展体育交流活动，17-1所属大河林场就邀请全局各场（队）12支代表队在大河林场召开体育运动大会，共进行了20场篮球和5场乒乓球友谊赛；17-5邀请12支代表队在四连举行体育运动大会，自始至终开得很活跃②。

第三节　体育活动的影响

一、丰富文化生活

作为集体性文化生活，体育是特殊时代和社会环境作用于三线企业的产物，地方政府和三线企业又通过运动和比赛等仪式化特征明显的体育活动进行思想教育和精神动员，充分发挥了政治宣传和社会控制的功能，同时，职工体育活动也极大丰富了职工业余生活，增强了单位认同感和凝聚力，也为"工农结合"助力，达到了"有利于安定团结，进一步加强友邻单位的团结，有助于巩固工农联盟"③的目的。

随着体育活动的开展，职工观看比赛和参与体育活动成为生活常态。在文化生活贫乏的三线建设时期，作为各单位建设性的重点内容，体育比赛的趣味性、激烈性、竞赛性形成的可观赏性会让职工身心得到放松，也在一定程度弥补了"不带家属"带来的情感缺失，体育成了联络感情、增进交往的活动方式④。对于场上运动员来说，通过体育活动展示身体力量和运动技巧成为观众瞩目的焦点是很光荣的事情。据当年宣传和体育运动的参与者回忆："那个时候一个宣传队员，一个篮球队员，不亚于现在当明星。"⑤

---

① 攀枝花市档案馆馆藏档案：我市体育工作情况汇报（1970年12月24日），0084-001-001。
② 攀枝花市档案馆馆藏档案：发展体育运动，增强人民体质（民兵政治工作简报第二期）（1971年10月5日），0049-002-057。
③ 攀枝花市档案馆馆藏档案：积极开展地区性的体育竞赛活动.体育工作简报第26期（1975年9月6日），0084-001-008。
④ 仁和镇志编纂委员会.仁和镇志［M］.北京：中央文献出版社，2009：369.
⑤ 岁月山河·攀枝花（第4集），中央电视台"人文地理"频道，2011年3月播放。

二、提高工作效率

对于单位来说,体育活动既能弥补其他文化生活之不足,还能增强职工体质,从而提高生产效率,有着一举多得的功效。"有的职工过去体质弱,因气候变化经常感冒,被称为活的'气象台',通过参与各种形式的体育活动,活的'气象台'不灵了"①。例如,交通指挥部下属航道工程处通过开展体育活动,职工"发病率下降15%以上,有效地促进了抓革命、促生产,所承建的三号公路比原计划提前两个月胜利通车"②。煤炭指挥部小宝鼎煤矿也因职工体育活动的开展而受益,所属采煤二队80%的工人成为体育运动积极分子,体质明显增强,出勤率达到94.7%,许多人还成为生产上的"闯将"。1972年冬天以来,该队每月生产都突破原煤万吨大关,被上级党委命名为学大庆先进采煤队,受到各级党委的通报表扬③。建工部2号信箱原来是全市闻名的"老大难"单位,"文革"初期该单位生产秩序混乱,"是典型的吹牛打牌、赌博泛滥成风的单位",通过大力开展文体活动,先后组织了100多场连与连、班与班的篮球、乒乓球友谊赛,职工走出了宿舍,来到文体活动现场。2号信箱五连90%的职工积极参加文体活动,该连面貌焕然一新,在"抓革命、促生产"中成为一支先进连队,提前两个月完成年度生产计划④。通过大量体育活动的开展,职工精神世界得到丰富,从"打牌赌博"到"走出宿舍,来到文体活动现场",实现了文化场域的构建和职工精神面貌的转变。

三、增强集体意识

除了身体素质提高和生产效率改善外,职工体育也增强了单位的凝聚力,

---

① 攀枝花市档案馆馆藏档案:1983年渡口市体委工作总结(1984年3月10日),0084-001-019。
② 攀枝花市档案馆馆藏档案:渡口市体委1973年工作总结(1973年12月30日),0084-001-006。
③ 攀枝花市档案馆馆藏档案:渡口市体委1973年工作总结(1973年12月30日),0084-001-006。
④ 攀枝花市档案馆馆藏档案:我市体育工作情况汇报(1970年12月24日),0084-001-001。

无论是场下观众还是场上运动员,均表现出明显的"主人翁"意识。观众无论是为比赛热情助威,还是后勤服务保障,都积极表现出良好的单位形象,"主场"职工更是如此。例如,水泥厂在欢迎前来友谊比赛的队伍时,观看比赛的职工占全厂职工总数的 80% 以上,这些基层群众"主动打锣打鼓,热情迎送,整理比赛场地,为运动员送茶送水,踊跃观看比赛",观赛时则"热情饱满,遵守纪律,团结友好,鼓励运动员打出风格、打出水平"[①]。为了进一步增强凝聚力,三线企业还积极开展特色体育项目以增强职工的集体荣誉感和归属感。攀钢和十九冶两家单位通过资金和训练投入,分别在篮球、体操项目上取得显著的成绩,篮球队和体操队分别成为职工引以为傲的身份象征。为了更好地提升单位凝聚力和影响力,十九冶加大体育投入,除了体操外,篮球队也"异军突起",男、女篮球队连续几年都获得市级各类比赛第一名。攀钢和十九冶作为攀枝花工业区的核心企业,无论投资还是建设规模都占最大比例,其职工体育活动的"模范带头作用"自然形成"蝴蝶效应",引起各单位纷纷效仿,均表示"要更广泛地开展各种各色的体育活动,让社会主义更好地去占领职工业余阵地,使体育更好地为建设攀枝花工业基地服务"[②]。为了"占得先机",一些经济实力强的单位甚至采取"走捷径"的办法,从外地特招运动员,如商业局就从重庆招收一批运动员,"女篮尤其出色,称雄渡口",交通、攀矿等单位也从外地特招一批运动员,从此"赛事频频,竞争激烈,牵动人心"[③]。频繁的赛事和争取来的体育荣誉,极大地增强了单位凝聚力,体育比赛的竞赛性也促进着生产竞赛的开展,从而进一步提高了生产效率,实现了体育活动与生产效率的良性互动。

四、强化身份认同

在运动场上的职工普遍认为,体育比赛"更有政治意义,比赛充满了浓厚的

---

① 攀枝花市档案馆馆藏档案:渡口市体育局 1972 年工作总结(1972 年 12 月),0084-001-004。
② 攀枝花市档案馆馆藏档案:积极开展地区性的体育竞赛活动.体育工作简报第 26 期(1975 年 9 月 6 日),0084-001-008。
③ 攀枝花市体育运动委员会.攀枝花市体育志[M].攀枝花.1988:11.

政治空气……起到了团结职工,鼓舞职工的作用"①。据煤炭指挥部一位参加慰问表演比赛的篮球队员回忆:"到兄弟单位去慰问表演,受到当地职工的热情欢迎,心里感到热乎乎的,那个时候考虑的不是别的,而是如何完成政治任务的问题。"②在庆祝攀枝花建设十周年篮球运动会举办过程中,体委在其简报中也对运动员和观众参与体育所体现出的政治关切进行了生动的描述:

  篮球场内,掌声雷动。精彩球艺,吸引观众。
  友谊第一,比赛第二。团结战斗,球场新风。
  勇敢顽强,你守我攻。精益求精,积极主动。
  胜者不骄,败者不馁。赛出风格,赛出水平。
  球场新风,到处传颂。宁失一球,不伤战友。
  汗流满面,毛巾送手。口渴舌干,茶水到口。
  党的路线,牢记心中。好人好事,层出不穷。
  狠批孔孟,反对锦标。团结战斗,力争上游。③

简报通过"短评"方式,以朗朗上口的韵律形象地展现了体育比赛"全景":体育活动的组织者、观赛者、参赛者的主人翁意识和身份认同"三位一体",场上职工"精彩球艺""勇敢顽强"所展示出的拼搏和技巧,为争取集体荣誉所体现出的"团结战斗"的"球场新风",场下观众"掌声雷动"所体现出的文明和热情,运动员和观众共同呈现出"汗流满面,毛巾送手。口渴舌干,茶水到口"的和谐画面……体育活动借此实现了"党的路线,牢记心中"的政治教化功能和"团结战斗,力争上游"的凝心聚力作用。

五、促进人才培养

随着三线建设的开展,体育活动开始"蔓延"到中小学校和当地机关单位,学

---

 ① 攀枝花市档案馆馆藏档案:我市体育工作情况汇报(1970年12月24日),0084-001-001。
 ② 攀枝花市档案馆馆藏档案:我市体育工作情况汇报(1970年12月24日),0084-001-001。
 ③ 攀枝花市档案馆馆藏档案:庆祝攀枝花建设十周年篮球运动会简报第四期(1975年4月12日),0084-001-010。

校和企事业单位体育活动也得到一定程度的发展。如甘肃三线建设开始后,金昌地区作为全国最大的镍矿生产基地,配套的学校教育也开始布局。随着建设的推进,学校体育正式开展起来。市体委和文教部门合作抓各个学校的传统项目训练,其中金川公司一中的男、女篮球作为传统优势项目入选①。1958年3月"成都会议"后,党中央和毛泽东开始在西昌地区布局建设攀枝花钢铁公司,大量的工程技术人员进入西昌市,随着三线建设的全面开展,体育活动也得以顺利发展。1961—1965年间,西昌青少年乒乓球队三次参加西昌专区比赛,均取得良好成绩,尤其是1965年的第三次比赛中,川兴中学乒乓球队获男子组第一名、一中队获得第三名;女子组一初中队获第一名,二初中队获第二名。1972年,四川省青少年乒乓球运动会在西昌举行,进一步推动了该项运动的开展,此后乒乓球运动主要在学校开展(表2-2)②。

表2-2 西昌县1965—1978年体育运动会(竞赛)统计表

年份	运动会(竞赛)名称	参赛人数	备注
1965	西昌县少年篮球、乒乓球选拔赛	360	
1972	西昌县中学生田径运动会	150	
1972	西昌县青少年业余体校篮球赛	200	
1973	西昌县青少年排球赛	100	
1974	西昌县"六一"儿童节大型广播体操表演赛	3 000	
1978	西昌县城区乒乓球赛	110	

资料来源:根据四川省西昌市志编纂委员会编《西昌市志》(四川人民出版社1996年版)第903页内容整理。

在体育进入学校后,体育人才的培养也随着三线建设的推进而迅速发展。通过建立业余体校,采取开设重点班、校外班与设置训练网点等训练方式培养体育人才。在培养主体方面,也采取多种形式。市体委和各大企业开展各个层级的体校,学校则设立单项训练网点,工会、团委、妇联则举办各

---

① 甘肃省金昌市地方志编纂委员会.金昌市志[M].北京:中国城市出版社,1994:684.
② 四川省西昌市志编纂委员会.西昌市志[M].成都:四川人民出版社,1996:895.

种短训班。通过多种形式,培养出一大批运动员。例如,攀枝花地区1975年即开始通过建立市体育中学、十九冶业余体校、市篮球集训队、训练网和传统项目布点等各种形式培养体育人才,先后向上级运动队输送了40名运动员,荣获国家级健将称号的运动员就有7名。其中,1975年开始成立的十九冶业余体校,开创了全省企业办体校的先例,体校设立体操队和女子排球队。体操队于1982年被列为四川省重点班,直接由四川省体委拨付经费,先后培养出100多名运动员,多次代表全市参加省级比赛,为省队输送1名队员;女子排球队也多次参加省级比赛,先后培养出60多名运动员,为省队输送1名队员[①]。

六、促进工农互助

三线建设之初,"厂社结合"由广安县的地方经验上升成为一种模式,得到中共中央的认可并在西南地区乃至全国范围内试点推广[②],"厂社结合"也成了攀枝花三线企业必须执行的政治任务。在此背景下,地方党委要求各三线建设单位,"凡靠近公社、生产队的单位,还要主动与他们取得联系,通过新年、春节活动,进一步加强工农联盟"[③]。攀枝花的三线建设单位主要分布在远离城市的农村和偏远山区,为促进工农业生产和融洽工农关系,各大三线单位通过"工农结合"的方式实行工厂带社,发动职工支农带社,大力开展"带政治""带生产、科学技术"和"带文化"的"三带"活动(表2-3)。在"嵌入"当地的过程中,三线企业职工与当地农民频繁交流,体育活动也因此向附近农村地区"溢出"。在"三带"活动支持下,三线工厂帮助当地造田筑坝,农忙时节帮助农民插秧种地,一方面改善了工农关系,减少农民在田地里耕作的时间,为缩小城乡差别创造了条件,同时也为农民"上岸"运动提供了现实可能。

---

① 四川省攀枝花市志编纂委员会.攀枝花市志[M].成都:四川科学技术出版社,1995:895.

② 李德英,粟薪樾.三线建设初期"厂社结合"模式的产生与推广[J].中共党史研究,2021(4).

③ 攀枝花市档案馆馆藏档案:渡口市十七号信箱革委会关于新年、春节开展文体活动的通知(民兵政治工作简报第一期)(1971年10月),0049-002-057。

表 2-3　各大企业带社任务表

序号	单　位	所带社队
1	冶金指挥部	银江公社
2	煤炭指挥部	太平公社 灰老公社
3	建工指挥部	玉泉公社
4	水泥厂	和平公社
5	市人委	田房公社
6	市农林局	土城公社
7	仁和林业局	学房公社
8	盐边森工局	务本公社
9	拉姑林业局	大竹公社 阿拉公社 官房公社

注：电力指挥部、大桥五处等单位所带生产队和各区所带的公社未列入本表。
资料来源：攀枝花市档案馆馆藏档案藏《关于贯彻省委元月十九日电话会议的情况简报（1966年1月28日）》，档案号0001-001-019，第6页。

建市以前，攀枝花地区农村体育活动落后，建市以后，农村体育主要在城市邻近的农村地区和郊区比较富庶的社、队开展，多为拔河、掷石头、摔跤、赛马等民间传统项目。随着攀枝花三线建设的开展和城市群众体育活动的开展，现代竞技体育项目也逐渐传入农村，篮球运动尤其受到欢迎，成为农民运动会的主要比赛项目[①]。在"三带"的同时，三线企业修建体育设施也为农民参与体育活动提供了场地条件。例如，地处攀枝花工业基地核心区的银江公社，各单位在"嵌入"到社队的过程中先后在该公社8个大队全部建起简易灯光球场，普通球场数量更多，促进了三线职工与农民的体育交流互动。据当地彝族村民回忆："工人一下班就跑到小沙坝村小学篮球场，和我们当地农民打比赛。"[②] 境内铁道兵驻军、厂矿企业

[①] 四川省攀枝花市志编纂委员会.攀枝花市志[M].成都：四川科学技术出版社,1995：892.
[②] 康XL（攀枝花市东区小沙坝村民）访谈记录,康XL家中,2018年7月13日。

等单位篮球队也频繁地与社队开展篮球比赛。在工农之间的体育互动过程中，不仅农村体育活动场地等硬件设施得到改善，当地农民的篮球运动成绩也因长时间、多频次的锻炼而得以提高，如攀钢和矿山公司经常与附近银江公社一些社队开展篮球比赛，银江公社的社队体育活动尤其是篮球运动水平得到迅速提升，甚至出现五道河余家篮球队、密地村杨家篮球队等一批球技出众的家庭篮球队。铁道兵和桥工队等邻近单位经常与附近倮果村比赛交流，"倮果村柴家五兄弟篮球队和张家五兄弟、五姊妹篮球队也因此具有较强实力，常年活跃于全区农村和铁路沿线及金沙江两岸"，柴、张两家五兄弟篮球队为倮果村赢得银江乡运动会三连冠，女队代表银江乡参加金江区、东区运动会，荣获三个第一名的成绩①。

西昌地区的地方性群众体育竞赛也在此时期开展起来。建设初期，西昌县虽然未举办全县性的大型运动会，但基层单位仍然坚持小型、单项体育竞赛活动，70年代以后，大型竞赛性的运动会更是日趋频繁，形式多种多样，内容丰富，除综合性运动会和多项竞赛外，还有单项锦标赛、邀请赛、表演赛、友谊赛、选拔赛、集训汇报赛等，参赛层次有县（市）级、地（州）级、省级甚至全国性比赛②。仅在1975—1978年的四年间，就举行了三次大型比赛（表2-4）。其中，1978年8月举行的西昌县城区乒乓球赛，男子组第一、第二、第三名分别为410厂队、地区体委和县商业局队获得；女子组第一、第二、第三名分别为县商业局队、纤维板厂队、五冶机械公司队获得③。

表2-4 西昌县1975—1978年体育运动会（竞赛）统计表

年份	运动会（竞赛）名称	参赛人数
1975	西昌县城区篮球赛	200
1977	西昌县城区篮球赛	200
1978	西昌县城区乒乓球赛	110

资料来源：根据四川省西昌市志编纂委员会编《西昌市志》（四川人民出版社1996年报）第903页内容整理。

---

① 攀枝花区银江镇志编纂委员会.银江镇志[M]北京：中央文献出版社，2010：356.
② 四川省西昌市志编纂委员会.西昌市志[M].成都：四川人民出版社，1996：903.
③ 四川省西昌市志编纂委员会.西昌市志[M].成都：四川人民出版社，1996：895.

20世纪70年代,西昌地区的农民体育活动在各大三线建设企业的影响和带动下得到进一步的发展,各区乡都开始举办小型、单项运动会。1975年,西昌县再度召开农民运动会,有兴川、礼州、太和、黄联关灯9个公社运动队参加。因多次执法裁判工作,兴川公社农民裁判员宋远花(男)甚至出席了在广西南宁举行的全国农民篮球赛并担任裁判,还受到时任国务院副总理陈永贵的接见①。甘肃金昌地区的农民体育活动也在该时期开展起来。朱玉堡农民运动员郭长义自1964年以来,多次参加武威地区、甘肃省、西北地区、华北地区和全国第二届运动会的3 000米、5 000米、10 000米等项目的跑步比赛,均获得较好成绩②。

由于强调体育"为政治服务",体育活动的开展受到一定程度的影响。体育的娱乐性与"先生产,后生活"建设方针相抵牾,存在着受"节约闹革命"冲击和"政治挂帅"制约等一系列问题。

一是过分强调"先生产,后生活"的建设方针,职工文化体育设施建设受到影响。虽然攀枝花早在1966年即单列文教、卫生事业经费,但经费主要分配在为生产直接服务的教育、卫生和文化支出上,分别占总经费的47.3%、38.7%和12%,带有"生活"和"娱乐"性质的广播和体育支出分别仅为1万元和2万元,占比分别仅为0.67%和1.3%(表2-5)。受此影响,1966年全市职工比赛时,篮球比赛"只能在一个20米长、不到12米宽,2根木棒、几块板子钉起来的篮架的破烂球场进行",乒乓球表演只能在室外球场进行,有的单位只能在简易舞台上进行。即使是体育主管部门的体委,办公场所也"不过只有三间小小的木板房子,办公、保管东西、住人都在里面……比起有些市一个学校的体育部门的条件还不如"③。各单位体育设施建设也因"先生产,后生活"的方针受到严格限制,体育活动无法正常开展。1966年,第二指挥部特种公司为解决职工文化活动之需,在弄弄坪上建了1万平方米左右的大型体育场,总指挥部认为在"争时间,抢速度"的备战时期,特种公司不仅违规建设,还"抽调重型施工机械去干计划外的、非急需的体育场,造成了浪费",为此要求特种公司"对这件事认真检查,吸取教训,防止今后发生类似情况。已推平的体育场,坚决作

---

① 四川省西昌市志编纂委员会.西昌市志[M].成都:四川人民出版社,1996:901.
② 甘肃省金昌市地方志编纂委员会.金昌市志[M].北京:中国城市出版社,1994:683.
③ 攀枝花市档案馆馆藏档案:我市体育工作情况汇报(1970年12月24日),0084-001-001。

为目前急需的材料堆场使用"①。

表 2-5　1966 年攀枝花市文教、卫生事业经费计划表

项　目	计量单位	1966 年计划
文卫科教事业经费合计	万元	150
教育支出	万元	71
文化支出	万元	18
卫生支出	万元	58
广播支出	万元	1
体育支出	万元	2

资料来源：中共攀枝花市委党史研究室编《攀枝花开发建设史文献资料选编》，第 735 页。

二是在"节约闹革命"的要求下，已建成的体育设施也需要降低标准，影响了职工体育的全面开展。据统计，截至 1970 年 6 月，全市已有灯光球场 52 个，其中水泥地面或三合土地面、灯光在 2 排以上的球场 15 个；土地面、灯光在 2 排以上的球场 18 个；土地面、灯光在 2 排以下的球场 11 个；土地面、灯光只有 2—5 个的球场 8 个②。该年，地方政府根据中共中央、国务院、中央军委和中央"文革"小组联合发出的《关于进一步实行节约闹革命，坚决节约开支的紧急通知》和毛泽东《关于国家体委体制改革的请示报告》的指示，认为"体育坚定不移地为工农兵服务，为无产阶级政治服务，为国防建设服务，为社会主义经济基础服务"③，进而"提出改革一切不适应社会主义的旧体育，发展社会主义的新体育"，对已有灯光球场提出处理意见：

（1）只保留 9 个灯光球场，以使各地区有 1 个可供大型集会和文体活动的场地；

---

① 攀枝花市档案馆馆藏档案：关于第二指挥部特种公司在计划外建设体育场的通报 (1967 年 1 月 24 日)，0002-001-110。
② 攀枝花市档案馆馆藏档案：全市灯光球场调查情况（1970 年 6 月 3 日），0001-002-043。
③ 攀枝花市档案馆馆藏档案：关于四川省渡口市体委体制改革的请示报告（1970 年 12 月 10 日），0084-001-001。

(2)除以上球场外,其他所有球场的灯光全部拆掉,其电器用于生产建设;

(3)保留的灯光球场必须加强管理,节约用电,除大型集会、正式的体育比赛活动外,一律不能使用灯光;

(4)今后修建灯光球场和其他体育场所,需经市体委军管会,由市体委军管会承(呈)报上级部门审批后方可修建。①

受此影响,大部分灯光球场遭到"熄灯"甚至"拆灯"的处理,其他体育基础设施也要求停建、缓建和停用。"寒蝉效应"延伸至全市各行业,单位自建体育设施也完全停止,本来有限的体育活动设施也因片面执行"节约闹革命"而废弃不用,造成职工文化生活的紧张。

三是体育强调"政治挂帅",导致强身健体和娱乐功能受到一定的限制。1966年年初,国家体委党委提出,"三五"期间体育工作必须坚决贯彻毛泽东"备战备荒为人民"和"发展体育运动,增强人民体质"的指示,要求"体育比赛中必须突出政治"②,中央也要求"以毛泽东思想挂帅,走我国体育运动自己的道路,这样才能促进我国体育队伍进一步革命化,促使我国体育事业的发展"③,体育的功能在地方被解读为动员广大群众为革命而锻炼、为备战服务。受此影响,地方政府选拔代表队和运动员时,不以技术水平为首要标准,而是侧重思想好、风格高,比赛也着重强调"风格"而不是"精彩球艺",把"风格奖"设置为赛会最高奖,评选获奖必须讲"政治条件,活学活用毛主席著作,三八作风,抓活的思想"④。

第四节 体育活动的特征

作为特殊的集体仪式,体育活动通过娱乐竞技性特征,同时利用特殊时间

---

① 攀枝花市档案馆藏档案:全市灯光球场调查情况(1970年6月3日),0001-002-043。
② 攀枝花市档案馆藏档案:国家体委党委关于1966年全国体育工作会议的报告(1966年3月15日),0001-002-043。
③ 攀枝花市档案馆藏档案:中央批转国家体委党委关于1966年全国体育工作会议的报告(1966年4月),0001-002-043。
④ 攀枝花市档案馆藏档案:关于国庆节全市篮球、乒乓球比赛的几个有关问题(1966-08-29),0002-002-056。

的组织动员和宣传,与思想政治紧密结合,以期实现凝聚民心、宣传毛泽东思想、积极备战等主题体育活动,传递党和国家对政治形势的判断及应对策略的目的。体育活动对建设者在生产、生活和单位的凝聚力有着深刻的影响,同时对"工农结合"起到了积极的效果,在凝聚力和亲社会行为的过程中起着重要作用①。

一、职工文化生活的主要手段

体育活动娱乐性,成为地方政府和三线企业积极开展的主要原因。建设初期,攀枝花地区的青年职工为了解决文化生活的问题,开始"各显神通"自发性地开展和参加一些带有地方特色的体育活动,"南北两大派的武术高手在工余切磋武艺,招收徒弟,经常自发组织棋类运动或下金沙江游泳",而四川省交通厅公路工程处进驻倮果修建雅江桥时,由于远离市区,男子篮球队"桥工队"自发与铁道兵第五师7662部等三支队伍驻军篮球队、银江公社三大队农民球队常开展联谊活动,交流球技②。到1968年,一批大专院校毕业生支援攀枝花三线建设,一些篮球"精英"组建成立业余"金沙江"男、女篮球队,"每逢周末和节假日驰骋于厂矿球场,蜚声渡口"③。

身处高山峡谷中的攀枝花,篮球是动员能力最强、参与人数最多、也是最具身体表征的项目,加上"大学生"的身份和形式新鲜、比赛场面激烈,激发了青年职工在工余时间开展以篮球为主的体育运动的兴趣。以攀钢基地弄弄坪为中心的各建设单位职工,周末到渡口灯光球场看球赛成为一种必不可少的生活方式和社交渠道。职工除了欣赏精彩的体育比赛外,与平时见不到面的老乡在此欢聚畅谈,还有一些青年男女在欣赏比赛的同时交友聊天,"体育成了联络感情、增进交往的活动方式"④。体育的娱乐功能无处不在,各三线企业也充分利用体育比赛,活跃职工文化生活。1975年,攀钢轨梁厂专门举行首届越野赛跑,"厂党委、厂革委的负责同志和观众一起站在起点观看比赛","会场四周红旗飘扬,响

---

① 邹小燕,尹可丽,陆林.集体仪式促进凝聚力:基于动作、情绪与记忆[J].心理科学进展,2018(5).
② 银江镇志编纂委员会.银江镇志[M].北京:中央文献出版社,2010:357.
③ 攀枝花市体育运动委员会.攀枝花市体育志(内部资料),1988:1.
④ 仁和镇志编纂委员会.仁和镇志[M].北京:中央文献出版社,2009:369.

亮的锣鼓声、掌声、欢呼声、金沙江水的浪涛声汇成一片"①。

体育活动同时又成为安定团结职工和分散职工情绪的有效渠道，起到安定团结的作用。三线建设地区各单位职工绝大部分为未婚男青年，已婚职工也因为无法解决住宿和家属工作等困难，一般不允许职工带眷，在"先生产，后生活"方针指导下，绝大部分"单身"职工只能"抛家舍业"独自来工作，导致整个建设区职工男女比例严重失衡。例如，攀枝花地区只有很少一部分从事商业服务的女职工在河门口商场工作，河门口商场成为职工业余时间购买物品的重要选择地，后来攀钢在辽宁鞍钢代培职工结束，一部分年轻女职工返回攀钢基地弄弄坪工作。当时在攀枝花职工中广泛流行着一首顺口溜："臭仁和，热渡口，好要不过河门口。河门口，背个名，要找女娃儿到弄弄坪。"②据十九冶选矿厂退休职工莫 BJ 回忆："那时候见到的那个女人，就像见到了那个妖怪一样，男职工一天都要看多少回，数来数去都要数多少回，有时候甚至因为争抢女朋友而打架斗殴。"③据铁道兵转业地方工作的退休职工王 TQ 回忆："那时候干部都是回老家结的婚，战士根本不存在结婚不结婚的问题，耍朋友都不得行。"④三线企业通过全面开展体育活动，让职工在剧烈的体育活动中消耗精力，分散注意力，让职工专注于工作。有的职工回忆："一天工作下来就累得不行，下班后再来一场篮球赛，简直动都不想动，就想好好地休息，准备明天的工作。"⑤

此外，来自全国各地的职工因语言文化、风俗习惯、性格特征殊异，尤其是建设初期单位制社会结构尚未完全形成，职工因不同地域、不同单位甚至不同生产车间的原因，都有发生口角斗殴的情况。地方政府和三线企业的解决办法是："组织大家在一起打一场篮球，或者组织不同单位一起搞一次友谊赛，很快就消

---

① 攀枝花市档案馆馆藏档案：四川省体委、中共渡口市委组织部、体委关于干部任免、先代会的通知及光荣册等，0084 - 001 - 008。
② 刘 DC（1963 年在西藏服兵役，1968 年退服被招工到攀枝花市商贸系统工作）访谈记录，攀枝花学院文科楼四楼会议室，2018 年 7 月 16 日。
③ 莫 BJ（十九冶选矿厂退休职工）访谈记录，攀枝花学院明德楼四楼会议室，2018 年 7 月 8 日。
④ 王 TQ（1956 年元月开始参军，最初在陕西当兵，1965 年随部队参加成昆铁路建设，铁道兵第五师 8723 部队 21 团 1 连连长，1975 年转业到工商银行工作至退休）访谈记录，攀枝花市瓜子坪青年路 99 栋一单元 3 楼 5 号，2018 年 7 月 11 日。
⑤ 陈 YL（攀枝花市交通指挥部职工，后调入攀枝花大学后勤处工作）访谈记录，攀枝花市东区炳草岗街道民建社区，2018 年 7 月 5 日。

除了彼此之间的隔阂和不愉快。"①十九冶电装公司、机电厂有时候把政治学习带到运动场,经常和铁道兵第五师 8723 部队组织联欢,开展体育比赛②,从而达到化解社会冲突的作用。

二、体育活动与思想政治紧密结合

体育的娱乐功能与政治宣传具有"共时性"特征。为了使生产建设的顺利开展,地方政府和三线单位除了利用体育活动丰富文化生活外,相继开始"长流水、不断线,根据革命、生产形势平时开展,周末组织活动,节日搞大的比赛"③,即利用最高领导人的指示、参与活动的日期和节假日的特殊意义开展体育活动。

(一)重大政治事件也是加强职工体育活动的催化剂

1969 年 3 月,珍宝岛自卫反击战爆发,"通过体育活动大力宣传毛泽东思想,宣传党中央的战斗号令和方针政策"④成为职工体育的主题之一,为此,攀枝花市革委、驻军办公室专门邀请铁道兵五师 7659、8752、8755 部队,与市内中央部委所属单位以及市直属各单位开展体育比赛。据当地农民毛 KQ 回忆:"1969年上半年,铁道兵 8703 部队 19 连在我们这里施工建设成昆铁路的时候,教村民打篮球和唱战斗革命歌曲。在篮球比赛前都要学习毛主席、党中央的指示,高唱革命歌曲后邀请村里的年轻人上场比赛。"⑤1971 年,林业指挥部为了让职工克服"四川是大后方,渡口是保险箱,林区是箱中箱的和平麻痹思想",举行新广播体操和民兵刺杀能手的表演,要求做到"表演即是训练、训练则为备战","随时可

---

① 莫 BJ(十九冶选矿厂退休职工)访谈记录,攀枝花学院明德楼四楼会议室,2018 年 7 月 8 日。
② 莫 BJ(十九冶选矿厂退休职工)访谈记录,攀枝花学院明德楼四楼会议室,2018 年 7 月 8 日。
③ 攀枝花市档案馆馆藏档案:渡口市体委 1973 年工作总结(1973 年 12 月 30 日),0084 - 001 - 006。
④ 攀枝花市档案馆馆藏档案:渡口市革委会关于国庆节期间广泛开展群众性体育活动和举行全市性几项比赛的通知(1969 年 9 月 3 日),0004 - 003 - 040。
⑤ 毛 KQ(攀枝花市仁和区大龙潭乡拉鲊村次格地组村民,1968 年中专毕业,拉鲊村首位村小学教师,建设成昆铁路期间,铁道兵连队一直征用毛家厨房做饭,毛 KQ 与铁道兵指战员长期相处,一锅吃饭)访谈记录,毛 KQ 家中,2020 年 6 月 20 日。

以迎头痛击帝修反的任何突然袭击"①。体育活动也是重大生产建设成就的庆祝主题,1970年7月1日,攀钢第一炉高炉出铁、成昆铁路全线通车,市体委专门组织了四天的体育表演赛,以"鼓舞广大革命职工乘胜前进"②。

(二)毛泽东对体育活动的指示和亲自参与的日期成为开展重大活动的必然选择

1952年6月10日,毛泽东为中华全国体育总会成立大会题词"发展体育运动,增强人民体质"。三线建设期间,为了"使毛主席的革命体育路线更加深入人心"③,该题词日成为政府大力加强体育锻炼的重要日期,每年均利用该纪念日举行重大体育比赛或组织精干队伍深入厂矿、林区、部队、医院进行慰问表演,运动场成为宣传毛泽东思想的阵地④。1966年7月16日,毛泽东在视察武汉期间横渡长江,《人民日报》刊载新华社《毛主席畅游长江》的通讯中,毛泽东发出"游泳是同大自然作斗争的一种运动,你们应该到大江大海去锻炼"的号召,同时借机表达了对外部威胁势力的蔑视:"长江,别人都说很大,其实,大并不可怕,美帝国主义不是很大吗?我们顶了他一下,也没有啥。所以,世界上有些大的东西,其实并不可怕。"⑤"不管风吹浪打,胜似闲庭信步"的革命大无畏精神,成为"毛主席带领我们在大风大浪中前进"的最好图像。此后每年的7月16日横渡长江纪念日,全市组织职工横渡金沙江和水库的游泳比赛,以此促进广大职工对增强体质的热情,激励职工增强建设攀枝花工业区的信心⑥。

(三)元旦和春节作为传统新年,承载了地方政府和三线企业对新年"更上一层楼"的期许

在三线建设所处的特殊国际局势下,新年除了既有的"辞旧迎新"之意,也是

---

① 攀枝花市档案馆馆藏档案:毛泽东思想育新人,林区盛开友谊花(1971年8月26日),0049-002-057。
② 攀枝花市档案馆馆藏档案:我市体育工作情况汇报(1970年12月24日),0084-001-001。
③ 攀枝花市档案馆馆藏档案:四川省体育局关于1972年全省体育工作安排意见的请示报告(1972年3月3日).0004-001-164.
④ 攀枝花市档案馆馆藏档案:我市体育工作情况汇报(1970年12月24日).0084-001-001.
⑤ 新华社.毛主席畅游长江[N].人民日报,1966-7-26.
⑥ 攀枝花市体育运动委员会.攀枝花市体育志(内部资料),攀枝花.1988:2.

通过体育活动鼓舞职工工作信心、激发生产士气、增强职工的革命意识和战斗精神的好日子。1967年元旦和春节期间,总指挥部、后勤部、政治部三大机构要求全市"广泛开展群众性体育活动,促进渡口建设事业的发展"①。1970年元旦,为了让广大工农兵过一个战斗化、革命化的春节,"满怀革命豪情,为迎接伟大的70年代的第一个春天,鼓舞广大职工在新的一年里以实际行动创造优异成绩,为渡口建设再立新功",攀枝花市委专门组织球队对工农兵群众进行慰问表演。为了"使广大革命群众的节日生活过得愉快,丰富多彩"②,1970年春节期间,全市组织了12支队伍进行9天共31场表演赛,慰问全体建设职工。

(四)国庆节作为爱国爱党的全民节庆假日,更是政治动员与组织号召的重要时间

1966年国庆节期间,特区党委"用毛泽东思想挂帅,在整个比赛期间大力开展学习最高指示,执行最高指示,宣传最高指示,捍卫最高指示的热潮"③,举行全市职工篮球友谊赛,邀请机关和各大企事业单位参赛。各单位也利用此时机号召职工开展具有政治意义的体育活动,如林业指挥部大河林场,选择"国庆22周年的这个大喜日子……是加强战备的大好时机"④,为此开山辟岭,新建一块篮球场开展群众性体育活动。⑤

此外,每年还定期组织"三八""五一""五四""六一""七一""八一"等节日体育活动,有的项目还逐渐形成传统⑥。例如,1970年建军节,攀枝花市体委组织10支球队向战斗在成昆线上胜利完成通车任务的渡口驻军及广大指战员进行

---

① 攀枝花市档案馆馆藏档案:中共渡口总指挥部后勤部政治部关于成立后勤部系统男女篮球代表的通(1966年12月),0002-002-056。
② 攀枝花市档案馆馆藏档案:我市体育工作情况汇报(1970年12月24日),0084-001-001。
③ 攀枝花市档案馆馆藏档案:庆祝攀枝花建设十周年篮球运动会简报第四期(1975年4月12日),0084-001-010。
④ 攀枝花市档案馆馆藏档案:毛泽东思想育新人,林区盛开友谊花(1971年8月26日),0049-002-057。
⑤ 攀枝花市档案馆馆藏档案:民兵政治工作简报第三期:林海高原红旗飘,国庆备战掀高潮(1971年10月),0049-002-057。
⑥ 攀枝花市档案馆馆藏档案:渡口市体育事业发展规划纲要草案(1978年8月),0084-001-012。

了6天共16场的慰问表演①。1972年"七一"期间,运动会田径项目分别设置了男、女各700厘米、500厘米的手榴弹投掷项目,具有浓厚的备战意义②。地方政府和各三线企业利用政治性的节日庆祝活动,达到宣传国家政策、发挥组织号召力、增强职工建设信心和体现单位凝聚力的目的。

体育活动通过其娱乐性特点,很快在三线建设地区得以推广,在此过程中利用特殊时间的组织动员"输入"政治宣传功能,与思想政治紧密结合,达到凝聚民心、宣传毛泽东思想、积极备战、传递党和国家对政治形势的判断和应对策略的目的。体育活动对建设者在生产、生活和单位的凝聚力、自我身份认同有着深刻的影响,同时对"工农结合"有着积极的效果,在凝聚力和亲社会行为的过程中起着重要作用③。

小　结

面对纷繁复杂的国际局势,因国防和战备需要而开展的三线建设,受到毛泽东和党中央集体的重点关注,三线建设的文化生活也受到上级领导的关心和重视。正因为如此,体育活动的开展也受到政策的干预和影响,职工体育无论是执行"先生产,后生活"建设方针、响应"节约闹革命"的中央指示,还是根据"政治挂帅"的现实需要,不可避免地都要"为政治服务",成为"坚决执行中央的方针政策,宣传毛泽东思想,扩大我国政治影响"④的工具和服务于国家建设需要的组织动员机器,这就不可避免地偏离"发展体育运动、增强人民体质"的体育活动的原初功能和开展初衷,给职工体育活动的开展带来一定影响。尽管如此,职工体育活动仍然起到了愉悦身心、强身塑"体"的作用,同时也实现了宣传三线建设方

---

① 攀枝花市档案馆馆藏档案:我市体育工作情况汇报(1970年12月24日),0084-001-001。
② 攀枝花市档案馆馆藏档案:关于参加渡口市首届工农兵体育运动会项目安排请示报告(1971年7月27日),0037-002-012。
③ 邹小燕,尹可丽,陆林.集体仪式促进凝聚力:基于动作、情绪与记忆[J].心理科学进展,2018(5).
④ 攀枝花市档案馆馆藏档案:国家体委党委关于1966年全国体育工作会议的报告(1966年3月15日),0001-002-043。

针、加速生产建设、凝聚职工人心和提高意志力等"育"魂的功能,实现了国家、单位和个人的目标同向。三线建设体育活动如一面镜子,从中可以窥见三线建设时期文化生活之一斑。

体育作为传播社会主导思想和政治运作方式的渠道之一,"其发展受到不断变化的自然、政治、社会和历史条件的制约"[1]。自鸦片战争以来,"国力荼弱,武风不振,民族之体质日趋轻细"[2],救亡图存成为国家使命的主线。体育强身健体功能决定其承担着强国保种的历史责任,体育救国即是此社会背景下出现的社会思潮。梁启超视具有尚武精神的"新民"为国家强盛之基础,倡导国民体育主体地位;黄兴认为体育是培养和造就革命力量的重要手段,提出"不通地理无以知天下大势,不习体操,无以强身而有为"[3];蔡元培倡导"完全人格,首在体育"[4];杨昌济强调"国家之兵力,国民之生产力,无不关系于体育"[5]。受以上思想影响,青年毛泽东从独立人格、道德观、健康体魄及信仰追求构建理想"新国民"目标,并指出具体实践途径[6]。新中国成立后,毛泽东进一步通过体育改变国民体质以促进生产、巩固国防,提出"人民的体育运动是国家的一项新的事业"[7]的体育思想。换言之,体育在中国近代以来担负着教育民众,使之成为合格"新公民"的使命[8]。

因执行"先生产,后生活"的建设方针,建设初期职工文化生活设施滞后,造成职工队伍不稳定。各地方政府在职工自发开展体育活动的基础上先后成立体育机构、投资基础设施和增加体育经费,并积极开展单位之间、跨地区间等不同范围和层次的职工体育交流和比赛。体育活动的开展丰富了职工文化生活,提高了生产效率,并促进了工农关系。当然,因受到特殊的国际国内政治影响,三线建设时期的职工体育在发展过程中存在着"为政治服务"倾向,强调体育活动

---

[1] 沃尔夫冈·贝林格.运动通史:从古希腊罗马到21世纪[M].丁娜译.北京:北京大学出版社,2015.
[2] 毛泽东.体育之研究[N].新青年,1917-4-1.
[3] 饶怀民.黄兴传[M].长沙:岳麓书社,2022:91.
[4] 高平叔.蔡元培教育文选[M].北京:人民教育出版社,1980:14.
[5] 李沛诚.杨昌济教育实践与教育思想[M].长沙:湖南教育出版社,1998:98.
[6] 毛泽东.体育之研究[N].新青年,1917-4-1.
[7] 毛泽东.论教育工作[M].北京:人民教育出版社,1958:112.
[8] Andrew D. Morris.Marrow of the Nation: A History of Sport and Physical Culture in Republican China[M], University of California Press, 2004:14.

第二章 三线建设体育

的政治宣传和思想动员功能,一定程度上阻碍了体育事业的发展。

以"备战"为核心的三线建设,虽然与近代以来中国半封建、半殖民地国家争取民族独立性质不同,但内处经济纾困、外临强敌环伺的现实,同样存在建设以固国本、强兵以敌外侮的客观需要,体育培育"新公民"不仅是"题中应有之义",而且显示出重要性和紧迫性。本章内容围绕毛泽东和党中央高度关注的三线建设体育活动进行研究,认为三线建设时期广大职工在"好人好马上三线"的号召下参加建设,职工体育活动也正是在此背景下产生和发展起来的。本章以三线建设重点地区攀枝花为中心进行考察,认为从1964年三线建设启动到1974年攀钢一期工程全面建成投产,在此过程中职工体育经历了自发性开展到有组织、全天候、多项目、多主题地推进的演进历程。体育的发展起到了丰富职工文化生活、提高生产效率的作用,增强了单位凝聚力和职工归属感,并为巩固"工农联盟"起到了积极的促进作用。体育见证了"备战备荒"战略的艰难实施过程,也折射出三线建设时期文化生活发展的历史轨迹。

三线建设受到毛泽东和党中央重点推动,无论是关注程度、国家投资比例,还是"好人好马"的配套迁建,都得到较好的保障。在此过程中,职工体育得以从"民间"自发组织开展上升为"官方"有序组织,并起到锻炼职工意志、凝聚力量的积极作用,并在"工农结合"方针要求下向农村"溢出"。"体育为政治服务"虽然一定程度上影响了体育活动的正常发展,但受冲击范围和影响力度相对有限,并非完全处于停滞或未纳入正轨状态。

自近代中国到21世纪的今天,体育强国从未离开国家视野。随着时代的发展,如今的体育强国战略和健康中国理念更是不断清晰和具化。2017年10月,习近平总书记在党的十九大报告中明确提出健康中国发展战略,指出人民健康是民族昌盛和国家富强的重要标志,要完善国民健康政策,为人民群众提供全方位全周期健康服务。2019年7月,国务院印发《国务院关于实施健康中国行动的意见》,同年9月印发《体育强国建设纲要》,部署推动体育强国建设。总结三线建设发展时期留下的职工体育与生产建设协调发展的成功经验和教训启示,对我们今天全面建成社会主义现代化国家、增强人民群众的幸福感和获得感具有重要的借鉴意义,也为新时期体育强国和健康中国奋斗目标提供历史启示和现实思考。

第三章

三线建设美术

从20世纪60年代至80年代,国家通过三线建设,建成了1 100多个大中型工业企业、科研院所和大专院校,西部地区基本形成了交通、电力、煤炭、化工、石油、建材、钢铁等生产要素保障及行业协同发展的工业体系①。80年代后,随着国内外形势的变化,在新的历史条件下,三线地区经济发展、国防建设进一步得到强化。三线建设,堪称中华人民共和国历史上空前的伟大建设,三线建设对于改善生产力布局、增强工业及国防实力、促进内地资源开发和经济社会进步,都有着深远的意义,构建了西部后方科技工业基地,缩小了东西部经济发展差距,促进了西部和边疆地区的社会进步,同时培育了一大批如攀枝花、六盘水、十堰、德阳等新兴工业城市,提升了一大批古老城市活力,如成都、重庆、西安、兰州、贵阳等,让我国西部城市进一步焕发青春。这些城市的孕育和兴起,带动了三线地区经济、科技、文化的发展和社会的繁荣进步,完善了我国工业布局,缩小了与东部发达工业城市的差距。工业化是三线建设的核心命题,全国与地方的工业美术作品展,为三线建设题材美术研究专题提供了线索,而三线建设题材的美术研究较少,主要是其作品跨越地域较广,其美术研究涵盖门类较多,具体创作时间难以考证,因此,三线建设美术研究专题有较大难度。本章主要从该时期抽取部分美术作品的创作技法和形式、观念的角度,探讨创作个体与时代发展的关联。

---

① 陈东林.走向市场经济的三线建设调整改造[J].当代中国史研究,2002(3).

第一节　三线建设美术的概念

一、三线建设与工业题材美术

工业题材美术进入美术创作的历史不长，只有当近代科学技术迅速发展、大工业生产开始在人类生活中具有重要作用的时期，工业题材美术才引起艺术家的重视。当工人阶级开始从被剥削、被压迫的角色上升到国家主人翁地位的时候，工业题材在苏联、中国等社会主义国家的美术创作上，才由暴露性的主题转变为歌颂性的主题。社会主义体制下的美术家在运用工业题材的时候，大体上注意到两方面的意义：一是通过工业题材表现劳动人民在建设社会主义事业中的积极性和昂扬的精神风貌；二是通过工业题材表现人的劳动成果和业绩，表现人改造自然的伟大力量，表现经过人力改变过的自然界的新面貌。而在西方资本主义国家的现代画家中，大多是从个人的艺术观和审美角度来处理工业题材的。

刚成立的新中国，社会环境和人民生活都发生了巨大变化，传统中国画的语言如何适应新时代的需要，成为当时美术创作的中心问题。传统文人闲情逸致的笔墨游戏，已不能反映轰轰烈烈的新中国工业革命的现实，而对于当时全国的画家来说，这无疑是一场笔墨语言表现的革命，工业题材的创作一直延续到改革开放后的20世纪末。在"文艺为工农兵服务"的实践中，下厂、下乡与工人同吃同住同干活成为画家发扬传统、为国家民族工业发展尽力的重要活动。描绘生产建设的宏大场面的作品成为新国画的标志，而工业题材自然地被画家们所关注。新中国成立初期的工业化发展目标是以钢为纲，钢铁工业是当时中国的强国之梦。围绕着全民炼钢运动，出现了大量反映炼钢生产的国画作品，这一时期的上海、南京的诸多名家都有表现钢铁建设的作品，如上海陆抑非的《时间就是钢，钢就是力量》、汤一方的《遍地开花》、朱梅村的《抢修炉子快出钢》，南京宋文治、亚明和吴俊发等人合作的《为钢而战》、钱松嵒的《铁城秋晨》《铁山钢城》、亚明的《钢铁捃拾集》等。其他类似工业题材的国画作品也不少，如李硕卿的《移山填谷》、卢沉的《机车大夫》、张仁芝的《炉前》、赵华胜的《电缆工人攻尖端组画》、方增先的《维修工人》等。

二、三线建设工业美术的内涵

在三线建设时期,工业题材美术在版画创作上取得的成绩最为显著。许多版画家深入三线建设工业基地去搜集素材、汲取灵感,并创作出不少优秀作品。有些大型工业区如武钢、水钢、塘沽、大庆、大港、湛江等地都涌现了一大批很有才华的业余版画作者,他们是我国版画创作上一支崛起的新军。这些作者长期生活在工业区,对其生活十分熟悉,感受特别深切,作品里渗透了作者的真情实感,所以能以生动感人的形象引人注目。

在油画作品方面,那些充分展现工人阶级团结奋斗、艰苦朴素的社会主义精神面貌的优秀作品,如宋惠民的《炼钢工》、胡善馀的《工地早晨》、谷钢的《大庆人》等,见证了油画在我国现代工业初期的发展历程。伴随着改革开放的不断深入,中国当代工业题材绘画创作的艺术观念、表现语言、审美价值和对社会意识的具体表达等方面逐渐呈现出多元化发展趋势。当代油画创作语境对于中国当代工业题材现实主义油画创作的重要性和影响已经逐渐成为不能忽视和回避的重要研究课题。工业题材油画在当代中国现实主义油画的艺术创作中占据着主导地位,也是当代中国现实主义油画创作的亮点。随着三线建设的快速发展,也体现了时代精神和面貌,无论是油画创作内容和主题的艺术取向,还是创作语境和手法的运用,都对工业题材油画的创作语境进行了积极的、富有实际成效的探索性拓展和创造性推进。

如果说油画是一部交响乐,国画是一首田园诗,那么版画就是大风歌!从1931年鲁迅倡导的新兴木刻运动起,版画就与人民群众的命运血肉相连,成为中国革命文艺的一个重要组成部分,在思想教育战线上发挥了巨大的作用。不论艺术家以何种不同的画种来表现时代主题的不同风格、不同角度来处理工业题材的作品,油画的肆意融合,国画的刚柔并济,版画的坚毅雄浑,雕塑的庄严肃穆……尽管它们所获得的实际效果各有不同,但都从不同的侧面丰富了工业题材的表现艺术,扩大并加强了工业题材在绘画中的地位和作用。

三线建设的早中期,画家们深入生活,深入工矿企业,专题创作当代工业题材的绘画作品,都代表了当下画家在工业题材创作上的探索,有着重要的示范意义。但在三线建设后期,企业分流,减员增效,大多企业的美工与宣传干事转职,许多画家无法静下心来创作,加之工业美术作品很难为画家带来经济效益,这就更增加了工业题材创作规模的难度,工业题材美术创作从作品数量和质量两个方面都呈滑坡的态势。

第二节　三线建设题材美术的四个阶段

一、笔墨转型的中国画表达社会主义图景(1964—1976)

新中国成立后,人民成为国家的主人,民族与国家的命运从此与人民的理想和追求密切联系起来,敏感的美术家们面对社会的变化——土地制度改革、新宪法的颁布、人民参与选举、农民学文化、发展人民文体事业等成为这一时期美术创作的重要主题,真切记录了一个时代的新景象。中国美术走上以国家意识形态和社会文化主流为主导的发展道路,这一时期的美术创作,一方面坚持为人民服务、为社会主义服务的"二为"方针和百花齐放、百家争鸣的"双百"方针,更加贴近生活、反映现实,另一方面也以活跃的姿态探寻艺术规律,坚持洋为中用、古为今用的原则,涌现出大批反映社会主义文艺新质的经典作品,构成20世纪中国美术波澜壮阔的视觉史诗。

面向自然、寄情山水是中国绘画的传统,在那个以"江山如此多娇"为自豪的时代,美术家们怀着对祖国大好江山的无尽赞美与歌颂情怀,落笔于山川巨变和自然新象,构成了新中国美术史上蔚为壮观的锦绣中华图景。在新文化理想的感召下,美术家们也不断思考美术创作自身的革新,从中国画的笔墨研究到油画的本土化探索,他们在描绘山河新貌的过程中,不断拓展艺术语言,创作出具有鲜明时代特点的作品。通过美术作品的视角,让大家了解三线建设时期中国共产党领导人民进行革命和建设的伟大征程。

1964年,罗德安的《搬运图》,用工笔画准确表现了三线建设初期搬运大型变压器的场景,连拖带拽如拔河状的各人物动态造型,生动地再现了三线建设时期初期湖南株洲市搬运站的艰苦条件;殷立新的《向新工地转移》,用中国水墨画的形式,淋漓挥洒地表现湖北三峡上运输装满大批三线建设所需设备的船只。1972年,杨之光画于肇庆马鞍煤矿的《矿山新兵》,描绘了一位刚穿戴上矿工服、矿工帽的女青年,充满了喜悦的微笑和对新生活的热爱,洋溢着青春的生命力,虽然杨之光这个人物形象的特征在总体上还是与当时流行的英雄人物审美原则保持一致，但是在具体形象塑造中所呈现的清新、自然的美感远远突破了粗粝的时代美学藩篱，杨之光对这些细节的选择与描绘既尽可能做到在宏大叙事框架下的贴近生活，同时又使其显得极为自然、合理，在艺术上，这幅作品被认为是杨之光对中国画的人物画探索成熟的标志。

1962年6月22日，我国自行设计制造的第一台万吨水压机正式投产，对三线建设的钢铁工业发展功不可没。谢之光创作的国画《万吨水压机》，在画面上运用大透视，呈现出工业建设宏大场面和激昂气氛，用传统笔墨表现庞大复杂的金属构造、机器设备厂房结构、工人操作，推动了工业题材中国画新表现手法的发展。谢之光把西画、月份牌融合入国画中，在表达现实题材的画作上有很大的优势，该作品也对工业题材创作起到了承前启后的作用。1971年，由上海江南造船厂制造的我国第一艘两万吨级货轮——"长风"号下水，正值计划要求集中力量发展钢铁、军工、基础工业和交通运输的三线建设，大力发展新技术，赶超世界先进水平，画家谢之光的《造船组画》作品记录下这一个个的历史瞬间，成为美术史中的经典作品。谢之光、姚有信、钱茂生等的国画《平板车组画》，描绘的场景是一辆150吨大型平板车装载着大型的工业设备，正行驶在四川宜宾盘山公路上，右侧是陡峭的山崖，运输工人站在车头，举着红旗指挥着车辆，而平板车司机则神情专注地把握着方向盘。1969—1979年这一时期，正处于国民经济和社会发展"三五"计划、"四五"计划时期，以备战为中心的三线建设被放在第一位。1967年1月，为满足国内电力、钢铁工业建设和运输的需要，上海首先试制出载重150吨的大型平板挂车，这是中国汽车工业的重大成就，生动地展现了一线城市支援内地三线建设的重要交通运输设施及工业设备。

可见笔墨转型的中国画表达社会主义图景，在"典型人物和典型环境"理论的指引下使各种要素都得到集中的与合理的叙述。从这些作品中不难看出画家们在创作时饱含的热情与担当，他们不仅融入对三线建设的新情感、与时代合拍的现实主义，而且在构图和笔墨语言上不断开拓创新，用新的写实主义方式、新的手段去表达三线建设时期新面貌，绝大多数画师们都转型成功，并且都对其自身风格的建立或是艺术成长起到了关键的作用。

二、"文革"美术与反思(1966—1977)

1966年中共中央政治局"五一六通知"下发，宣告"文化大革命"正式开始。

出于对革命形势的宣传,各种专业和准专业的画家一齐上阵,或主动或被动地按照当时"三结合、三突出"的创作要求以及"红光亮、高大全"的艺术样式,创作和复制了数不胜数的革命绘画和领袖像①;当时提倡"工业学大庆""农业学大寨""全国人民学解放军",因此描绘工人形象时,自然少不了大庆的厂房、机器、吊车与井架。

中央工艺美术学院学生刘春华等绘制的油画《毛主席去安源》,以毛泽东到安源组织工人运动并举行安源路矿工人大罢工为表现题材,该画采用左右对称的图式构成,青年毛泽东占据了画面中心位置,身穿长衫,手拿油纸伞,身后是翻滚的乌云,沉降的地平线使群山显得低矮。旗帜鲜明地向世人宣告:毛主席不仅是中国农民运动的领袖,也是中国工人运动的领袖。官方画报杂志都以彩色单页形式隆重公开发表,影响甚广,达到了该画的政治意图,成功地表现了伟大领袖毛主席青年时代的光辉形象和革命实践,是一幅热情歌颂毛主席无产阶级革命路线的美术作品。其后该画被收入全国中小学课本插图,并被仿制成上百种毛主席纪念像章、石膏像等,广为传播。该画的单张彩色印刷数量累计达9亿多张,被认为是"世界上印数最多的一张油画"。该画"开创了无产阶级美术创作的新纪元","文革"期间在中国美术界具有同样板戏一样的地位,创造了中外美术史上的神话。

从美术史来看,"文革"美术十年不是空白,同样的社会与政治的背景,作品仍有好与差之分。如陈衍宁创作的油画《毛主席视察广东农村》(1972),在绘画技巧上显示出画家一流的艺术才华,描绘了毛主席率领广大贫下中农意气风发地健步前行;宋恩厚的套色木刻《毛主席来到武钢工地上》,刻画了毛主席视察武钢时会见中国第一个女高炉电焊工吴润梅等劳动模范的情景,具有一定的历史意义和价值;唐小禾的油画《在大风大浪中前进》,取材于1966年夏季毛主席在武汉畅游长江时留下的纪实影像,在历史上、形象上双重可信,整幅画面扑面而来的鲜明亮丽的时代光彩,足以使其成为神形毕至、真挚动人的时代肖像。

此时的西方艺术经历着由现代主义向后现代主义转变的新阶段,美国波普艺术倡导者安迪·沃霍尔,在1972年美国总统尼克松访华之际所作的系列丝网版画《毛泽东》,主张自由精神和艺术大众化,而我国的"文革"美术则显得相对的模式僵化、千篇一律。但不管时代如何变迁,价值观念与艺术取向有何不同,真

---

① 范美俊.四川油画:60年一瞥[J].四川美术,2009(10).

实地反映了一个时代生活的、刻画了具有时代特点的形象、具有人民性倾向的好作品,也应有其的艺术价值与历史价值。

三、改革开放和现代化建设的发展时期的美术(1978—1991)

1978年召开党的十一届三中全会,将全党工作重点转移到社会主义现代化建设上,实现了新中国成立以来党的历史上具有深远意义的伟大转折,开启了改革开放和社会主义现代化建设的新时期。从农村到城市,从外交到国防,中国共产党人在"解放思想,实事求是"精神的指导下,把这场改革推向了高潮——从农村联产承包责任制到有计划的商品经济的提出、全民所有制企业改革、深圳特区的创立、现代企业制度的建立、外贸和金融体制的改革、社会主义初级阶段基本纲领的提出、西部大开发战略的确立……

邓小平在第四次文代会上发表的祝词中,明确阐述了新时期的文艺方针,艺术规律受到了尊重,艺术生产力得到了空前的解放,美术界打开了思想的禁锢,艺术实践获得了空前的生机。压抑已久的内心伤痛亟待修复,美术界率先出现了对"文革"深重灾难进行揭露、批判和反思的"伤痕美术",以伤痛叙事的现实主义手法追忆苦涩情感,反映历史真实,反思历史迷雾,呼唤人性的复归,从而开启了将"人"大写的时代。1978年,高小华的油画《为什么》首开"伤痕美术";他的油画《我爱油田》出自本能的同情与人道意义的感怀,把川西南矿区油田工人,特别是青年工人生活中的苦闷展现给世人,是一幅为人性礼赞的悲情油画;他的油画《赶火车》,开创了时代艺术直面现实与人生的理念。1979年,张法根的油画《希望》,画面中左边女孩蹲在推土机旁不停地挖茅草根,两个年龄稍长的姑娘伫立着远眺煤田井架、洗煤塔,展望未来,与同时期"伤痕美术"相比,当大部分作品还带着难以抹去的伤痛与压抑、色调浓重而沉郁,还沉浸在对过去历史的"控诉"中时,本画作却已立足新的现实,以清新明丽的笔调,描绘三线建设新时期的新希望,道出另一种欢欣的时代心绪。1980年,罗中立的油画《父亲》塑造了一位纯朴憨厚的普通农民形象,这幅给人以强烈震撼的作品,标志着"伤痕美术"的高潮和结束。

西方现代绘画的各种探索和形式大量出现在中国刊物上,对年轻一代画家有很大的诱惑,关注现代哲学、文学,试图寻找各种画外功夫。抽象艺术探索随着席卷全国的"85新潮"一起涌动,大批青年艺术家以前卫、先锋的姿态参与抽象实验。各种美术运动以群体的方式发生、发展起来,艺术家们充满理想主义激情的艺术宣言,凝聚在一件件散发着理性之光的作品之上。北方艺术群体、"新具象"、西南艺术群体、上海艺术群体及星星画会等众多的一批80年代的艺术先锋艺术群体争相出现。如浙江85新空间展览发起人徐进的油画《零点》,以现代主义平涂的色彩和平面化的造型描绘了一个令人沉思的场景:一个冷峻的背影徜徉在一节远去的火车之后,站台灯光停止闪烁,铁轨蜿蜒着延伸向四方,头上的钟表犹如一汪明月悬挂,时针与分针相合,人们仿佛从画面上看到了人生选择时的彷徨;宋陵的纸本水墨《人·管道》系列,以超现实主义的冷峻手法预言了工业化发展时代的人性矛盾,将毫无表情的、符号化的人物安置在极具工业特征的圆形管道的背景中,甚至人的身体已经被异化成管道的世界,描绘了人被异化而不自知的现实状态;魏光庆的油画《工业风景》表现了武钢厂房的建筑形式和冰冷的工业质感,在工厂中的人像机器一样进行着重复性的工作,保持固定的动作姿态,被弱化的人与人之间的关联性和活性因素,反映了当时社会变革的临界点,所意识到的冷漠感在中国越来越快速的工业化进程中越来越强烈。"新潮实验"的积淀,为当代油画创作夯实了基础,开启了各工业区美术群体的美术创作的思想与画风,也丰富了三线建设后期工业题材美术的风格与类型。

改革开放深刻地影响了20世纪80年代以来中国的发展和世界局势。在这样的机遇下,国画、油画、版画、雕塑和各种艺术形式都迎来了向现代化全面转型的新机遇。国画方面,在三线建设时期以方增先等为代表的成名画家,以周思聪、卢沉、郭怡孮、陈家泠、张桂铭、贾又福、吴山明等为代表的中青年画家都走出了创新之路。改革开放以来,自由的文化生态为美术家们的创作营造了宽松的氛围。"伤痕美术""乡土美术""新古典主义""新具象""新写实"等潮流的诞生以及对油画民族化等问题的讨论,同样让美术家们逐渐重建对传统艺术价值的认识,并以此稳步地推进了油画、版画或雕塑等艺术形式本土化、现代化的过程。美术家们在吹遍中华大地的改革开放的春风里,不仅在表现形式和语言上实现了觉醒和蜕变,更把目光聚焦在时代的变革之上。发端于知青题材的"乡土美术"则在农村生活中找到一份比较复杂的感情,既有对劳动的赞美、对自然山川的讴歌,也有对苦难的批判,这种创作思路在当代油画界还留有很深的烙印。1979年,张红年的油画《呵,黄河》中,近景是三线建设勘测中的男女青年和黄河上即将建成的电站大坝,中景是跳着欢快秧歌的陕北人,远景中是辛苦的割麦劳作者,画面恢宏深远,具有史诗般的魅力,糅合了河北蔚县民间剪纸鲜亮、明丽的色彩,开拓着艺术民歌风的新形式;王大同的油画《雨过天晴》中,一位三线建设的女科研工作者在落地窗背后擦拭窗上的雨水,画面中清新的色彩与柔和的光线也预示着现实中崭新时代的到来。改革开放后,中国的钢铁产业开始了重大的产业调整,钢铁工业发展壮大,为国家走向繁荣富强奠定坚实基础。1981年,广廷渤的油画《钢水·汗水》真实地描绘了钢铁工人在炽热的炼钢炉前挥汗如雨、饮水解渴的场景,画家用超级写实主义手法刻画炼钢工人们结实的肌肉和不断冒着的汗水,见证这个奋进的时代。

四、多元与繁荣(1992—2000)

1992年邓小平南方谈话之后,社会生产力再一次得到解放,在改革开放的大潮下,中国社会的生活节奏和价值观念发生了巨大的变化。随着社会结构的转型和经济秩序的调整,美术与社会的连接机制在多层面上显现出可能性,价值观念与社会文化心理均呈现出多样性。这一时期的美术具有多样化视野,并随着都市化进程的日益加快,艺术家将更多目光投注于都市化条件下人的境遇,他们以深刻的人文关怀聚焦敏感现实、小人物命运,现实主义绘画的价值定位从这一时期起逐渐向大众文化靠拢,当下的艺术标准与社会文化心理相对契合。一大批历史题材和现实题材的大型创作也在思想性与艺术性的统一上达到了新的高度,成为新时期中国美术的经典。

随着东西方文化新的交流,一系列外国美术展览被引进到中国。同时,美术出版物通过对西方艺术的系统介绍,开拓了中国艺术家的审美视野,推动了新时期美术多元化格局的形成。在步入全球化的语境中,当代中国美术在宏观视野下追求思想内涵与艺术语言的求新求变,反映出新的繁荣图景。在宽松的艺术生态氛围中,抽象、表现、实验等新的艺术表达,富有个性的探索价值,不同性质的作品获得了生存和长足发展的空间。此时期的艺术家,或以冷静中性的视角呈现外部世界,追求艺术与生活的接近,或直接而真实地表现个人经验,注重自我情感与内心体验。在语言上,艺术家们从古今中外各种艺术资源中获得灵感,个性化的风格得以彰显与确立,令当代的中国美术绽放异彩①。

1994年,蔡超的国画《吊装》开启了画家前无古人的工业主题创作的成功之

---

① 范迪安.与时代同行——中国美术馆建馆50周年藏品大展[J].中国美术,2013(8).

路,画家选取从高处俯视的角度,既表现高空作业的宏伟气势与艰险的场面,又刻画了工人们勇敢无畏的精神面貌。1998年、1999年,蔡超又先后完成了国画《天地间》《铁臂》,创造了"形式就是内容"的新审美经验,画面以粗大的钢铁构架为主体,以线为主,辅以皴擦,略加结构与明暗处理,既赋予人物以雕塑般的体量与张力,又不失血肉丰满的勃勃生机,是对笔墨语言的突破与创造;在艺术图式语言上,大胆引入西方构成主义的艺术元素,空间处理借鉴构成主义的原理与方法,富有魅力的机械结构和钢架、钢索纵横交织,点线面的构成衍生出一种向宇宙扩大的抽象意象,生成一种高深莫测的神秘空间,吸引着观众进入画面。1999年,赵延年的版画《20世纪90年代》问世,表现的是城市高架路上车水马龙、远处的建筑工地热火朝天,展现了中国城市一派欣欣向荣的景象。

1999年,冷军创作了油画《五角星》,画幅中是一颗质感很强的五角星,它的上面布满了弹痕。在黑色背景的衬托下,这颗疮痍满目的五角星显得光彩夺目,画家巧妙地运用光线效果,通过细腻的笔法塑造出一个标新立异、震撼人们视觉的艺术造型。看到这幅油画,人们会想到国旗中那颗象征中国共产党的金黄色五角星。获得第九届全国美展金奖后,媒体上对其褒贬不一,官方美术杂志上刊登有批评文章,认为冷军的《五角星》是对神圣的无产阶级"政治性形象"的"肆意亵渎",而美术界一些学者则纷纷撰写文章赞扬画作描绘的是一颗"壮烈"的五角星,它表现出艰难的革命历程,使人联想到艰苦卓绝的峥嵘岁月[①]。

2000年,孙绍群创作的不锈钢雕塑《新浪潮》,以极简的浪花构成如空中的一弯新月,作品较多地受了西方现代主义雕塑的影响,内容抽象,在形式上有所创新。

随着时代的发展,世界多元化的交流,衍生出许多缤纷五彩的"混血儿"美术作品,尝试了某些新的画种、新的画法、新的风格、新的形式、新的流派。了解这些具有时代印迹的作品,更容易解读三线建设时期的美术作品与时代变迁的关系。

第三节 三线建设时期不同领域的美术作品

工业版画是伴随着新中国的社会、政治、经济、文化发展历程而成长起来的

---

① 王璜生.《大学与美术馆》第5期:美术馆与艺术史书写[M].北京:中国青年出版社,2014:20.

特殊画种,自新中国成立起,大批专业美术工作者就奔赴建设一线,深入工业生活,激情创作,在他们的影响下,一批又一批工人版画创作群体在各大建设工地迅速成长起来。在20世纪60年代至80年代中国社会主义现代化建设的特殊时期,专业美术工作者与工人版画创作群体成为工业版画的核心创作主体,"工人阶级领导一切"的政治定位,社会主义工业化的经济需求共同催生了工业版画从专业艺术走向工人群体广泛创作的艺术形式。

由于现代化的工业建设大多是以挺拔有力的直线、稳固高大的体积、尖锐直截的角度、紧凑严密的结构、飞舞流动的旋律、对比鲜明的光影组成的雄伟壮观的场景,因而在画面上更适合于发挥刀的艺术语言的优势,这恐怕也是历来版画家乐于选择工业版画的原因之一。

与国家工业建设同步,三线建设初期,中国工业版画进入发展的兴盛时期,出现了大量工业题材的优秀版画作品,北大荒版画、塘沽版画、武钢版画、攀钢版画、山西阳泉版画等版画创作群体,在20世纪80年代中后期受到了中国美术家协会和中国版画家协会的重视。80年代末期,工业版画的概念被正式提出,多次举办了工业版画展,各类报纸杂志大量转载工业版画,在三线建设时期各界美展与版画联展中涌现出不少优秀作品。

版画群体的作品一般都具有鲜明的地方色彩和浓郁的乡土气息,新的版画群体的崛起,犹如灿烂的群星,在我国当代版画世界里放射着熠熠的光辉,他们在不同的岗位上积极地发现和培养人才,深入生活进行创作并组织展览等活动,使我国社会主义的版画艺术日益兴旺发达。

三线建设时期的工业企业和工业地区的业余版画群体的创作,是工业题材创作的中坚力量,他们在人民的伟大实践和多彩生活中汲取养分,从不同视角、以不同风格生动展现新中国工业化进程的辉煌成果、壮阔画卷,承担记录新时代、书写新时代、讴歌新时代的使命。

一、四川(川渝)版画

新中国成立以后,在四川地区形成了一支来自五湖四海,倡导鲁迅新兴木刻运动,在艺术为革命、为人民的大方向上团结一致、奋发有为的以李少言、牛文、林军、吴凡、宋广训、付文淑、正威、李焕民、徐匡、吴强年等十几位版画家为代表的四川黑白木刻版画队伍。在这批骨干力量的影响带动与精心培育下,一批批新生力量迅速发展壮大,又带动了工农兵、少数民族同胞、少年儿童业余版画队伍的成长。正是这种传、帮、带的积极向上的优良传统,使四川版画立足于艺坛。①

三线建设早期,"四川版画群体"在"现实主义"浪潮中互相促进,追寻创作规律和表现手法,在黑白木刻创作实践中,形成了极具个性的语言表现形式并波及全国,对后来中国版画发展产生了深远影响。1964年创作的版画有集体创作的水印木刻组画《南方来信》、李焕民的《厂小志大》、林军的《酣睡的峡谷》、李少言的《川藏路上水帘洞》、吴凡的《无边春雨》、宋广训的《绿色的早晨》、丰中铁的黑白木刻《大江东去》。1972年,金牛木呷、石群、黄觉平创作了黑白木刻组画《奴隶们创造历史》,其中《一步跨千年》《第一代工人》《无尽的矿藏》《是我们创造了人类世界》《凉山在前进》紧贴三线建设时期的工业建设,显示出相当高的艺术水平。70年代中期,因"文革"一度停滞的四川版画家群体的创作逐渐恢复并出现一些新的面貌,如丰中铁的黑白木刻《高路入云端》、钟定强的套色木刻《乌金滚滚》等,其中林军的木刻《山城崛起》刻画了一位女青年右手抱着书籍与三角板,左手拿着扳手,踌躇满志地站在山城之上的形象;吴孔春的水印版画《工人大学生》刻画的是一位女大学生在机床前设计图纸的形象,表现了三线建设时期青年们的自信。1974年,江碧波的套色木刻《灯下多少理论家》与黄玄之的《星期天》,表现了工人业余时间在图书室认真学习理论知识的场景。1974年,四川美术学院教师集体创作了套色铜版组画《为钢而战》,画面中热情高涨的钢铁工人群像饱含着视觉张力,五幅作品按照冶炼钢铁的操作流程,分别描绘了装料、冶炼、轧钢、运输、下班的五幕场景,艺术家用当时流行的现实主义加浪漫主义的表现手法再现了这一过程,像是一部精心布置的舞台剧。王元寿的《火红的心 铁人的劲》、李景方的《战斗在第一线》、余右凡的《万紫千红》与吕树中的《铁打的姑娘巧轧钢》刻画了工人们勇攀高峰的钢铁意志,再现了那个激情岁月中的精神力量。1975年,马振声的《凉山需要你们》与阿鸽的《彝寨喜迎新社员》等作品反映了相对闭塞落后的凉山迎来了新时代的三线建设者。该时期的四川版画主要为现实主义创作风格,强调构图、构思、塑造形象的技术手段,作品表现风格丰富多彩,而且每幅作品都尽力追求专业能力的充分体现。

三线建设中期,四川版画在全国美展上不断获得大奖并被收藏,美术创作被

---

① 编委会.时代印痕·四川版画七十年[M].成都:四川美术出版社,2019:9.

推向了新的更高水平,形成一些风格形式多样的版画群体,如四川美术学院版画家群体、綦江农民木刻群体、永川水印木刻群体、凉山彝族刻漆版画群体、成都军区战士木刻创作群体、攀钢工业版画群体等,他们在四川组成了庞大的版画创作队伍,并根据各自的风格特点,创作了大量的优秀作品,给人民生活创造了宝贵的精神财富,如超级写实而又不失艺术张力的徐匡的经典之作《主人》《纳木湖畔》《高原阳光》,传统国画构图、走刀顿挫且有金石味而题材具有现实性的丰中铁的黑白木刻《蜀山行旅》《蜀山图》,以传统白描阳刻提纯古代徽派版画线描的牛文的版画《朝阳》《虹》……画家们在艺术形式和绘画语言方面进行积极探索,以真挚的情感打动人,以高超的艺术感染人。三线建设时期的四川版画的创作,可谓是新中国版画艺术创作的"黄金时代"。

三线建设后期,四川青年的版画跟随图像时代和信息时代的到来,艺术观念与审美视野发生了多元性的变化,他们追求版画技术的更新,对新形式、新语言、新媒介进行探索,版画作品力求创新,构成型语言较强,增加了色彩的构成,如牛文的套色木刻《昆仑晨曦》、杨立斌的黑白木刻《钢之恋》等。

新时期的四川版画青年创作受西方现代艺术观念与思潮的影响,特别是现代主义为特征的"85思潮",提倡人文主义的回归,版画家延续主题性传统而更贴近自身的思考角度和审美经验来创作作品。注重技术层面学习先进经验,选择多样性版种,增强作品的可读性。

四川版画作品中的独特之处,除了题材内容的闪光点,对画面的处理手法也充满着多元多变的睿智思考。黑白木刻、油印套色木刻、水印套色木刻,在刻印技术上都独具特色,依稀可见国画的虚实、油画的色彩、素描的明暗、拓片的线条;西洋的、传统的、浪漫的、写实的、写意的、印象的,各种元素兼而取之,均为版画所用,创出满目的新像、版而不板的艺术效果,刻刀和木板创造的艺术之花尽情绽放。

三线建设时期的四川版画创作,是一段难忘的岁月、一段辉煌的艺术历程,一大批反映三线建设时期的工业发展与各民族团结的版画艺术作品,在中国美术史上镌刻下浓墨重彩的印记。

二、攀钢工业题材版画

20世纪60年代,攀枝花是大三线建设的第一个特区、第一个重点工业基地,心怀炙热理想的各地建设者们,积极响应党和国家的号召,"备战备荒为人民""好人好马上三线",来到沟壑纵横的攀西大裂谷深处,将一片蛮荒之地建设成为新兴工业城市,这是一部不忘初心的红色史诗,这是一曲牢记使命的时代赞歌,这是一幅战天斗地的英雄画卷。在这些建设大军中,个别艺术院校毕业的年轻建设者和少数工人美术爱好者,顺应时代要求,在开发建设初期即开始了与时代、与形势、与单位紧密相连的板报宣传和大型宣传画的绘制,为改善三线建设者们的业余生活作出贡献。

攀钢版画的发展从年代上可分为早、中、盛三个时期,早期以攀钢的徐景春和十九冶的张弟德、张立广的版画为代表,主要是20世纪70年代前后创作的黑白、套色木刻版画,以表现工业题材为主,在构图上大块分割,刀法粗犷,强化黑白对比,追求工业形式的美感。如徐景春的版画《金沙江畔》《攀钢厂区》《火红的攀枝花》等,以黑白木刻为主,受北大荒版画和四川老版画家的影响,大刀阔斧地归纳与概括画面,浑厚大气,其中的《金沙江畔》,表现了在金沙江畔攀西峡谷荒原上建起的新兴的攀枝花钢铁厂、铁路运输线、矿山采矿场景,利用形态大小差异的黑白块面,大块留黑突显攀西大裂谷山势的厚重,映衬攀枝花钢铁厂依江而建,地势险峻,表现了建设者不畏艰难创业的主题,通过S形的金沙江对画面进行分割构图,有效地增强了钢铁基地在大裂谷中的险要特征,彰显了攀枝花大山大水大工业的气势,突出了三线精神和建设者的豪情壮志。我们在整理与保护《新高度》等原版作品的过程中发现,画家反复调整攀钢一号高炉安装建设场景的空间位置关系,通过远、中、近景的划分,人物比例以及虚实关系的把控,使人物情结与大工业建设场景相互交融的整体氛围得以自然呈现。另外,像张立广的套色木刻《揽月》《架龙头》《凌云曲》、张弟德的套色木刻《来日长臂缚铁龙》等,都构图直白、刻制潇洒,透露出一种激情、一种对建设者凝视的定格[①]。

20世纪80年代是攀枝花版画发展的中期阶段,这一时期的代表画家如刘荣喜,其结合国内写实主义绘画风格并有一定的创造性,创作的《创造财富的人》,通过人物背侧面的构图和巧妙的色彩调性构成的黑、白、灰关系,塑造出外表纯朴而内心充满激情与自豪的新一代炉前工形象;他的黑白木刻《钢铁结构》,借用工业建筑中最为常见的钢筋编织为主体形象,又用太阳光晕使整体钢筋构

---

① 陈景峰.三线建设背景下的文化分析与思考——以攀枝花工业题材版画为例[J].中华文化论坛,2016(5).

成产生微微的变异,通过对主体形象的联想与发挥,弱化的飞鸟赋予主体形象生命与象征意义。刘荣喜从80年代创作的《路》《钢城》《初升的太阳》到90年代以后创作的《圆的旋律》《九天揽月》《初挂》等,在版画语言上不断探索,逐渐从硬朗的工业风情转向人生哲理的发掘。另一位代表画家是单乃正,他的纸版画《飘的系列》,滴水的树叶与钢结构组合,用现实浪漫主义手法表现工业主题,给人一种钢铁柔情之感。

  20世纪90年代初攀钢版画蓬勃发展,来自攀钢各单位的普通职工,进行各种尝试性的版画探索,具有较高的学术价值。他们分别请来了著名版画家吴凡、吕树中、王叠泉、顾雄、江碧波、李忠翔、刘宏、徐仲偶,天津汉沽版画家刘硕海,川美版画研究生廖念一、油画研究生庞茂琨等也前来攀枝花指导,职工们创作出大批以反映攀钢大工业为主体的版画佳作。其中,吴汉怀的黑白木刻《热风》,体现出炉前工的艰苦劳作;高利华的套色木刻《管道与人》,纸版彩色拓印《力》,高度概括了繁忙的钢厂装配现场;兰俊明的纸版画凹印《岁月》,对处于大工厂构架中的月亮进行了残缺变化的构图处理,大月亮呈曲线上升与降落构成,表现工人们夜以继日地三班倒劳作的辛苦,给人一种宏观的思考;王勇的纸版套色漏印《凤凰花开》,简洁生动地表达了钢城印象;雷晓的独幅版画《熔与铸》意象地表现了火热的炉前那汗水淋漓的生活;盛天河的套色木刻《铸》与蔡明禄的黑白木刻《矿工的性格》,抽象化的构成刻画了矿工的形象;关伟的黑白木刻《花脸钢包》,以幽默风趣的风格拟人化处理浇钢水的钢包;程久顺的丝网版画《时间·秩序》,将炼铁厂监控屏幕背景处理成丰富的彩色线构成对比;彭光的纸刻漏印《静态音响》,用拓印技法,立体地表现攀钢车间的空间韵律感;武钢的丝网版画《烈日》《圆舞曲》,以剪影装饰钢厂楼梯与人,夸张化处理了背景中的线圈重复构成;拓印《红色系列》,给人色彩斑驳而厚重感;潘民的纸版漏印《博》《魂》《红五月》等,采用平面图式语言化的构成与色彩对比;杨永立的木版粉印《炉长》,用粗犷的肌理与线面构成,生动地表达了炼钢厂炉长的刚毅气质;牛志忠的套色版画《壮志凌云》《组吊》,借用了他个人所熟练的剪纸技法;董小庄的丝网版画《工业新空间》,将工业元素转化为理性的点线面,相对缩小了纯黑与纯白的比重,在整体形式构成上苦心经营,董小庄的木版粉印《轧机印象》《梦的系列》,以斑驳绚丽的装饰色彩重组重构的形式给人以严峻感……从这些版画作品中可以明显看出攀钢版画已跳出了80年代全国工业版画写实主义的审美范畴,它们以全新的视觉元素和构成形式,对三线建设和攀枝花大工业的时代性、人文性进行了视觉触摸和灵魂的体验。版画家们对攀钢的写实主义工业题材进行抽象、意向、浪漫主义、解构主义等艺术形式与技法的积极探索,更加多元化地强调艺术观念的更新和艺术实践的齐头并进,将人与钢铁、色彩与工业构成形成当代意义上的审美意趣,用个性化的艺术语言创造了新的象征不同时期的工业主题的画面,展示其独特性、象征性等审美发现,让人们惊叹地感悟到版画另一种创作样式。1990年,由中国版画家协会、冶金工业部、四川省美术家协会主办,攀枝花钢铁公司承办的攀钢职工版画作品展在中央美术学院隆重展出,深得美术界的好评。

攀钢版画群体记录了攀钢三线建设的发展历程,以及不同时期的艺术家们对环境、对精神世界的感悟和思考。作品贴近生活,体现出工人们的工业理想和对美好生活的向往,在大工业与大自然的演变中,寻找人生的体验与感悟。他们用刻刀在线条和色块中表达独特的美感,他们积极寻求工业版画创作新的兴奋点,追求个性化的表达方式,形成了多样的绘画作品。攀钢版画的发展离不开攀钢的大发展,攀钢版画发展的蓬勃时期同步于攀钢企业发展的辉煌时期,攀钢不但要生产第一流工业产品,也要出一流的人才;不但要有一流的发明创造者,还要出一流的艺术家,攀钢精神一直激励着美术工作者[①]。攀钢版画雕刻的是时光里的钢铁记忆,留下的是这一座英雄的城市、有活力的城市的独特的精神和气质。

三、武汉中冶版画

1959年,新中国第一个工业版画创作集体——中冶版画成立,版画家们用画笔和刻刀记录了武汉工业的发展历程,表现火红年代的沸腾生活,描绘工业生产的热烈场面,抒发钢城三线建设者的豪迈情怀。在半个多世纪的艺术探索中,中冶版画群体逐渐由业余走向专业。其工业版画创作媒介以木刻版画为主,也有综合版和纸版画作品,现实主义的创作风格一直延续至今;从题材上的宏观工业场景叙事转向对艺术本体精神深处的描摹,从视觉语言上的写实性演变为文化符号与抽象理性结构的重组。

武汉工业版画在三线建设时期的艺术取向和集群化发展,为中国工业版画群体研究提供了新的图景。在中冶版画群体中,最具代表性的人物是宋恩厚。

---

① 邓乐.红色视觉——大工业背景下的攀枝花艺术群体[M].成都:四川美术出版社,2009:9.

1956年,宋恩厚随中国重工业部建筑局第一工程公司从哈尔滨调职至武汉钢铁厂参加工程建设,在完成生产任务之外,他配合各种宣传任务,画连环画、宣传画和壁画。后来他刻苦认真地学习版画,在"版画艺术创作道路上取得了长足的进步",创作出一批有代表性的作品。如50年代的《又是一炉优质钢》、60年代的《锤炼》、70年代的《钢铁粮仓》、80年代的《上下左右之间》和90年代的《工业时装》等,作品多次入选全国美展①。

此外,1963年,肖日富的《炉壳吊装》,宋恩厚、孔庆发的水印木刻《安装我国自己造的轧钢机》;1964年,魏尚志的《开辟新天地》,毛大亮的《攻关》;1965年,宋恩厚的套色木刻《钢铁裁缝》《创举》,集体创作的套色木刻《自力更生放光芒》;1969年,集体创作的《工地颂歌》;1970年,集体创作的木刻套色组画《攀枝花建设者》,禹季凯的套色木刻《欢腾的工厂》,孔庆发的《设备到工地》,宋恩厚的套色木刻《五颜六色》,熊庆顺的《炉腹深处》《工地采风》,禹季凯的黑白木刻《网云》,李健的《红色的歌》《高层》,黄行的《流云爽风》,张志行的《号子声声》,张忠喜的纸版画《流体·固体》,李平洋的《城市的太阳》,王美居的《晨雪》,宋佳林的油印套色《我们的世界》等等,从时间和画作名称上就能展示一部脉络清晰的武汉三线建设史,构建出属于武汉本土的工业历史文脉②,体现了浓烈的工业气息,是一部紧扣时代脉搏的宏大叙事史诗。

四、铁路建设美术与大路画派

三线建设时期的铁路建设有湘黔铁路、成昆铁路、贵昆铁路、襄渝铁路、川黔铁路、阳安铁路、京原铁路、青藏铁路(西格段)、太焦铁路、焦柳铁路等十余条,同时还建成许多公路网络,为西部地区的矿产开发、产品流转、工业建设、国防建设创造了交通条件。

四川大三线建设头三年的最重要项目是"两基一线"。"两基"就是以重庆为中心的常规兵器工业基地和以攀枝花为中心的钢铁工业基地,为战时军工生产的核心。"一线"就是修建成昆铁路干线,解决西南地区交通问题,满足工业的能

---

① 樊枫.奋进中的中国工业版画:宋恩厚艺术活动文献[M].武汉:湖北美术出版社,2016:11.
② 青山依旧——武汉美术馆藏工业版画作品展(内部资料),2015(10).

源、原材料、零部件以及产成品运输。

　　成昆线与贵昆、川黔、成渝铁路相连,构成西南环状路网,并有宝成、湘黔、黔桂三条通往西北、中南、华南的通道,彻底改变了新中国成立前西南几乎没有像样铁路的历史。在成昆铁路铺通的同时,攀枝花钢铁厂一号高炉正式投产,此后历经二十余年,攀枝花两期工程全部建成。依托成昆线,重要的航天基地——西昌卫星发射中心也在70年代末建立起来。虽然成昆线是作为三线建设的重点工程而诞生的,但实际上,它所起到的作用远不止是备战,成昆铁路和攀钢建设至少影响和改变了西南地区2 000万人的命运,使西南荒塞地区整整进步了50年。铁路建设美术也与此同时出现,其中较有代表性的有:简崇民的《金江春晓》,用国画水墨表达了金沙江边绽放的攀枝花,火车穿行于崇山峻岭之中的美景;王玉珍的工笔画《天路》,近处是盛开花朵的云崖上几位彝族姑娘与解放军女战士们正注视着承载火箭的列车行驶在云海之中的高架铁路上;双道俊的木刻《基石》,透过修建人物的剪影,表达了各族人民只有紧密团结、万众一心,才能铺就社会主义现代化建设基石的主题;组画《成昆路上处处春》和王明月的《粮仓新春》等,表现了铁路运输给凉山带来了农机设备,改变与提高了大小凉山的生产生活方式;丰中铁的黑白木刻《高路入云端》刻画了火车穿行于层峦叠嶂的群山之中的雄伟场景,《蜀道》展现了成昆线上的众多隧道与高架桥,《名峰争秀》《天堑变通途》等则表现了修建成昆线的艰苦。

　　三线建设的早期,大量铁路建设的美术作品显得线条粗犷,多以黑白版画效果呈现,描绘技巧不那么娴熟,但反映的都是那些真切感人的艰苦生活和纯美心灵。铁路建设美术,后被称为大路画派,自70年代初起,在全国产生影响。70年代末,以铁道兵版画为母体,催生了两年一届的大路画展①。大路画展由中国美术家协会与中国铁建联合创办,主要在中国美术馆展出,是中国美术家协会和中国铁建历经40余年联合打造的综合性主题画展,是全国乃至世界独一无二的"赞颂劳动之美的先进双年展"。

　　在铁道兵党委的高度重视下,从部队抽调战士成立了铁道兵版画创作组,积极筹备1972年全军美展的参展活动。创作组以《战斗在崇山峻岭》为总题,集思广益,仔细推敲,最后有《上工》《壮志豪情》《峡谷战斗》《激流勇进》《工地小后勤》

---

① 大路美术家协会编.大路美术30年——大路画展作品选集[M].北京:人民美术出版社,2008:9.

《雪夜运输》《洪浪丹心》《排除险情》《登高之前》《山寨喜讯》等十幅作品参加全国美展并获奖。铁道兵版画创作组还陆续创作出组画《边疆战歌》《志在四方》《铁路西进》等,反映了铁道兵如火如荼的、丰富多彩的生产、生活场景,这些画描绘的是铁路风情,塑造的是铁道兵形象。其中,组画《万水千山只等闲》是以成昆铁路为背景而创作的,成昆线全长一千一百公里,逶迤在川滇万水千山之间,沿线地形险峻,地质复杂,工程艰巨①。套色版画《峡谷飞彩虹》气势宏伟,引人入胜,画面中彝族同胞们举头抬望,只见铁道兵们正在架设桥梁,让天堑变通途。透过这些作品,我们似乎回到了那段激情燃烧的岁月里,建设者们用理想信念和血肉之躯,在大西南的崇山峻岭中创造了一个世界铁路建设史上的奇迹和神话。

随着三线建设进一步发展,襄渝铁路建设也于60年代末上马。襄渝铁路建设吸取了成昆铁路建设的经验教训,以铁道兵为主进行修筑,1973年建成通车,沟通了重庆常规兵器工业基地与华中地区的联系,并依托襄渝铁路,在湖北十堰建成第二汽车制造厂。同期,贯穿鄂西、湘西和桂北,作为京广铁路南段"备份线"的枝柳铁路也开工建设。这两条西南三线铁路干线,也都是在地质地理状况十分恶劣的地区修建的。在铁路交通先行的前提下,西南诸省的工业进行全面深刻的再造,建成了基本完备的钢铁、能源、有色金属、电子、化学、机械等重工业体系,奠定了现在的发展基础。其中一部分后来被称为西部脊柱,如攀枝花、酒泉、金川等钢铁冶金基地,酒泉、西昌航天卫星发射中心,葛洲坝、刘家峡等水电站,六盘水、渭北煤炭基地,长城、水城等大型钢厂,贵州、汉中航空基地,川西核工业基地,长江中上游造船基地,四川、江汉、长庆、中原等油气田,重庆、豫西、鄂西、湘西等常规兵器工业基地,中国第二汽车厂、东方电机厂、东方汽轮机厂、东方锅炉厂等制造基地,中国西南物理研究院、中国核动力研究设计院等科研机构,形成了中国可靠的西部后方科技工业基地,初步改变了中国东西部经济发展不平衡的布局。为了反映铁路建设带动了内地和边疆地区的社会进步,大路画派的画家们纷纷用画笔和刻刀讴歌参加铁路建设的英雄们。如:赵修柱的黑白木刻《大山的心脏》用大面积的黑色表现巴山隧道却没有压抑之感;黄嘉善的套色木刻《银花朵朵》表现的是青藏铁路柴达木段的建设场面,羊群、白云连成一片,铁道兵的营房、勘测队的帐篷和藏族同胞的新房,形成一座座新"城镇",远远

---

① 铁道兵业余美术组.万水千山只等闲——铁道兵战斗在成昆线[M].北京:人民美术出版社,1977.

望去好似银花朵朵;路巨鼎的《山窝窝》《古长城》《福音》①生动地描绘出大西北和大西南人民对于筑路的渴望,以及看到铁路进入深山、高原时发自内心的激动;杨泰贵的《啊,阳光》运用剪纸式的精炼手法,表现铁路工人在打通隧道时激动人心的一瞬间;周进的《涉水》以既富生活气息又具高度简洁的手法,概括了测绘员的艰辛而又充满诗意的情景;刘杰的《云》、于其平的《标杆》等,都是从生活中引发出的带有哲理性的思考,凝铸成一定的象征性,形象地抒发了作者对筑路工人平凡而崇高的品质的赞美和崇敬之情;董吉祥的九联国画《天路——青藏铁路图卷》,鸿篇巨制地展现了铁路建设,在形式与内容上都呈现出壮美之境②;张衍海的套色木刻《天路组画》给人一种既有沧桑的历史厚重感又有清新的时代行进感的视觉冲击力,形与线、色块与色调运用得挥洒自如,营造一个恢宏的视觉空间③;在王沂光的油画《三月骄阳》《红裙子》《南盘江流水》④等作品不采取直接描绘铁路的手法,还把铁路元素巧妙地放入一种情景中,犹如讲述一个故事、表达一种含蓄的情感……大路画派画家们表现出浓郁的生活气息和刚柔相济的风格,伴随大路前进的足音,再现了拓路者的豪迈情怀和火热的生活场面。

大路画派在现实主义创作道路上坚持创新,吸纳表现主义、浪漫主义的表现手法,让人们看到先辈是怎样艰苦地为人民的幸福而战斗,他们和筑路铁道兵、工人们一同生活在荒郊僻野、战斗在高原戈壁,主要用版画、油画、国画讴歌建设的英雄们,弘扬主旋律,鼓舞人民为群众社会主义祖国建设而努力不懈。

五、林业美术作品

林业美术作品主要指以表达全国各地的森林工业、地方林业支援全国及三线建设为题材的美术作品,在三线建设的时代背景下,一些美术家创作出了具有代表性、震撼人心的作品,如:崔正植的套色木刻《余晖》、张士勤的套色木刻《木场新曲》,构图饱满,色彩厚重,恢宏壮美,再现了林业生产的宏伟气势及时代特

---

① 铁道部政治部宣传部·中国铁路文学艺术工作者协会.中国铁路美术作品选[M].1992.
② 关宏臣.现代化建设情境中的选择与创造——从大路画展看大路美术群体的形成[J].美术,2013(6).
③ 吴长江.心怀现实情系大路:张衍海的版画艺术[J].美术,2013(6).
④ 孙有礼.大路画展作品选1979—1995[M].天津:天津人民美术出版社,1995:9.

征,讴歌林业工人;晁楣的《装载运不完》、张士勤的丝网版画《待》,表现了大兴安岭森林工业生产的木材装满火车,等待运输到全国特别是三线建设急需的地方去;陈祖煌的木刻《春潮》,把明月山的雨景与山溪放排组合成画面,将山林、竹海、瀑布等自然图像与社会主义现代化建设中平凡人的生活面貌相结合,在近乎完美的画面图式中闪耀着人性的光辉;丰中铁的黑白木刻《川西森林》,内容具有鲜明的时代特征,画面中有汽车穿行于川西大山之中,密林高山之间有新建的跨山谷吊桥、盘山公路及交通提示牌和路边新砌的水泥石墩护栏;其加达瓦的黑白木刻《育林人》,细心刻制的发辫与醒目的装饰物,彰显了育林老人的藏族身份,整幅作品精致细腻,线条遒劲,柔中带刚,有极高的艺术感染力,表现了藏族同胞征服自然、又与自然和谐相处的自信和决心。

四川西部的甘孜藏族自治州,位于长江、黄河的上游,这里拥有丰富的林草资源,在20世纪五六十年代,由于三线建设所需,大规模开发林木资源,甘孜州生态环境一度恶化并导致自然灾害频发。笔者在攀枝花市西区初心园见到三线建设时期一张张震撼的老照片:木材堰塞虎跳峡,作业工人可踩行木材横渡金沙江;在金沙江段下游的格里坪(1965年成立金沙江木材水运局,渡口十二附九号信箱),雅砻江下游与米易的石镇安宁河交界处(属于普威森工局,四十三附四号信箱)的江面铺满了原木,并都设置有木材打捞站,木材堆积如山;通过格里坪与桐梓林的火车、汽车等运往国家三线建设急需木材的工地……这些珍贵的文物与遗址老照片,见证了林业的过往,两江上游砍伐的工具与下游集散木材,支持了国家三线大建设,但也一定程度上破坏了森林。至1995年,四川省水土流失面积已近20万平方米,年土壤侵蚀量达9亿吨,是长江最大泥沙输出地。1998年,长江流域遭遇百年罕见的特大洪水,灾后,党中央果断决定在长江上游彻底停止天然林商品性采伐,次年党中央再次作出部署,在四川率先实施退耕还林工程。被砍得千疮百孔的森林终于停伐,实施"停、造、转、保"系列措施,实现了森林面积、蓄积、覆盖率三增长,水土流失面积大幅度减少,生物多样性得到了有效保护。随着保护和修复力度持续加大与一代代育林人的辛劳付出,甘孜州的生态环境"创伤"逐步得到修复,山更绿了,水更清了,世外桃源般的高原美景重现在世人的眼前。

六、水利电力工程建设美术作品

旧中国命运多舛,民不聊生,水电建设坎坷艰难。新中国建立后,水电事业和国民经济各行各业一样,迎来了快速发展的新时代,中国共产党的领导和社会主义制度的建立,为我国水电发展奠定了政治基础。

1960年,新中国"自主设计、自制设备、自己建设"的第一座现代化大型水电站——新安江水电站投产发电,丰中铁的黑白木刻《新安江水电站》(1964)、《山区公社》(1964)表达了山区水利与农田提灌的景象。

1969年,重庆电厂工程全面建成发电,成都火电厂扩建;1970年,豆坝、万源、白马、华蓥山、龚嘴、江油电厂投产发电,促成了川南、川东、川西联网,形成了四川电力主网的基本模型;1971年,四川最大的水电站映秀湾水电站建成发电……吴强年的木刻《战山河》、伍文全的《安装汽轮发电机》、莫测的套色木刻《电厂的早晨》与木刻《电灌站》,这些作品简洁意赅地表达了该时期水利电力工程的建设。

在第一个五年计划时期和1964年开始的三线建设时期,中国掀起了两次水电建设的高潮,自力更生建设了四川狮子滩水电站和江西上犹江、云南以礼河、广东流溪河、湖南双牌、贵州猫跳河等一大批中小型水电站;建成了綦江至遵义高压输电线路,实现了四川同贵州的联网,这些电站、电网的建成形成了四川强大的电力网络,有力地促成了三线建设与经济发展[1]。

从三线建设初期至1967年夏,已有十多个大中型企业兴建于宜昌。1970年,湖北省的宜昌及鄂西地区、十堰及鄂北地区都成为三线建设重点,之后一大批国防军工企业和科研单位落户于宜昌山区。一下子增加这么多用电大户,湖北全省及邻近省份陷于电力严重短缺的困境。1970年底,万里长江第一坝——葛洲坝水电工程正式开工。丰中铁的《百年大计》《葛洲坝之夜》,莫测的版画《向长江要电》《葛洲坝水电站》《截断巫山云雨》,刘政德、李正文的不锈钢雕塑《大江截流》。胡天柱的黑白木刻《凿》《掘》《疏》(《长江葛洲坝土石方工程》组画),张克让的黑白木刻《葛洲坝工地》组画,何家英的国画《春城无处不飞花》,唐小禾、程犁的葛洲坝人三联油画《工地上的母亲》《大坝中坚》《大坝的儿女》……这些美术作品通过各种表现形式,用不同创作风格表现了一个共同的主题——葛洲坝水电工程是完全由中国人自行研究设计、建设的第一座特大型水利枢纽,兼具发电、防洪和航运功能,是长江三峡水利枢纽的重要组成部分。葛洲坝水电工程建

---

[1] 曾勋.建设后方——全国三线建设掀起高潮[M].长春:吉林出版集团有限责任公司,2011.

成后发挥了巨大的经济效益和社会效益,大大提高了中国水电建设方面的科学技术水平,同时也培养锻炼了一支具有高水平的巨型水利水电工程队伍,为中国的水电建设积累了宝贵经验,为兴建长江三峡工程进行了实战准备。

党的十一届三中全会的召开为中国水电建设的发展注入了创新前进的活力。云南鲁布革水电站成为中国水电建设体制改革大潮的弄潮儿,突破原来的高度计划经济体制,积极寻找建设资金,开创了利用外资、项目管理体制改革和建设模式改革的先河,在水电建设管理上乃至全国基本建设领域形成了"鲁布革冲击波",使20世纪80年代中后期开工的广州抽水蓄能电站和广西岩滩、云南漫湾、福建水口、湖北隔河岩五个百万千瓦级水电站均采用了贷款和多渠道筹资建设方式,并相继实行了业主负责制、招标承包制、建设监理制,这些项目在工期、质量、造价控制等方面取得了公认的成绩和进步,成为中国水电建设战线上改革开放时期的"五朵金花"。1992年获批准建设、1994年动工、2003年发电、2009年全部完工的长江三峡水利枢纽工程是全世界最宏伟、最复杂的超级土木工程,它由枢纽建筑物工程、水库移民工程、输电工程三大部分组成,每一部分都是世界之最。许多画家都以不同形式与风格讴歌了这一伟大工程,其中王晓愚的版画《世纪三峡》借鉴了中国山水画移景的手法,表现出三峡水利枢纽工程的雄伟英姿。

水利建设上的修堤建库、抗洪减灾,是保障人民生命财产安全和社会稳定的重要举措。力群创作的黑白木刻《挖水池》,在较小的画幅中表现了一个有六七十人建水利的大场面,黑白色处理如音乐节奏般交替转换,虽然是白天却暗示了这是一项日夜兼程的任务,山头矗立的"世上无难事只要肯攀登"的大标语,生动地再现了三线建设时期常见的迎难而上的建设场景。丰中铁的黑白木刻《蜀山图》《公社小水电》,莫测的黑白木刻《大地明珠》(一组共二十一幅)、《开挖人工河灌溉万顷田》、套色木刻《太行的山啊太行的水》,陈经纬的套色木刻《开凿青年运河》,王立的套色木刻《建设水电站》,刘泽、赵映宝的中国画《青居电站》,俞启慧、赵宗藻等的套色木刻《水库新城》、《银线飞架》(《山山水水重安排》组画之六)等作品表现了水利建设与自然和谐共生的场景;吴家贵的木刻组画《别有洞天》系列[①],生动地表现了贵州喀斯特地貌特征的地下水利开发。

---

① 中国美术家协会云南分会,中国美术家协会贵州分会.云贵版画选[M].昆明:云南人民出版社,1984.

地方水利的建设开辟了农、林、牧、副齐发展的崭新面貌,保障了农村完成国家粮、棉、油、猪的缴售任务,也为三线建设时期的工业建设提供了有力的后勤保障。这些作品诞生在三线建设激情燃烧的岁月里,表现着普通人身上所蕴含的英雄主义和理想主义情怀,是一代人的集体记忆,也是艺术家们用生命和信仰谱写出的壮美乐章!

七、煤矿工业美术作品

三线建设推动了煤矿开采业的发展。1964年,各路开采大军在六盘水拉开了煤矿资源的会战;1966—1975年,松藻、芙蓉、宝鼎、华蓥山等重点矿井和一批地方小型煤矿开工建设,建成了西南炼焦煤基地,西北煤炭基地,平顶山、焦作、鹤壁等矿区。为了顺应时代的发展,1972年,山西省阳泉市建立了一支以煤矿工人为主体的工人业余美术队伍,采掘工、瓦斯检查员、机械修造厂描图员、翻砂工、放映员、食堂库工等一线工人创作了不少美术作品。其中,国画《煤海激战》《超产记录》《煤海后勤》《风雪无阻》《又是一炉优质钢》,版画《矿山盛节》《对手》等,形象生动地记录了三线建设时期的煤矿生产,具有满满的时代感。1973年魏紫熙的《煤炭工人》与1974年周思聪《井下告捷》美术作品,主要以写实主义表现"工业学大庆"的煤矿场景。而80年代初周思聪的国画《矿工图》组画,将构思定位于表现中华民族和广大人民的血泪历程,意在唤起时代对于战争灾难的反省,用艺术创作去呼唤、去追求"和平"与"人道"这个永恒的主题。

1982年,刘亚平的黑白木刻《煤与矿工——火种》《煤与矿工——动力》等系列作品,在画面中运用了带有装饰性的黑白图案,线条流畅,用单色表现出火光四溢的瞬间,矿工工人的形体语言已经从红光亮的创作构图中逐步解脱,代之而起的是对工人生活状态的一种新型思考。李乃宙的《矿党委书记》(1973)、《小字辈》(1984),同样用国画绘制了人物,却用不同手法表达了老一辈与新一代的煤矿开拓者,前者写实,后者更讲究画面平面构成,水墨味更酣畅淋漓。1984年,梁岩的中国画《地下星》,画面中九位矿工头上的矿灯构成显得特别醒目,矿工头像用厚重的笔法与暗处的反复积墨法,加上脸上借用山水画法墨的皴擦,刻画了饱经沧桑的老矿工,画面更有质朴、厚重的分量感,具有独特的个人风格,在全国画坛别具一格。吴云华的油画《乌金滚滚》(1984),灵感来源于传送带携煤倾泻而出,刻画鱼贯而出的煤矿工人的脸在光影的照耀下如乌金一般闪着光芒,画面闪烁而明亮,形式与内容完美的结合,从而使这幅画充满了生命的活力。

　　葛运波的油画《孺子牛》,画面中一位送煤的青年工人,背着煤步履艰难地向需要它的人家走去,透过画面,人们看到的是送煤工朴素、勤劳、任劳任怨的可敬形象。1989年,吕书峰的连环画《煤,从这儿开采》,获第七届全国美展铜牌奖1999年,吕书峰的中国画《矿工·地层深处》获《美术大观》铜牌奖。1979年至1984年间,李世南数次到陕西白水煤矿写生,1984年,他用泼墨和色彩并用的手法完成了表达矿区工人精神面貌的国画《开采光明的人》,作品中的三组人物分别表达不同的时空,中间一组人物用墨色表现矿工刚上井时的状态,显得较为严肃;右边一组人物用朱砂来表示走在阳光下的矿工,矿工呈现出愉快、自豪的表情;左边一组人物用蓝色花青来表现矿工,低着头,帽子上为亮着的矿灯,画家采用独特的构思与创作手法,成功塑造了一群顶天立地的矿工形象,呈现出浓郁的阳刚之气。

八、石油化工业美术作品

　　毛泽东主席非常关心祖国石油和石化工业的发展,早在延安时期,他就为陕甘宁边区特等劳模、"功勋油矿"延长石油厂厂长陈振夏题词"埋头苦干",这四个字也成为中国石油精神和铁人精神的起源和最早表述。新中国成立后,毛主席日理万机,但对发展石油工业的重大意义认识非常深刻。1953年,毛泽东主席和周恩来总理征求著名地质学家、地质部部长李四光对中国石油资源的意见。李四光运用自己创建的地质力学理论和方法,分析了我国的地质条件,提出新华夏构造体系三个沉降带有广阔找油远景的认识,从理论上推翻了国际学术权威,力破"中国贫油论"。中国石油工业在"十年动乱"中负重前行,先后在四川、江汉、陕甘宁、辽河、华北等地组织了几个大的石油勘探会战,取得了不俗成绩。1978年原油产量破亿吨,成为世界第八大产油国,为未来中国石油产业发展打下了坚实基础。炼化行业也成就斐然,对支撑三线建设起到极为重要的作用。1977年,孙文超的油画《毛主席接见李四光、钱学森》,画作内容源自1964年毛泽东主席在中南海卧室接见李四光、钱学森和竺可桢三位科学家。画中将接见场地改为中南海庭院,表现了在一个春光明媚的下午,毛泽东主席同科学家们坐在树荫下亲切会谈的情景。此画引起全国关注,是当时美展唯一在全国各大报纸及杂志转载并印单幅发行的作品。1964年12月,毛泽东主席在71岁生日时用自己的稿费招待全国人代会的劳模代表,对王进喜称赞说"工业学大庆",这便成为三线建设早期响亮的号召。于美成的油画《毛主席、周总理接见铁人王进喜》,表现了1969年党的九大上,当选为中央委员的铁人王进喜见到毛主席、周总理时的幸福情景。在我国石油建设初期,最早参加会战的一批石油工人面临着连基本吃住都无法保证等生活难题,但他们坚持"先生产,后生活",在搞勘探、搞建设、搞生产的同时,努力减轻国家负担,自力更生,自己解决生活问题。杨忠义的版画《油田为家》真实地记录了这些历史场景。由于长期零距离地与石油工人生活在一起,塑造出具有清新、明快风格的艺术形象,人物形象富有生机和情趣,给人以美的愉悦。

曾纪纲1973年创作的中国画《喝令地球献石油》,作品意气昂扬,格调清新,塑造了石油工人"天不怕,地不怕,风雪雷电任随它"的豪迈气概;而《爸爸在那儿上班》则是深情款款的浅吟低唱,表现了一位钻井工人的爱人和儿子在菊花盛开的金秋季节到井场探亲的情景,爸爸蹲在地上,抱着手里拿着安全帽的儿子,指着远处高高的钻塔说"爸爸在那儿上班",儿子的目光中充满羡慕和向往,预示着石油事业后继有人。

1983年,杨之光的国画《儿子》和用"父辈创业地,子孙英才多。小琴奏新曲,铁人当高歌"的题跋,反映了新时代石油中国工人家庭在满足温饱生活之后,追求丰富的文化艺术,展现了一代中国普通石油工人的精神风貌,给新时期美术创作注入了新的生命力。

1998年,中央决定成立国家石油和化学工业局,1999年,中国石油、中国石化、中国海油联袂进行重组改制,陆续组建了各自的股份公司。伴随能源企业股份公司现代企业制度的建立和完善,政府对石油工业的管理实现政企职能分开和政资管理分开。随着社会的发展和科学的进步,许多新的艺术理念、新的艺术工具、新的表现方法逐渐引进到石化美术创作中来,影响着美术的面貌,给新时期的石化美术创作注入了新的生命力。广大专业画家和业余画家在表现石油石化工业先进制造、企业精神风貌、石油与社会生活、石油工业与自然、石油与人等主题方面突破了以往设定的条条框框,创作的表现手法更加多样,作品的关注视角更加奇特,内容题材更加广泛,使用色彩更加丰富。1999年,王丕的油画《老歌——我为祖国献石油》,获第九届全国美展铜奖,作品展现了晨曦微中的清晨,采油工人仍在井架旁辛勤劳作,他们满带泥水、汗水、油渍的身躯被太阳的光辉涂染着,奏响了一曲油田建设者的生命礼赞。2001年,王丕的油画《平台》入选纪念中国共产党建党八十周年全国美术作品展,作品表现了石油钻井工人们奋力将油车大钩挂于泥浆泵上的劳动情景。以"特立独行的石油题材画者"著称的巨会庆,他的《辉煌年代》系列油画作品色彩明艳,雄伟的钢铁井架、隆隆的钻机轰鸣,画面语言独特而富有表现力,反映出石油工业的生机与活力,传递了石油工业带给人们的激情和希望以及一代又一代石油工人的光荣与梦想。

九、"两弹一星"、航空等国防科技美术作品

20世纪五六十年代,党中央、毛主席高瞻远瞩,毅然作出研制"两弹一星"的战略决策。老一辈革命家、科学家和广大科研人员自力更生、发奋图强,书写了一个又一个辉煌篇章。从科学巨匠到普通工人,十多万名科研人员和参试部队告别了亲友家人,走进了祖国西部的神秘禁区。一场隐秘而伟大的征途就此开始,从1956年起步到1964年中国第一颗原子弹终于研制成功,它向世界庄严宣告:中国人民依靠自己的力量掌握了核技术。1965年,吴湖帆的国画《庆祝我国原子弹爆炸成功》是一件较有代表性的作品,画面准确把握了原子弹爆炸时的烟云形态和整个场景色调;孔平的油画《东方的震颤》,用简洁的钢构与厚重油彩构成的蘑菇云,表现核爆即将释放出的威力。

1967年,中国自主研制出第一颗氢弹,1968年我国第二次氢弹试验成功进行,1970年中国第一颗人造地球卫星成功发射。"两弹一星"事业所取得的巨大成就,是中华民族挺直腰杆站起来的重要标志,极大地鼓舞了全党全军全国人民的斗志。这一伟大的事业,成为艺术家创作的不竭源泉,也将穿越时空,激励、鼓舞着我们不断朝着科技强国和航天强国的目标前进。2001年,骆根兴的油画《西部年代》,成功塑造了四位为祖国作出贡献的国防科技开拓者形象,画作色彩浓烈,背景是生命力顽强的胡杨林,渲染出西北戈壁的苍凉壮阔之美,中间为淡然自若的聂荣臻,最高点为目光深邃的钱学森,左边是粗犷豪迈之气的司令员李福泽,右边是儒雅气质的政委栗在山,人物形象之间形成鲜明的对比,寓意较深。

如今的甘肃酒泉、四川西昌、海南文昌等卫星发射基地已发射了近五百颗卫星,取得了载人航天、北斗导航、嫦娥探月、天问探火为代表的一系列辉煌成就,中国的航天梦继续发扬三线精神,牧星耕宇向更加广阔的星辰大海进发。画图卷卷,洋溢着神剑的奇韵,丹青幅幅,飞溅着时代的浪花,代表作品有:马建平的

《深谷幽幽》、吴宝贵的《通天塔》、张凤毅的《辽阔地平线》、王铁男的《第九实验室》、骆根兴的《当代人》《静默的世界》《这里是一片绿色》《青春年华》、申德喜的《春》、郭泽潭的《夜空》、贾力坚的《祖国的脚步》《游子归来》、赵明的《红云》《月光曲》、范忠祥的《万箭齐发》、赵明远的《展翅奋飞》、宋俊斗的《天使》等。

西飞职工版画具有航空绘画群体的代表性，20世纪60至80年代，西飞职工的黑白木刻作品，总体风格朴实、生动活泼、粗犷有力、趣味盎然、个性鲜明。如黄保寿、刘焜明的作品曾两次参加全国版画展，张贤庭、刘洪述、叶枝新、刘义的作品也曾多次在北京的《工人日报》及其他省市的报刊上介绍发表。叶枝新的《不夜的工厂》、黄保寿的《汗水·飞机》、刘焜明的《竞赛曲》、刘洪述的《入伍前夜》、张之光的《我为祖国添锦绣》、邢继有的《装配》、张贤庭的《厂房的黎明》、刘义的《女民兵》、李宝根的《绘新图》和李海军、沃金国、邱秋灵等新人的作品从不同角度生动地反映出在航空工业战线上的广大职工勇于开拓、艰苦创业的精神风貌，在陕西美术界及工人群众中产生了一定的影响。随着时代的发展，他们将继续发扬成绩壮大队伍，在题材、内容与艺术形式探索方面不断地创新，取得更大成就，在建设社会主义军工的同时，也为建设社会主义精神文明作出了贡献。

在三线建设时期，我国国防科技工业方面，形成了以重庆为中心的常规兵器工业基地、以成都为中心的航空工业基地、长江上游的船舶工业基地以及以绵阳为中心的国防尖端科技研制基地，足以为现代化军队提供种类齐全的武器装备，形成坚固的战略大后方。当我们从影视剧中看见中国西部天空升起蘑菇云，看见火箭冲向天空，看见出现在地面、蓝天、海疆的现代化兵器、飞机、舰艇……从"两弹一星"到"载人航天"，我们永远不能忘记在这辉煌图景后面为国防科技隐姓埋名、默默作出巨大贡献的三线人。

三线建设时期的美术作品作为新中国社会主义建设与文艺结合的产物，承载了几代人对国家建设、工业发展、经济繁荣的梦想。三线人用画笔描绘三线，记录了伟大的时代。三线建设时期的美术作品将随着时代的变迁而变革，创新而发展。

小　　结

艺术是承载着时代的情感与精神，它作为人类智慧推演而出的一种形式，也呈现着人们的理想与热情。三线建设时期的工业发展，是三线建设者留下的物质与精神财富，成为广大美术工作者用画笔热忱描绘伟大时代的动力源泉。工业题材美术创作诠释了工业文明之美，展现出三线工业发展的艰辛历程、活力探索与辉煌成就，同时成功拓展了工业题材美术创作的多重视角与多样形式，共同构成我国工业发展的恢宏画卷。"献了青春献终身，献了终身献子孙。"劳动者的绘画作品以鲜活的时代气息，记载了三线人的劳动之美，被其三线建设场景、三线精神成就所感染，笔随时代，美术作品及美术评论充分展示了"艰苦创业、无私奉献、团结协作、勇于创新"的三线精神。

三线建设时期的美术创作与展览，极大丰富了三线人的业余生活，一件件作品也带我们重温了那段艰苦岁月和三线人的精神风貌。三线建设时期的工业美术创作取得了丰硕成果，在美术界留下大批优秀作品，不少作品被各级美术馆及博物馆收藏，这些作品与新中国工业建设同步发展，既是中国特色社会主义工业化进程的缩影，也见证并赞美了伟大的时代。

三线建设美术的研究能让更多的人尤其是中国年轻一代从视觉艺术上受到震撼，让"三线精神之钙"渗入到他们的骨骼和血液里，成为助推实现中华民族伟大复兴中国梦的强劲动力，这是推动习近平新时代中国特色社会主义思想在三线建设地区落地生根、开花结果的重要成果，是三线精神的再现。初心不变，素履以往，期待新时代催生工业题材美术作品的新经典，新时代的工业题材美术创作继续散发出时代新风与持久的独特魅力；让更多的美术研究者关注国家的工业建设，梳理三线建设这一段历史，弘扬中国精神，激励中华儿女不断奋进，凝聚同心共筑中国梦的磅礴力量。

第四章

三线建设文学

从1964年开始的三线建设,在20世纪80年代以前属于国家保密工程,外界知晓很少。改革开放以后,由于国际局势的和缓以及国家战略中心的转移,三线建设的历史逐步被公众所知晓,尤其在学术界掀起了研究三线建设的热潮并取得了令人可喜的成果。不同的学者以各自的学科背景和研究方向为基础,积极探索三线建设的丰富内涵。虽然如此,但三线建设文学却是当代学界研究的一个薄弱环节,亟须加强。当然,三线建设文学是否需要研究,关键看其是否有价值,是否值得去收集和整理。认识三线建设文学概念的内涵、产生与价值,是学界研究三线建设文学的前提,为此,本章尝试在这些方面抛砖引玉,期望更多同仁参与讨论。

第一节 三线建设文学的概念

一、三线建设与三线建设文学

三线建设文学是与20世纪共和国重大事件三线建设相关联的。从1964至1980年,我国开展了一场以战备为中心、紧紧围绕国防与工业为基础的大规模建设热潮,史称三线建设。三线建设的战略决策形成与20世纪60年代初严峻的国际局势有很大关系。1963年,毛主席明确指出未来发生世界性的战争有可以避免和不可以避免的两种可能性:"但是我们应当以有可能挨打为出发点来部署我们的工作,力求在一个不太长久的时间内改变我国社会经济、技术方面的落后状态,否则我们就要犯错误。"①"以有可能挨打为出发点来部署我们的工作",其实就是以战备为中心加强国防工业和基础工业建设。但如何以战备为中心呢？1964年5月27日,毛泽东主席在主持中共中央政治局常委会议时就很明确提出了要以三线建设为重点来备战,建设战争后方:"第一线是沿海,包钢到兰州这一条线是第二线,西南是第三线。攀枝花铁矿下决心要搞,把我们的薪水都拿去搞。在原子弹时期,没有后方是不行的。"②三线建设从1964年开始,一直持续到80年代。20世纪80年代后,三线建设企业进入了全面调整时期,一直到21世纪初才全部完成调整。

三线建设文学就在这样的历史语境中产生和发展的。有人曾质疑三线建设时期有三线建设文学吗？理由是那个时代是以生产为主,"先生产,后生活"。但这也不能就此认为这段时期没有文艺生活、没有文学。例如,在西南三线建设的重点攀枝花钢铁基地的建设初期,攀枝花三线建设指挥部一边采取大会战方式紧锣密鼓地建设钢铁企业,一边又丰富三线建设者的文艺生活。1966年,渡口市(攀枝花市以前的名字)在进行文教事业编制计划时,就明确提出文化支出经费为18万元,建设电影放映单位6个、艺术表演团1个、文化馆1个、新华书店1个③。70年代初,攀枝花三线建设取得初步成果,为了及时反映三线建设成果、讴歌和塑造无产阶级英雄典型、满足广大工农兵群众文化生活的需要,渡口市文化局"决定筹办一个综合性的内部文艺刊物《攀枝花文艺》(暂不定期)"④,来发表工农兵文艺作品。于是,攀枝花市的第一个文艺刊物《攀枝花文艺》在1973年8月创刊。其实,三线建设地区创办文艺刊物来发表工农兵文学作品是一个普遍现象,不仅仅是攀枝花所独有,如西南三线建设的煤炭基地贵州六盘水也是如此。三线建设时期,六盘水地区先后创办了《业余创作》《煤城文艺》《水城文艺》《幼芽》《水钢诗歌》等文艺刊物和《乌蒙山》《水钢通讯报文艺增刊》等文艺小报。

---

① 陈夕.中国共产党与三线建设[M].北京:中国党史出版社,2014:39.
② 陈夕.中国共产党与三线建设[M].北京:中国党史出版社,2014:43.
③ 彭本瑜.三线建设在四川·攀枝花卷五(内部资料).攀枝花:中共攀枝花市委党史研究,2017:1866-1867.
④ 彭本瑜.三线建设在四川·攀枝花卷五(内部资料).攀枝花:中共攀枝花市委党史研究,2017:1554.

二、三线建设文学的内涵

三线建设不仅是三线建设文学的历史背景,也是三线建设文学的表现对象,三线建设时期存在着三线建设文学,是中国当代文学史上的历史事实。一般来讲,中国当代文学史被分为三个时期:1949—1966年的文学被命名为"十七年"文学,1966—1976年的文学被命名为"文革"文学,"文革"之后的文学被命名为"新时期"文学。但关于中国当代文学史的两部代表作品,即洪子诚的《中国当代文学史》与陈思和主编的《中国当代文学史教程》中都没有涉及三线建设文学。因此,有人质疑,三线建设文学的命名是否合理,要回答这个问题,必须要回到文学的历史场域和研究现场中。

回到文学的历史场域,就是回到三线建设文学产生的历史现场。这个问题我们已经在前面完成论证,其结论就是三线建设时期有以三线建设为表述对象的文学,这是一个不容置疑的客观文学事实。

回到文学的研究现场,就是考察当前学界对三线建设文学的研究状况。在中国当代文学研究中,三线建设文学的研究是最为薄弱的。迄今为止,有关三线建设文学的文章只有两篇。一篇是王小平的论文《历史记忆的文学书写——40年来三线建设题材小说创作与出版述评》,分析了三线建设题材长篇小说创作的突出性、纪实性与出版形式的多样性[①]。另一篇是杨胜生的书评《共和国历史的辉煌一章——读〈中国大三线报告文学丛书〉》,简要评价了《中国大三线报告文学丛书》的内容、特点以及意义[②]。三线建设文学研究的薄弱状况形成的原因是很复杂的,但主要有以下两点:其一,三线建设在很长一段时间内是处于保密状态的,不为外界所知,因此这段时间三线建设文学是不允许被学界知晓和研究的;其二,尽管20世纪80年代以后国家的战略中心从备战到以经济建设为中心进行转移,三线建设逐渐走出自动遮蔽的状态,为学界所了解,尤其是近年来,三线建设的研究已经形成历史学科的热点和新的学术生长点,但在中国当代文学领域,三线建设文学还没有被大多数学者所关注,没有形成研究热点,因为中国

---

① 王小平.历史记忆的文学书写——40年来三线建设题材小说创作与出版述评[J].中华文化论坛,2016(12):90-95.

② 杨胜生.共和国历史的辉煌一章——读《中国大三线报告文学丛书》[J].求是,1994(18):47-48.

当代文学非常复杂,其研究的内容也极其丰富,不仅有"十七年"文学、"文革"文学,也有"新时期"文学,各种题材和各种风格的文学作品浩如烟海,各种当代文学史料也是堆积如山,亟须收集与整理。

任何文学的命名都应该有明确的内涵与外延,那么何谓三线建设文学呢?三线建设文学指的是以共和国历史上三线建设为其历史背景和表述对象的文学创作,集中表现了三线建设的历史生活、三线建设者的心理与情感的文学作品。三线建设文学的创作者既有三线建设的亲历者与见证者,也有非三线建设的亲历者与见证者,但他们都把三线建设这段历史作为共同的文学创作对象。

三线建设文学可以分成两个阶段:第一阶段指1964—1983年三线建设时期的文学创作,这一阶段的文学创作体裁多样,既有诗歌、小说,也有散文、戏剧与报告文学,其中诗歌和报告文学创作尤其突出,具有很强的纪实性和历史感;第二阶段指从1983年至今的以三线建设为表达对象的文学创作,这一阶段的报告文学创作和长篇小说比较突出。如三线建设的亲历者与领导者王春才先生不仅创作了《彭德怀在三线》《日出长江》《九九艳阳天》等报告文学,在90年代还亲自主编了《中国大三线报告文学丛书》——《中国圣火》《蘑菇云作证》《金色浮雕》《穿越大裂谷》。长篇小说的创作与出版更为繁荣,据有关学者统计,从1975年至2015年的40年间,"以三线建设为题材创作出版的小说共有45部。其中,长篇小说最为繁盛,有34部,占总出版数量的3/4"[①]。

为了进一步明确三线建设文学的内涵与外延,必须要厘清三线建设文学与"文革"文学之间的联系与区别。从存在的时间来看,1966—1976年是两者的共时性阶段。因此,此时的两种文学有很多共同之处,如:文学与政治紧密联系,文学从属于政治,为政治服务;文学作品的主人公都是社会主义时代的无产阶级英雄人物;注重集体事件的抒写,等等。从创作的方式来看,"文革"文学中的样板戏成功创作经验在全国获得广泛宣传与推广,深刻地影响了此时三线建设文学的创作模式。如:发表攀枝花三线建设文学作品的刊物《攀枝花文艺》在1973年创刊号的《编者的话》中就明确要求文学创作必须"遵循革命现实主义和革命浪漫主义相结合的创作方法,以革命样板戏为榜样,热情歌颂伟大领袖毛主席,歌颂伟大、光荣、正确的中国共产党,歌颂毛主席的革命路线,努力塑造无产阶级英雄人物,特别是

[①] 王小平.历史记忆的文学书写——40年来三线建设题材小说创作与出版述评[J].中华文化论坛,2016(12).

在无产阶级专政下继续革命的英雄形象,讴歌战斗在攀枝花的英雄人物。"①如果仔细考察三线建设文学与"文革"文学,三线建设文学也有自己独特的文学特点,与"文革"文学有不同之处:第一,从存在的时间来说,三线建设文学跨越的时间很长,从1964年开始,一直到现在,三线建设题材的文学作品从没有间断,而"文革"文学只有短短的十年。第二,尽管三线建设时期的文学创作也强调文学的政治性和阶级性,但此时的文学作品紧紧围绕三线建设企业的创立、生产,歌颂三线建设中的无产阶级英雄人物,三线建设结束之后的三线建设文学作品在展现风云激荡的三线建设历史生活时,也有很多的反思性质。第三,三线建设文学作品的体裁不以戏剧为主,而"文革"文学最看重戏剧,尤其是"革命样板戏"。第四,从三线建设文学的创作队伍来说,大部分的创作者是三线建设的亲历者与见证者,或者是三线建设者的第二代甚至第三代,与三线建设有紧密的联系。

三、三线建设文学的社会价值

三线建设是中国社会主义的一段重要进程,其蕴含有丰富的价值维度,可以从不同的方面进行挖掘与研究。正如吕建昌教授所言:"'三线建设'历史是一个'文化富矿',有待于我们深入挖掘。"②三线建设文学源于三线建设,是三线建设历史的精神文化遗产,其重要价值不言而喻。

第一,三线建设文学具有重要的文学史价值。中国当代文学史不仅包括"十七年"文学、"文革"文学和"新时期"文学,也应该包括三线建设文学史。因为一部完整的中国当代文学史不能没有三线建设历史时期关于三线建设的文学叙述与说明,如果没有,那么中国当代文学史是残缺的与不完整的。当然,可能有学者认为三线建设文学的文学价值不高,尤其是三线建设历史时期的三线建设文学具有同"文革"文学所具有的千人一腔、万人一面的政治颂歌模式,但我们不能否认三线建设文学的文学史价值,因为"承认历史与肯定历史自然是两个不同的概念"③。三线建设时期所产生的三线建设文学,是客观存在的文学事实,不管我们如何否定其文学价值,都必须采用历史主义态度,承认三线建设文学史的存

---

① 编者的话.攀枝花文艺[J].1973(创刊号).
② 吕建昌.三线工业遗产的特点、价值及保护利用[J].城乡规划,2020(6).
③ 曹文轩.死亡与存活[J].文艺争鸣,1993(2).

在,不应忘却和删除。否则,随着时间的推移,后来者可能对这段文学史变得陌生甚至无知。如果真是如此,那就是我们这一代人对历史的失责,毕竟这段文学史不可省略与漠视。

第二,三线建设文学具有重要的社会认识价值。三线建设规模巨大,短时期内人口大量涌入三线地区,也带来了先进的知识与技术,促进了当地经济的发展,有力地改变了三线地区工业基础薄弱和贫穷落后的局面,尤其是攀枝花、十堰、金昌与六盘水这些从荒芜的地方发展起来的三线建设城市,源头上就具有很深的三线建设印记。"即崛起于20世纪60年代的备战时期,以三线企业为主干而兴衰;城市居民以来自全国各地支援三线建设的职工及其后代为多,外来人口与当地人口交融,形成移民文化,大大提高了三线地区人口的整体文化素质;教育、医疗服务水平的提高,较快地改善了当地长期以来的落后面貌。"①三线建设完成后,三线建设文化遗产就成了三线建设城市和三线建设者的历史记忆。三线建设文化遗产包括物质遗产和非物质遗产。三线建设工业遗产是三线建设物质遗产,而三线建设历史档案、三线建设艺术与三线建设文学等就是三线建设非物质遗产。其中,三线建设文学是三线建设的文学书写,承载了三线建设政策、三线建设企业、三线建设城市与三线建设者的集体文化记忆,具有很高的社会认识价值。一方面,三线建设文学可以帮助后来者对这段历史进行直观的文学感受,获得文学上的认识价值;另一方面,三线建设文学也可以帮助三线建设者重温那段激情燃烧的岁月,从而获得认同感与归属感。因为三线建设者具有深深的三线建设情怀,他们为国家舍小家,全力以赴地奔赴三线地区,建设战备工业产品,保卫国家的领土完整,是社会主义核心价值观的生动体现。

第三,三线建设文学具有重要的三线建设精神传承价值。"艰苦创业、无私奉献、团结协作、勇于创新"是三线建设精神的核心价值,这些核心价值不仅体现在三线建设工业遗产上,也具体生动地体现在三线建设文学作品中。因此,三线建设时期的三线建设诗歌、散文、小说与报告文学都是三线建设精神的直观展现。例如:

深 山 放 筏

习 鸣

江风吹,江水吼,
浪花高飞九丈九;

---

① 吕建昌.三线工业遗产概念初探[J].宁夏社会科学,2020(4).

木筏乘风又破浪,
穿山过峡下滩口。
放筏人,
浪中走!

放筏人,
浪中走,
风风雨雨度春秋;
练就一副包天胆。
风吹不弯腰,
浪打不低头!

深山运送栋梁材,
滩多水险眉不皱;
只为祖国建钢城,
风里雨里显身手。

"红心永向毛主席,
沿着革命的航线走!"
号子一声如雷吼,
千里江水哗哗流……

江风吹,
江水吼,
浪花高飞九丈九;
木筏已过千重山,
号子还在谷中吼……①

  这首诗一开始写放筏人处在江风吹、浪花高的激流险滩中,紧接着诗人笔触一转,写放筏人不畏艰险,为祖国建钢城运送木材,忠于毛主席的革命路线,生动

---

① 习鸣.深山放筏[J].攀枝花文艺,1973(创刊号).

体现了千千万万三线建设者的艰苦创业精神。再如：

尖山·"石瀑"

毛 丁

百云压尖山，
尖刺云天外，
红旗一挥万声雷，
炮声隆隆震山崖。

云里飞出石"瀑布"，
好似天河挥下来。
献出矿石千万吨，
咱们尖山多慷慨！

云开红旗现，
烟消歌如海；
"开发矿业"举红旗，
夺矿大军好气魄！

声声汽笛催战马，
闪亮的矿石满车载。
条条玉带绕山腰，
山肚里钻出车队来——

汽车拖的哪是普通矿呵，
是共产主义的美景和未来！
矿石昼夜运往火光冲天的钢城，
铸造着红彤彤的崭新世界！①

这首诗塑造了千千万万的普通矿工为了共产主义的伟大事业，战天斗地的

---

① 毛丁.尖山·"石瀑"[J].攀枝花文艺,1975(1).

忘我工作、团结协作、无私奉献精神。此外，小说《宝山劲松》塑造了宝山煤矿区鲁东书记，不辞辛劳地带领矿工战斗在生产第一线，终于挖出了煤的感人事迹。而散文《钢钎赞》《攀枝花为什么这样红》《碧水新歌》等都是三线建设精神的生动注脚。因此这些三线建设文学作品承载了三线建设精神价值，今天读来，不仅使当年的三线建设者重温三线建设精神，而且更重要的是使后来者接受三线建设精神教育，认同家国情怀的社会主义核心价值观。

第二节 三线建设文学中的家国情怀

家国情怀是中国传统文化中的优秀文化，是中华民族绵延不绝的精神信仰，滋育了一代代的中国人前仆后继地为民族的复兴、国家的富强而奋斗。那么什么是家国情怀呢？从哲学来讲，家国情怀是一种精神信仰，勾连家与国，家与国同构，把家植根于国之中，从国家利益、国家发展来体认，体现了价值观的认同、归属感的认同。正如一些学者所说，"家国情怀，是个体对家庭、家族以及邦国共同体的认同、维护和热爱，并自觉承担共同体的责任。在中国传统文化中，它以天人合一、万物一体为哲学根据，以忠孝一体、经邦济世为主要内容，以天下太平为终极理想。尽管在社会生活层面，对于不同的主体而言，家与国之间既有融合、一致的层面，也有疏离、冲突的一面，但家国情怀的核心是家与国相贯通，强调爱家向爱国的纵向提升。在中国文化的生态和脉络下，家国情怀本质上是一种情感认同、价值观认同、文化认同以及民族认同。这种情感认同根植于对血缘和亲情的热爱和尊重，在中国社会的发展与转变中，发挥着重要的凝聚人心的功能。"[①]如果从哲学来看，家国情怀不仅仅是中国人的信仰，而且"'家'是生命的接力，突破的是生命纵向的限度；'国'是生命的互助，突破的是生命横向的限度。纵横交织，经纬交错，织成一张生命之网"[②]。家国情怀既延长了人的生命，又扩展了人的生命，生命之网由此变得坚实。

三线建设者积极响应国家"备战备荒为人民，好人好马上三线"的号召，满怀热情地投入到三线建设洪流中。他们情绪高涨，干劲十足，舍小家，保大家，内心

---

① 张倩.从家国情怀解读国家认同的中国特色[J].江淮论坛,2017(3).
② 刘哲昕.家国情怀——中国人的信仰[M].北京：学习出版社,2019：55.

流淌着无限的家国情怀。伴随三线建设而产生的三线建设文学作品,真实地表现了当年三线建设者的家国情怀。检阅三线建设诗歌、小说、散文、剧本与报告文学,这些作品中的家国情怀主要表现为三个方面:保家卫国的战斗激情,忠于党、歌颂领袖毛主席与一心为公的忘我工作。

一、保家卫国的战斗激情

新中国建立后,人民当家做主,以主人翁的姿态欢呼新中国的诞生,认同新中国的主权,捍卫新中国的无产阶级政权,绝不允许任何人破坏新中国政权。三线建设文学作品也是如此,一方面表现为对万恶的旧社会的血泪控诉,另一方面表达对新中国的无限关爱。例如:

血 泪 斧
甄秉杰

林彪说什么"今不如昔"
定要狠狠批臭它!
旧社会劳动人民的苦难
说不尽,
先看看我这血泪斧一把。

我爸爸是木匠,
终年给地主盖新房,
没有吃来没有穿,
腰骨累断躺在床。

他临死留下这木匠斧,
我娘儿俩带着它去逃荒。
日寇"扫荡"杀了我的娘,
我又带着这把斧给地主去放羊。

破衣难挡腊月寒,

>稀粥烂菜饿断肠,
>地主黑心拿皮鞭,
>大雪封山赶我去放羊。
>
>只为冻死小羊羔,
>狗地主把我吊在梁,
>打一鞭,骂一声:
>打死你也抵不上我
>一只羊!①

这首诗反映了旧社会两代人的苦难生活:"我"与"我的爸爸",受尽地主的欺辱与折磨,吃不饱,穿不暖,人命不如一只小羊羔。与此同时,诗中的"我"又热情赞美了自己一家人在新中国的美好生活:

>春雷一声震天响,
>来了救星共产党,
>工人阶级掌握印把子,
>劳动人民翻身得解放。
>
>万恶的旧社会,
>家破人又亡,
>现在全家五口人,
>幸福生活赛蜜糖。
>
>大女当教师,
>大儿入工厂,
>二小子当了解放军,
>扛枪保国防。
>
>万恶的旧社会,

---

① 甄秉杰.血泪斧[J].攀枝花文艺,1973(创刊号).

> 我是个睁眼瞎，
> 如今能读毛主席的书，
> 心得体会写本上。
>
> 万恶的旧社会，
> 我不如一只羊，
> 如今当今做主人，
> 还光荣加入了共产党。①

三线建设是新中国初期的一件大事，取得了伟大的成就，如攀枝花钢铁厂的成功出铁，成昆铁路的修建通车，贵州六盘水的钢铁厂、煤厂的兴建，等等。因此，讴歌三线建设成果、保卫三线建设成果就成了保家卫国的一项重大任务，诗歌里就经常出现保卫三线建设的作品。例如：

我守卫着攀枝花

渡 兵

帽徽、领章、钢枪，
红日、青山、大江……
攀枝花树下照张相，
寄给遥远的边疆。

信笺洒满阳光，
笔尖沙沙发响：
一年来的工作咋汇报？
战友呵，请看看张相……

你的岗位是海岸边防，
我的岗位是工矿、桥梁，
莫说这里没有战火硝烟，
肩上的担子是同样的重量！

---

① 甄秉杰.血泪斧[J].攀枝花文艺，1973(创刊号).

> 边疆——内地,前沿——后方,
> 同是一堵铁壁铜墙,
> 在一块土地上战斗,
> 在一个哨位上站岗!
>
> 每天,我披着彩霞上哨位,
> 时刻牢记这是毛主席选定的地方。
> 看一眼出焦的浓烟出铁的火,
> 心随钢城的脉搏一齐跳荡。
>
> 呵,守卫在毛主席选定的地方。
> 对于战士,有什么比这更荣光!
> 学习马列,擦亮刀枪,
> 决不辜负祖国的重托、人民的希望!
>
> 一年的生活来不及细讲,
> 万语千言都在这张相片上:
> 我守卫着攀枝花,
> 我和攀枝花一起成长!①

诗歌塑造了一个内心充满自豪的战士,守卫着毛主席选定的地方,保卫了三线建设成果,决心与海岸边防战士一样,不辜负祖国的重托和人民的希望。

二、忠于党、歌颂领袖毛主席

中国共产党领导人民建立了新中国,是人民的大救星,感激党、忠于党就成为三线建设文学作品的一个常见主题。而毛主席是中国共产党的领袖,歌颂毛主席,就是忠于党、感激党,这是其一。如陈明灿的诗歌《毛主席万岁万万岁》中写道:"会战号角阵阵吹,路线斗争几回回?毛主席挽澜反潮流,把敌人阴谋全粉碎!……渡口的江山无限美,万里春风暖心扉,山山水水齐欢呼:'毛主席万岁!

---

① 渡兵.我守卫着攀枝花.开拓者之歌(内部资料),1984:266-267.

万万岁！'"①其二，攀枝花的钢铁基地建设是毛主席亲自选定和关心的地方，毛主席在1964—1967年间多次对攀枝花的钢铁厂建设做过重要批示，如"酒泉、攀枝花钢铁厂还是要搞，不搞，我总是不放心，打起仗来怎么办？攀枝花建不成，我睡不好觉。""我们的工业建设，要有纵深配置，把攀枝花钢铁厂建起来。建不起来，我睡不好觉。""攀枝花是战略问题，不是钢铁厂问题。现在抓是抓了，但要抓紧，估计到最困难的情况，有备无患。"②所以，攀枝花三线建设者才会念念不忘毛主席，三线建设作品中也反复出现歌颂领袖毛主席的主题。例如：

千歌万曲向阳唱

何忠璧

宝鼎的山，金江的水，

山托水映钢城美：

火车云中过，

彩虹天上飞。

烟囱如林立，

塔吊挥巨臂，

铁水流成河，

锦绣风光美如画，

伟大领袖亲手绘。

走不尽，百里钢城千条道，

条条大道春风吹。

看不够，春色满园万番景，

一景一情催热泪。

春风吹，催热泪，

颂歌阵阵胸中汇。

千歌万曲向阳唱：

毛主席万岁！万万岁！③

---

① 陈明灿.毛主席万岁万万岁[J].攀枝花文艺,1973(创刊号).
② 彭本瑜.三线建设在四川·攀枝花卷五(内部资料)[M].攀枝花：中共攀枝花市委党史研究,2017：219-220.
③ 何忠璧.千歌万曲向阳唱[J].攀枝花文艺,1973(创刊号).

而禾苗的《好让毛主席把心放》,是一首长诗,形式富有变化,感情激越,艺术水准比较高。

好让毛主席把心放

禾 苗

每当东方吐出闪闪金光,
我就爱推开门窗,笑迎朝阳。
深情的目光越千山跨万水,
把金色的北京久久眺望。

革命的历史长河,
仿佛在胸中奔腾,一浪又一浪!
攀枝花的战斗史册,
仿佛在眼前展开,一章接一章!

祖国的凄风苦雨是谁驱散,
迎来春色万里,东风浩荡?
一个个披着人皮的豺狼是谁识破,
使我们的党更加纯洁、坚强?

攀枝花的宏伟蓝图是谁描绘,
把进军的号角铮铮吹响?
金江两岸的荒山野岭是谁指点,
才换上雄伟壮丽的新装?

是您,我们敬爱的毛主席,
是您,光照全球的红太阳。
我们攀枝花的工人阶级,
怎能不激情满怀,把您歌唱!

毛主席啊毛主席,

攀枝花的建设者天天把您想。
慈祥的面容,光辉的形象,
哪一夜不进入我们甜蜜的梦乡!

遥隔千里,又似近在身旁,
真理的雨露滋润火红的心房。
指引我们披荆斩棘,
哺育我们茁壮成长!

攀枝花的座座高炉,
天天向着中南海仰望;
金江畔的万朵钢花,
天天向着天安门开放!

毛主席啊毛主席,
我们战斗在您关心的地方,
深知党和人民的重托,
懂得自己肩上的分量。

有您掌舵,人人是团火,
有您领航,个个像块钢!
浑身有使不完的劲,
青春有闪不完的光!

我们跨过的里程凯歌嘹亮,
脚下的征途更加坎坷漫长。
英雄的步伐永远向前,
何惧风吼浪急,雷猛雨狂!

把对毛主席的无限深情,
统统倾泻在手中的钢钎铁锤上;

把永放光芒的十大精神，
化作继续革命的无穷力量！

让钢花映红沸腾的群山，
让铁水赛过澎湃的金江，
让煤海掀起汹涌的春潮，
让工程进度插上奇迹般的翅膀……

把攀枝花早日建起来，
成为伟大祖国的战略后方！
把攀枝花早日建起来，
好让毛主席把心放！①

此诗共 14 节，每节 4 句，节奏齐整，偶句押仄声韵，显得铿锵有力。叙述与抒情融为一体，在叙述中抒发感情，且喜欢用反问句来增强感情的抒发。从内容来看，前面 6 节重在抒发感激毛主席的原因，后面 8 节重在在毛主席的引领下，不辜负毛主席的重托，全力以赴建设攀枝花钢城，好让毛主席把心放。此外，陈国基的《毛主席把蓝图绘》、潘志华的《心儿向着中南海飞》、李金良的《唱一支最美的山歌》都是在感激党、歌颂毛主席。

三、一心为公的忘我工作

三线建设时期，每位参加者都有一颗沸腾的心，他们自觉地把自己的发展同国家的发展联系在一起，认为个人的价值只有同国家的价值一致时，才能得到最大的实现。因此，加入国家的三线建设，每个人都必须一心为公，舍小家，才能保大家，勤奋地忘我工作，才对得起国家、对得起广大人民。1966 年 2 月，彭真同志视察攀枝花钢铁基地建设时曾有一个讲话，在这个讲话的结尾处，我们发现当时三线建设者高涨的建设热情、忘我地工作态度："彭真同志来我市视察，是毛主席、党中央对我们参加渡口建设的全体职工最大的关怀，极大的鼓舞。广大职工纷纷表示，一定要以最大的决心、最快的速度、最高的标准、最低的成本超额完成

---

① 禾苗.好让毛主席把心放[J].攀枝花文艺,1973(创刊号).

毛主席交给我们的任务。一定要以临战的姿态,同帝国主义、修正主义争时间、抢速度、争水平,把渡口建设成国防的、备战的、打不烂的工业基地,回答党中央、毛主席对我们的信任、关怀和鼓舞。"①这样的情怀在三线建设文学作品中比比皆是。例如:

水调歌头(其二)
郭沫若

火热斗争地,青春献国家。

多少英雄儿女,培植大红花。

来自五湖四海,奠定三通一住,振奋乐无涯。

誓夺煤和铁,虎口拔银牙。

镇渡口,扛宝鼎,挖金沙。

战天斗地,两论三篇入月槎。

昨日荒江空谷,今夕万家灯电,伸手把云拿。

三五完成后,钢产甲中华。②

这首词是郭沫若于1966年4月28日与夫人于立群等人参观攀枝花建设现场时所写,所以才会写出如此酣畅淋漓,气势磅礴,艺术水平很高,很能鼓舞人心,充分展现了三线建设者战天斗地的情怀与坚强的工作意志。此外,任正平的诗歌《铁肩抬起钢城》,更是具体、细致地写出了三线建设工人的场面。

铁肩抬起钢城
任正平

小路巴掌宽,

机器要上山,

咋办?天崩地裂一声吼:

"抬上肩!"

云雾吓得躲闪,

---

① 彭本瑜.三线建设在四川·攀枝花卷五(内部资料)[M].攀枝花:中共攀枝花市委党史研究,2017:278.

② 郭沫若.水调歌头(其二)[J].攀枝花,1979(1).

悬崖慌忙靠边,
号子是进攻的鼓,
脚步是离弦的箭!

腿不晃,腰不软,
咱这铁打的肩膀,
左肩抬得起长江、黄河,
右肩抬得起秦岭、泰山!

当年,我们抬走三座大山,
把黑暗的社会推翻,
如今,我们抬起一座钢城,
向伟大的祖国作出贡献!

望征途,任重道远,
看头上,红日高悬,
咱抬着一个热腾腾的世界,
昂首阔步奔向灿烂的明天![1]

这首诗写出了三线建设工人在险恶的自然环境面前,并没有被吓倒,反而激发出攻坚克难的坚强意志,展现了三线建设者的崇高品质,是崇高美的体现。

成昆铁路也是三线建设的一个重要成果。当年参加成昆铁路修建的干部与官兵创作了大量的诗歌来反映成昆铁路的修建生活与一心为公的忘我工作场面。例如:

成昆线上战流沙

宋绍明

登峰岭,
望山洼:
白雪茫茫乱石滩,

---

[1] 任正平.铁肩抬起钢城[J].四川文艺,1975(1).

哪来簇簇迎春花?
不呵,不是花,
那是人民铁道兵,
斗冰雪,
战流沙,
笑脸映朝霞!

冰锁龙呵,
雪锁马,
天寒地冻,
却锁不住前进的步伐!
看那猛兽般的流沙,
把筑桥的基坑——
快填平呵,
要冲垮!
看人民铁道兵,
雄姿英发,
团结战斗驱流沙!
好似排排擎天的柱,
立地的塔;
风吹身不晃,
雪打更挺拔!
吼声像那天雷炸:
"就是岩浆喷出来,
也要舀干它!"

战流沙,
红旗岩头插,
战歌满山洼;
狂风催战鼓,
飞雪战步伐;

人民铁道兵呵，
驾长风，
挽流沙，
豪情横溢贯天涯！
竹筐挑——
雄鹰振翅穿烟雨；
板车拉——
燕子闹春剪杏花！

登峰岭，
望山洼：
白雪茫茫乱石滩，
铁道兵战士战流沙；
歌声高，
虎步跨，
胜利的笑脸，
染红漫天云霞；
不是春花，
胜似春花！①

这首诗共 4 节，集中展现了铁道兵战士，面对松软的流沙，迎着艰苦的冰雪自然环境，团结一致，发扬乐观的革命主义精神，战天斗地，筑基坑，修建铁路。

第三节 三线建设文学的创作特征

一、塑造英勇战斗的工人阶级形象

1975 年，上海人民出版社出版了一本短篇小说集《忻山红》，共收录短篇小

---

① 中国人民解放军 7659 部队政治部.彩练当空[M].成都：四川人民出版社，1974：21-23.

说13篇:蔡家骏的《新的进军》、陆岭麓的《后山风波》、吴仲翔的《本色》、李道麒的《画家》、张长明与徐梦梅合写的《脉搏》、严国兴的《钢铁哨兵》、戴阿林的《雪崖春歌》、力兴的《育苗》、韦国华的《跑步前进》、贺明的《我的师傅》、柏凌梁的《大修之前》、陶象卿与张燮忠合写的《"一把手"》、杨志松的《忻山红》。这13篇小说都塑造了支援内地三线建设的上海优秀工人阶级的形象,如《新的进军》讲述的是前进机械厂的工人杨永昌、胡秀莲克服重重困难,带领全厂工人为内地工厂如期赶制设备的故事;《后山风波》讲述的是红星汽车修配厂基建组组长周伟老工人支农的故事;《本色》讲述的是青年工人李明辉带领大家千辛万苦把从上海运回来的锅炉、汽轮机与发电机安全搬回到厂里的故事;《画家》讲述的是三线建设土画家赵剑民工人尽心尽力帮助从上海来的徒弟陈洁豪转变思想,画三线建设工人的火热斗争场面的故事……正如这本书的内容提要所讲:"这是一本反映上海工人阶级参加内地建设的短篇小说集。……作品塑造了一些立足山区、放眼世界、为巩固无产阶级专政而英勇战斗的工人阶级英雄形象。"①

除了小说之外,大量的三线建设诗歌更是讴歌了工人阶级的英雄品质。例如:

拉 石 滚
任正平

嗨呀咗嘞,嗨咗!
嗨呀咗嘞,嗨咗!
号子吼得好威武,
咱拉石滚压新路!

一声"嗨咗"迈开步,
脚板踩碎云和雾。
石滚拉到蓝天上,
好像蛟龙长空舞!

山高涧深鹰难度,
谁曾见这里修过路?

---

① 《忻山红》三结合创作组.忻山红——短篇小说集[M].上海:上海人民出版社,1975:1.

"专家""权威"摇脑袋:
"禁区路难筑。"

咱工人阶级拍胸脯:
"为建钢城,敢修登天路!"
开弓就无回头箭,
千难万险挡不住!

没有压路机,
咱们胳脾粗。
一根麻绳甩上肩,
不怕人笑咱办法"土"!

是谁拉在最前面?
朝气蓬勃的老支书。
铁打的肩头挨肩头,
拧成绳一股!

"文化大革命"擂战鼓,
擂得咱浑身热呼呼。
咱拉石滚不松套,
越拉劲越足:

拉得汗如雨下,
累得心头舒服。
咱拉条彩带献祖国,
咱拉座钢城来落户!
嗨呀咗嘞,嗨咗!
嗨呀咗嘞,嗨咗!
咱拉着历史朝前跑,

创业的凯歌咱们谱![1]

这首诗讴歌了工人英雄不畏艰险、不怕苦难、齐心协力的优秀品质。再如：

两个小老虎

晓 思

两个小老虎，
浑身铁打的骨。
一个开口洪钟响，
一个腰圆膀又粗。
同进工厂学铆工，
誓作革命顶梁柱。

挥锤赛流星，
满脸汗水如瀑布。
二三十磅不过瘾，
抓来昆仑当锤舞。
叉腿夹铆钉，
泰山红松根牢固。
任凭千万锤，
不摇不晃稳住步。

若问老虎都是谁？
咱班的小李和小胡。
"文化大革命"的红卫兵，
锋芒又在今天露。
批判同写一篇稿，
学习共读马列书。
劈山跨涧建钢厂，
携手走在团结路。

---

[1] 任正平.拉石滚[J].攀枝花文艺,1975(1).

> 火红青春献人民，
> 愿做革命小老虎。
> 虎劲何处来？
> 请问矗立的大高炉。
> 是红太阳的光辉，
> 把我们与革命紧连住。①

两个小老虎，其实就是两名青年工人，无私地献出自己的青春，奋力拼搏，忘我地工作。

能够把三线建设工人的英雄形象活泼泼地展现出来，归根到底在于三线建设作家大多数是工人和铁道兵，有的是战斗在三线建设第一线的工人，有的亲眼看见了三线建设工人的工作场景，深受感发，自觉地拿起手中的笔，抒写自己的所思所感。比如短篇小说集《忻山红》的"作者都是上海支内工人。他们满怀革命激情，从不同侧面描绘了内地建设的风貌，展现了内地建设中尖锐复杂而又绚丽多彩的斗争生活，热情地歌颂了毛主席的无产阶级革命路线在内地建设工作中的伟大胜利"②。

诗歌集《彩练当空》是参加修建成昆线的铁道兵部队——7659 部队和战士创作的。这一首首感人的诗歌，是用风枪喷出来的，是用铁锤砸出来的，像开山的排炮、焊枪闪射的火花。这一首首感人的诗歌，以火焰般的时代情感，放声歌唱毛主席革命路线的伟大胜利，抒发了人民铁道兵一不怕苦、二不怕死的革命精神，敢叫天堑变通途的英雄气概。这一首首感人的诗歌，奔放朴实，像一簇簇开放在成昆线上的攀枝花③。

二、展现民族团结的三线建设生活

三线建设不仅仅是一个民族的事业，而是中华民族共同的事业。三线建设大多数都处于少数民族地区或者是汉族与少数民族杂居的地方，自然而然要与少数民族发生联系，比如，攀枝花与凉山彝族紧邻，六盘水本身就是汉民族与少

---

① 晓思.两个小老虎[J].攀枝花文艺，1975(1).
② 《忻山红》三结合创作组.忻山红——短篇小说集[M].上海：上海人民出版社，1975：1.
③ 中国人民解放军7659部队政治部.彩练当空[M].成都：四川人民出版社，1974：1.

数民族融合的地方。三线建设文学作品也具体地描写了少数民族参与三线建设工作的生活,体现了中华民族之间团结互助的精神。

在描写成昆铁路建设的文学作品中,主要体现了彝汉民族互帮互助的三线建设和谐场面。例如:

桥 基 石

刘洪生

阿普月夜打方石,
山崖上传来"叮当"声。
是为大队修塘坝?
是为公社盖发电站?
不呵,阿普打方石——
是为铁路工地砌桥墩。

阿普白发染霜鬓,
可他人老心红,样样打头阵。
铁道兵修路进山来,
阿普笑在眉梢喜在心。
几十年的夙愿今实现,
成昆线呵系着阿普的心……

阿普臂一甩,
飞舞的铁锤似流星;
银须随着铁锤抖,
汗珠子好似雨水淋。
看着成方的石,阿普笑眯了眼:
"你到底硬不过我这'老合金'!"

桥基石呵,钢铁般坚韧,
不怕它风狂浪恶,
经得起重压千钧。

阿普呵,你就是那桥基石,
顶万吨钢梁——
让时代列车飞奔!①

"阿普"是彝语中对成婚男子的称呼,即阿爸之意。诗歌中的阿普虽已白发苍苍,但仍然参加了成昆铁路的修建,干劲十足,满心欢喜,思想觉悟高,处处作表率,即"可他人老心红,样样打头阵"。

参加成昆铁路建设的不仅有彝族男子,也有巾帼不让须眉的彝族女子。例如:

凉山女民工

高清德

风卷雪,蜡梅开,
朵朵蜡梅映红"虎头崖";
彝家姐妹傲风雪,
崖上把路开。

锤声紧,红裙摆,
满腔豪情蹦出怀。
钢臂擎起半边天,
铁锤舞处火开花。

锤打钎,钎穿崖,
崖上炮眼一排排;
锤下钎秃手生茧,
打出金光大道来。

激情涌,歌豪迈,
红旗卷上千重崖。

---

① 中国人民解放军7659部队政治部.彩练当空[M].成都:四川人民出版社,1974:64-65.

千锤百炼筋骨壮,

练就彝家新一代。①

  彝家姐妹像男子一样,挥舞铁锤、钢钎,放炮眼,即使手中磨出厚厚的老茧,也不休息,反而更有干劲、更有激情。还有一些作品描写彝族姑娘不辞千山万水,支援成昆铁路建设,为修路工人做好后勤服务,展现了民族融合情谊,更写出了军民一家人的鱼水情深。例如:

鸡 蛋 瓜

石 波

天边飞来一片云霞,

山坡飘荡着山茶花,

彝族姑娘下山来了,

背来黄灿灿的大南瓜:

"亲人筑路进凉山,

崇山峻岭把营扎;

阿普阿妈送上鸡蛋来,

磨破嘴唇哪,你们没收下。

"我们背来几篓瓜,

公买公卖,你们收下它;

亲人们需要啥,

要啥就送啥……"

亲人留下瓜,

姑娘乐开花,

姑娘们远走了,

飘走了一片红霞……

---

① 中国人民解放军 7659 部队政治部.彩练当空[M].成都:四川人民出版社,1974:68-69.

连队门口人喧哗,
干部战士都惊诧;
剥开南瓜看哟,
满满的鸡蛋白华华!

望着鸡蛋瓜呵,
思绪如开闸,
当年红军过凉山,
乡亲们热泪腮边挂:

"弟兄们哪,快出发,
狠狠把那白狗子打!
亲人们需要啥,
要啥就送啥……"

一团团荞面粑粑手中塞,
蜂蜜当心夹;
一双双鞋子背包上插,
针针尽是丝线纳……

春风化雨遍地洒,
革命传统开新花;
军爱民,民拥军,
军民骨肉难分家!

大南瓜呵,鸡蛋瓜!
谁能称出分量有多大?
南瓜有限蛋有数,
阶级的情意难装下![1]

---

[1] 中国人民解放军 7659 部队政治部.彩练当空[M].成都:四川人民出版社,1974:74-76.

三、省略号在诗歌中的大量运用

标点符号与文字共同构成了一个完整的文本,是文学作品的重要组成部分。就其文学体裁来说,标点符号与诗歌的关系尤其密切,因为诗歌有特殊的形式与节奏,现代标点符号融入文本之中,不仅是语法和文法的一部分,还承担部分修辞功能,改变了文本面貌,对于现代诗歌节奏来说,标点符号起到的作用也不可小觑。也就是说,标点符号对于现代自由体诗歌极其重要,"是用以表示语句的停顿、语气以及词语的性质,是辅助文字语言功能的重要工具。一首不点标点符号的诗歌就像一个残缺不全的人,或者说就像一个人没有穿衣服"①。

仔细检阅三线建设诗歌,不难发现,很多诗歌喜欢使用省略号,这是一种很突出的写作特征和文学现象。省略号在诗歌中的运用,除了表示一般意义上的停顿、省略、语言上的简练之外,还承担了文学上的审美功能,比如抒情、表形等功能。以下就其主要功能进行探讨。

第一类,表示声音的延续或者重复。省略号的功能与声音有关,主要表示人物或者某种物体发出声音的时间延续与不断重复。例如:

铁老虎(节选)

罗成明

哒哒哒……
轰隆隆……
是枪响?
炮
英雄的穿爆工,
正在矿山掘洞。②

练武(节选)

裴 明

号声疾,军威壮,
好一个火热的练兵场!

---

① 师子弦.请把标点符号还给诗歌[J].名家名作,2021(3).
② 罗成明.铁老虎(外一首)[J].攀枝花文艺,1973(创刊号).

这边突刺像猛虎,

那边怒火压枪膛;

这头摸爬滚打一身泥,

那头手榴弹飞进"敌阵"腾火光。

战士们龙腾虎跃斗志高,

指挥员铁臂一挥:"跟我上"……①

《铁老虎》中的省略号表示声音反复地出现,爆破工人挥汗如雨,鼓足干劲,在山里掘洞,这是一种战天斗地的伟大气势之展现。《练武》中的省略号表示指挥员斩钉截铁的命令"跟我上"之延续,干脆利落地落在战士们的心中,表现了指挥员过硬的军事素质和训练有方。

第二类,表示动作的延续和重复。例如:

老技术员(节选)

李荣清

爬山、涉水、对点、描线,

开隧、架桥、铺路、造田……

踏遍青山人未老,

万水千山只等闲。②

材料员(节选)

万光文

碰上废铁丝,

根根带回连,

——扭挂勾,

扎筐边……③

钢铁新城的诗(节选)

孙静轩

他面向炽热的火焰,

---

① 裴明.练武[J].攀枝花文艺,1978(4).
② 中国人民解放军7659部队政治部.彩练当空[M].成都:四川人民出版社,1974:120-121.
③ 中国人民解放军7659部队政治部.彩练当空[M].成都:四川人民出版社,1974:118.

强烈的白光照着他,通身透明,

而我,只看见他宽大的背影,

赤裸裸的脊背隆起三角形的肌肉,

火光给肤色镀上一层古铜,

巍巍挺立在炉台上,

像站在地球的屋脊上,

燃烧的河,在脚下滚滚地流动,

呵,炉前工,太阳神,

我看见一轮红日在你的手上,

急速地上升,上升……①

《老技术员》中的省略号表示动作的反复出现,表现了老技术员人老心不老、勤奋工作、奋发有为的精神。《材料员》中的省略号表示材料员把旧铁丝进行废物利用时一连串整理旧铁丝的熟练动作。《钢铁新城的诗》中的省略号表示上升动作的不断延续,既展现了炉前工的拼搏工作场面,也展现了他们的高尚精神,当然,也展现出"我"被炉前工的工作所吸引与感动,并在心底油然升起的敬佩之情。

第三类,表示情景的描述,具有韵味无穷之功效。例如:

工棚里的梦(节选)

习 鸣

欢庆的锣鼓,

敲得心儿猛跳,

祝捷的喜报,映得群山通红,

一面朝霞般鲜亮的奖旗呀,

一会儿在他头上、一会儿在她头上轻轻拂动……②

司炉工的情怀(节选)

张新泉

燃烧的眼神,燃烧的汗珠,

---

① 孙静轩.钢铁新城的诗[J].人民日报,1983-09-30.
② 习鸣.工棚里的梦.开拓者之歌(内部资料),1984:23.

油光闪射的隆起的肌肤……
这时,谁都会惊讶:
锻工和红钢简直分辨不出。①

《工棚里的梦》中的省略号表示奖旗在工人之间不断传递的事实,引出读者对工人传递奖旗爱不释手的联想。《司炉工的情怀》中的省略号表示锻工身体强壮、干劲十足的事实,传递出锻工的劳动之美。

第四类,描摹心情,或喜悦,或激昂,或崇敬,或赞叹,等等,引发无穷的想象。例如:

火红的攀枝花(节选)

徐 康

两根长长的钢溜索,
并排着穿山又过壑,
为保钢,运煤的铁斗来回跑,
飞呀飞,就像一把大铁梭。

问飞梭:日夜不停织什么?
飞梭答:织的是钢花一朵朵,
织成四化的锦和缎,
祖国母亲要换装束……②

金沙江,彩色的胶卷(节选)

吕文秀

她朝"他"深情地一瞥,
欢乐的心快蹦出胸怀:
"我要追上他前进的脚步,
来日在榜上和他并排……"③

---

① 张新泉.司炉工的情怀[J].攀枝花文艺,1979(2).
② 徐康.火红的攀枝花[J].攀枝花文艺,1979(3).
③ 吕文秀.金沙江,彩色的胶卷(外一首)[J].攀枝花文艺,1979(3).

国庆抒怀(节选)
周璞亨

我爱祖国的每一座山岭,
我爱祖国的每一条江河,
我爱祖国的每一株小草,
我爱祖国的每一片云朵……

因为这里充满明媚的阳光,
因为这里响彻醉人的春歌,
所以呀,我要大声说:
我爱我美丽的祖国……①

唱一支最美的山歌(节选)
李金良

呵,毛主席!
革命战士永远跟着您,
方向明,
道路阔……②

瓦工歌(节选)
薛晓宗

宝鼎山下建钢城,
万山丛中来安家,
青春化作千团火,
挥刀、扬鞭、催战马……③

架线工的歌(节选)
姜华令

两耳贴住查线机,

---

① 周璞亨.国庆抒怀(六首)[J].攀枝花文艺,1979(5).
② 李金良.唱一支最美的山歌[J].攀枝花文艺,1973(创刊号).
③ 薛晓宗.瓦工歌[J].攀枝花文艺,1973(创刊号).

听呀,传来了动人的电波——
北京的声音如清泉,
滋润得架线工喜泪落……①

《火红的攀枝花》中的省略号表示建设者喜悦之情,表达了建设者希望祖国早日变得强大与美丽的愿望。《金沙江,彩色的胶卷》中的省略号表示"她"对劳模的"他"既崇敬,又以此为榜样,不甘落后、力争高下的决心,刻画出一个坚强奋进的女性建设者形象。《国庆抒怀》中的省略号反映出"我"对祖国的山山水水充满了喜爱之情,这种心情太激动,以至无法用语言表达。《唱一支最美的山歌》中的省略号表示毛主席是革命战士的引路人,有了毛主席的引导,革命战士的行进方向越来越正确,革命的道路越走越开阔,革命战士的人生会更加美好,传递出革命战士对毛主席的忠诚与崇敬之情。《瓦工歌》中的省略号表示三线建设者积极响应国家的号召,不远千里来到荒山中安家扎营,用自己的青春忘我地工作。《架线工的歌》中的省略号表现了架线工人经过千辛万苦后终于架通了与首都北京的通信,心中充满了喜悦、激动之情,尽管此时心中有千言万语要倾诉,但不知从何说起。

四、《忻山红——短篇小说集》中的毛主席语录

《毛主席语录》,俗称"红宝书",指的是"1964年,解放军总政治部根据《解放军报》刊载过的语录加以补充,编撰了《毛主席语录》。这本《语录》把毛泽东的有关言论分为30个部分,分别列出标题,印成红色封面的小32开本。5月,向全军官兵首先发授。1966年12月《毛主席语录》再版发行,……不久这本'小红书'在全国发行,一版再版,'文革'期间,几乎人手一册。据1967年12月统计,全国共印发《语录》3.5亿册"②,一直到1979年的2月12日才停止出版和销售。据有关学者考证,《毛主席语录》在"文革"前只限于中国人民解放军军队内部发行,"文革"以后,传播至全国,数量之大,版本之多,不仅有国内版本,也有海外版本。但最权威的是中国人民解放军总政治部编辑与出版的版本,总共有七个版

---

① 姜华令.架线工的歌(五首).开拓者之歌(内部资料),1984:36.
② 李学昌.中华人民共和国事典 1949—2009[M].上海:世界图书上海出版公司,2009:222.

本,各个版本之间有差异,但差异不大①。"文革"时期,《毛主席语录》流传广,影响巨大,在各个领域都有渗透,例如,有毛主席语录歌、毛主席语录邮票、毛主席语录章、毛主席语录操、毛主席语录书法、毛主席语录画等等。尽管没有毛主席语录文学的出现,但毛主席语录对当时的三线建设文学也有深刻的影响,比如反映三线建设的《忻山红——短篇小说集》里面出现了毛主席语录的高频率引用,直接影响到这部小说集的文学风貌。

《忻山红——短篇小说集》共收录13篇小说,1975年由上海人民出版社出版。其创作者都是上海支援内地三线建设的工人,反映的是上海工人支援内地三线建设的生活,这部小说集的创作和出版都受到《毛主席语录》的影响。

首先,从出版来看,这部小说集的扉页上直接引用了三段毛主席语录:

列宁为什么说对资产阶级专政,这个问题要搞清楚。这个问题不搞清楚,就会变修正主义。要使全国知道。

这次无产阶级文化大革命,对于巩固无产阶级专政,防止资本主义复辟,建设社会主义,是完全必要的,是非常及时的。

备战、备荒、为人民。②

总体来看,这些引用是非常切合这部小说集的主题,因为《忻山红——短篇小说集》是一部反映三线建设的小说,反映的是三线建设生活,"备战、备荒、为人民"既是三线建设的动员宣传标语,也是三线建设的根本目的;三线建设虽然以国防交通企业的建设为主,但也要搞阶级斗争,防止资本主义复辟,巩固社会主义政权。

其次,从《忻山红——短篇小说集》中的13篇小说来看,除了张长明、徐梦梅的短篇小说《脉搏》和韦国华的短篇小说《跑步前进》两篇没有引用之外,其余的11篇小说都有引用的毛主席语录,但各篇所引用的语录内容绝大部分不相同,次数也不同,但所引语录均用黑体突出。

蔡家骏的短篇小说《新的进军》,引用的毛主席语录如下:

---

① 黄蓉.《毛主席语录》的学术批判性透视[D].南京大学,2016.
② 《忻山红》三结合创作组.忻山红——短篇小说集[M].上海:上海人民出版社,1975.

(1) 你们要关心国家大事,要把无产阶级文化大革命进行到底!(第2页)

(2) 从党内一小撮走资本主义道路当权派手里夺权。(第11页)

(3) 互通情报。(第16页)

(4) 捣乱,失败,再捣乱,再失败,直至灭亡——这就是帝国主义和世界上一切反动派对待人民事业的逻辑,他们决不会违背这个逻辑的。(第18页)

(5) 钟山风雨起苍黄,百万雄狮过大江。(第19页)

(6) 备战、备荒、为人民。(第20页)

(7) 宜将剩勇追穷寇,不可沽名学霸王。(第23页)

陆岭麓的短篇小说《后山风波》,引用的毛主席语录如下:

(8) 无产阶级领导的以工农联盟为基础的人民民主专政,要求我们党去认真地团结全体工人阶级、全体农民阶级和广大的革命知识分子,这些是这个专政的领导力量和基础力量。没有这种团结,这个专政就不能巩固。(第32页)

(9) 以粮为纲。(第35页)

(10) 农业的根本出路在于机械化。(第36页)

(11) 当然还有许多战斗在后头,还要努力作战。(第42页)

吴仲翔的短篇小说《本色》,引用的毛主席语录如下:

(12) 因为胜利,党内的骄傲情绪,以功臣自居的情绪,停顿起来不求进步的情绪,贪图享乐不愿再过艰苦生活的情绪,可能生长。(第52页)

(13) 人是要有一点精神的。(第54页)

(14) 必须坚持干部参加集体生产劳动的制度。我们党和国家的干部是普通劳动者,而不是骑在人民头上的老爷。干部通过参加集体生产劳动,同劳动人民保持最广泛的、经常的、密切的联系。这是社会主义制度下一件带根本性的大事,它有助于克服官僚主义,防止修正主义和教条主义。(第59页)

李道麒的短篇小说《画家》,引用的毛主席语录如下:

(15) 备战、备荒、为人民。(第75页)

严国兴的短篇小说《钢铁哨兵》,引用的毛主席语录如下:

(16) 提高警惕,保卫祖国。(第 104 页)

(17) 专政是群众的专政。(第 105 页)

(18) 仅仅站在那里远远地望一望,粗枝大叶地看到一点矛盾的形相,就想动手去解决矛盾(答复问题、解决纠纷、处理工作、指挥战争)。这样的做法,没有不出乱子的。(第 108 页)

(19) 团结起来,为了一个目标,就是巩固无产阶级专政。(第 113 页)

(20) 去粗取精,去伪存真,由此及彼,由表及里。(第 114 页)

(21) 备战、备荒、为人民。(第 116 页)

(22) 认真看书学习,弄通马克思主义。(第 120 页)

戴阿林的短篇小说《雪崖春歌》,引用的毛主席语录如下:

(23) 要使我国富强起来,需要几十年艰苦奋斗的时间,其中包括执行厉行节约、反对浪费这样一个勤俭建国的方针。(第 140 页)

力兴的短篇小说《育苗》,引用的毛主席语录如下:

(24) 工人以工为主,也要兼学军事、政治、文化。也要搞社会主义教育运动,也要批判资产阶级。在有条件的地方,也要从事农副业生产,例如大庆油田那样。(第 147 页)

贺明的短篇小说《我的师傅》,引用的毛主席语录如下:

(25) 备战、备荒、为人民。(第 171 页)

(26) 知识分子在其未和群众的革命斗争打成一片,在其未下决心为群众利益服务并与群众相结合的时候,往往带有主观主义和个人主义的倾向,他们的思想往往是空虚的,他们的行动往往是动摇的。(第 173 页)

(27) 社会主义制度的建立给我们开辟了一条到达理想境界的道路,而理想境界的实现还要靠我们的辛勤劳动。(第 173 页)

(28) 下定决心,不怕牺牲,排除万难,去争取胜利。(第 178 页)

柏凌梁的短篇小说《大修之前》,引用的毛主席语录如下:

(29) 备战、备荒、为人民。(第 192 页)

(30) 备战、备荒、为人民。(第 200 页)

陶象卿、张燮忠的短篇小说《"一把手"》,引用的毛主席语录如下:

(31)我们的权利是谁给的?!是工人阶级给的,是贫下中农给的,是占人口百分之九十以上的广大劳动群众给的。(第214页)

杨志松的短篇小说《忻山红》,引用的毛主席语录只有一个"鞍钢宪法",但却引用了13次。"鞍钢宪法"指的是"两参一改三结合"的制度,强调要实行民主管理,即实行干部参加劳动、工人参加管理,改革不合理的规章制度,工人群众、领导干部和技术员三结合。

由此可见,《忻山红——短篇小说集》中的大部分小说都引用了毛主席语录,引用了44次,其中"备战、备荒,为人民"这条被5篇小说所引,多达6次,可能是这些小说表现的是三线建设生活,而"备战、备荒,为人民"又是国家的三线建设宣传标语。小说在引用毛主席语录时大部分都有"毛主席说"或者"毛主席教导我们"之类的语言,以显示领袖的权威。

为什么《忻山红——短篇小说集》会高频率地引用毛主席语录呢?当然,文学本身具有开放性,可以表现各种对象与接纳各种事物,"它自觉地接受其他语体成分的交叉渗透,并积极调动自体的表达手段把他体特殊语体色彩的表达手段,转化统一到适合自体发展的风格特征中去,以求取内蕴丰富、独特新颖的表达效果,满足公众求新求异的审美心理需求"[①],尤其是反映社会生活的小说,更有接受和消解各种语体成分的能力,毛主席语录作为特殊的政论语体,在小说中被引用也在情理之中。然而,如果联系《忻山红——短篇小说集》写作与出版的时代背景,其原因就变得复杂。

"文革"是一个特殊的时代,而三线建设与"文革"有大部分年代是重合的,不仅三线建设受到"文革"的影响,而且当时三线建设文学作品的创作也深受其约束。毛主席语录作为"文革"时期的"红宝书",领袖的权威思想,其政治正确的权威性是不容置疑的。因此,毛主席语录得到了普遍的传播与接受,渗透到各行各业,活学活用,被当成解决各种问题与矛盾的万能思想与方法,从而也就保证了文艺的革命性、政治的准确性。

此外,毛主席语录具有通俗易懂的朴实性,深受老百姓的喜爱。《忻山

[①] 祝克懿.政论语体向文艺语体的交叉渗透——论"样板戏"中毛主席语录的引用[J].修辞学习,2001(6).

红——短篇小说集》的创作,其面向的读者主要是普通的三线建设者,他们的文化水平不高,为了提高他们的文化水平,提高他们的革命性,小说作品中引用毛主席语录也是符合他们的阅读需求的。

第四节　三线建设文学的评价

　　一个时代有一个时代的文学,这是历史的必然,也是文学史的必然。从当代文学史来看,三线建设文学是从属于"文革"文学的,是"文革"文学的一个组成部分。"文革"文学的特征、价值与缺陷,三线建设文学也都有所反映与继承,但由于三线建设题材的特殊性,三线建设文学也有自己的特点。我们如何认识与评价三线建设文学呢?

　　历史是前后相续的,不可能发生断裂。中国当代文学史也是如此,包括三线建设文学在内的"文革"文学,承继"十七年"文学,"新时期"文学又承继"文革"文学。从某种意义上说,没有"十七年"文学与"文革"文学,何来"新时期"文学?① 简言之,三线建设文学与"文革"文学,孕育了"新时期"文学,是"新时期"文学的母体,"是那种极端化造出了新时期文学勃发的生机"②。尽管如此,但并不代表我们肯定三线建设文学、"文革"文学。客观地说,从整体上看,三线建设文学与其他"文革"文学一样,仍然有其明显的不足,而文学性的缺失是其最大的缺陷,呈现出公式化、概念化与高度的政治化之特点。具体来看,三线建设文学有如下之特点:

一、符号意义的确定性

　　文学是语言编织起来的艺术,而语言就是一种特殊的符号。文学语言的符号意义就在于它的审美性。审美性就是文学性,要求其语言符号具有多义性、不确定性和非特指性。著名学者赵宪章认为:"审美文化就不同了,例如文学艺术中的语言、意象、细节,如果企图使它产生美感效应,那么,它必然是非特指的、非

---

① 李杨:"文学史"与"五十至七十年代中国文学"[J].江汉论坛,2002(3).
② 谢冕.误解的"空白"[J].文艺争鸣,1993(2).

确定的、多义的。"①这是文学符号与一般符号的区别。检视三线建设文学语言符号,不难发现,这些语言符号与一般符号没有本质的区别,有其明确性、固定性与单一性之特征。比如三线建设文学作品中的英雄人物一定是高大上的完美形象,没有任何缺点,作为对立面的资产阶级形象则是虚伪、丑恶、狠毒的代名词,没有任何优点;红太阳只能象征唯一的领袖人物,绝不允许有其他象征意义;革命战士一定是心潮澎湃、不怕艰苦、积极乐观的,不允许有畏苦畏难情绪和消极意志。正因为如此,三线建设文学的语言符号已经没有文学性,是对文学性的疏离,甚至是违背文学性的,成为现实目的的效忠和传声筒。

二、文学情感的现实性

文学情感与现实生活情感尽管有千丝万缕的联系,都是个人的喜怒哀乐的显示,但两者有本质的区别。现实生活情感具有个人性和功利性之利己特点,而文学情感是非功利的,超越了个人现实功利的束缚,能够引起美感,即使是悲伤的文学情感,也会给人一种愉悦之感。正如文学家夏丏尊所说,现实生活中的情感,"都有利己的色彩,与他人毫不相干","文艺中的情不是现实的情,是美的情。所谓美的情,是与个人当前实际利害无关系的情,美的情能使人起一种快感,即情为苦痛时也可起一种快感"②。三线建设文学作品的情感抒发,是为现实生活目的而发,因此其情感都是具有某种政治目的的情感,与现实生活中的情感具有等同性,抽离了文学的审美情感,因而情不动人。尽管三线建设文学中的情感也能够激起当时读者的迷恋与狂热,但这不是文学情感所引发,而是其情感所负载的政治目的性所致。例如:

好让毛主席把心放

禾 苗

每当东方吐出闪闪金光,
我就爱推开门窗,笑迎朝阳。
深情的目光越千山跨万水,
把金色的北京久久眺望。

---

① 赵宪章.符号的转换——新时期文学本体观描述[J].学术月刊,1992(1).
② 夏丏尊中国现代文学名著文库 夏丏尊经典[M].北京:大众文艺出版社,2005:331.

革命的历史长河,
仿佛在胸中奔腾,一浪又一浪!
攀枝花的战斗史册,
仿佛在眼前展开,一章接一章。

祖国的凄风苦雨是谁驱散,
迎来春色万里,东风浩荡?
一个个披着人皮的豺狼是谁识破,
使我们的党更加纯洁、坚强?

攀枝花的宏伟蓝图是谁描绘,
把进军的号角铮铮吹响?
金江两岸的荒山野岭是谁指点,
才换上雄伟壮丽的新装?

是您,我们敬爱的毛主席,
是您,光照全球的红太阳。
我们攀枝花的工人阶级,
怎能不激情满怀,把您歌唱!

毛主席啊毛主席,
攀枝花的建设者天天把您想。
慈祥的面容,光辉的形象,
哪一夜不进入我们甜蜜的梦乡!

遥隔千里,又似近在身旁,
真理的雨露滋润火红的心房。
指引我们披荆斩棘,
哺育我们茁壮成长!

攀枝花的座座高炉,

天天向着中南海仰望;
金江畔的万朵钢花,
天天向着天安门开放!

毛主席啊毛主席,
我们战斗在您关心的地方,
深知党和人民的重托,
懂得自己肩上的分量。

有您掌舵,人人是团火,
有您领航,个个像块钢!
浑身有使不完的劲,
青春有闪不完的光!

我们跨过的里程凯歌嘹亮,
脚下的征途更加坎坷漫长。
英雄的步伐永远向前,
何惧风吼浪急,雷猛雨狂!

把对毛主席的无限深情,
统统倾泻在手中的钢钎铁锤上;
把永放光芒的十大精神,
化作继续革命的无穷力量!

让钢花映红沸腾的群山,
让铁水赛过澎湃的金江,
让煤海掀起汹涌的春潮;
让工程进度插上奇迹般的翅膀……

把攀枝花早日建起来,
成为伟大祖国的战略后方!

> 把攀枝花早日建起来,
> 好让毛主席把心放!①

这首诗歌颂了毛主席歌颂了共产党,人民当家做主,迎来了新生活,表达了钢城的三线建设者不忘毛主席的恩情,为了让毛主席放心,一定要把钢城建设好,忠于毛主席。不容置疑的是,这种情感是真实的,不虚幻与空灵,与现实生活没有距离感,虽然不能引起读者的愉悦感。但仍然能够激荡三线建设者的心灵,主要是因为毛主席所领导的中国共产党驱赶了日寇和蒋介石,建立了新中国,毛主席就是老百姓的救星,老百姓对毛主席的感恩、歌颂的政治目的就是此诗的情感,两者毫无区别,具有现实功利感。换言之,"文本的生产、发表、阅读、批评,就是一种政治行为";"作品的接受行为,也更明确地被赋予政治的意义。"②因此,当时的读者阅读与欣赏这首诗,是为了满足自己的政治目的而不是美学目的。

三、高度理性话语的编织

文学话语具有审美属性,既有感性话语,也有理性话语,两者水乳交融,共同营造美的氛围、美的形象。然而如果大量的理性话语充斥在文学作品中,甚至代替了感性话语,其结果便是文本的抽象性与观念性的加强,美感的减弱甚至消失。翻开三线建设文学作品,正面人物的语言缺乏个体性,没有自我的声音,被一种集体规范的语言所代替,或者说这是一种非常正确的官方语言,缺乏灵魂和内涵。这种语言既符合语法规范,又符合正确的政治性,即使是诗歌语言,也是如此。反面人物的语言也是如此。例如,《忻山红——短篇小说集》中引用了大量的毛主席语录,具有高度的理性,同时也有说教性,但就是缺乏美感。例如下面这段话:

> 孟玲接过话头,像是对着金福平,又像是对着人群说,"今后的道路还很长。伟大领袖毛主席教导我们:'要使我国富强起来,需要几十年艰苦奋斗的时间,其中包括厉行节约、反对浪费这样一个勤俭建国的方针。'为了把我

---

① 禾苗.好让毛主席把心放[J].攀枝花文艺,1973(创刊号).
② 洪子诚.中国当代文学史[M].北京:北京大学出版社,1999:184.

们内地建设好,为了彻底埋葬帝、修、反,为了造就千百万无产阶级革命事业的接班人,我们必须永远发扬艰苦奋斗的革命精神!进一步掀起工业学大庆的新高潮!"①

从文学性来看,这段话中的毛主席语录,删掉后丝毫不影响文意的传达,前后也通畅连贯。而引用了毛主席语录后,这段话既显得冗长,又缺乏艺术感染力,说教性极强。从整体来考察,这段话其实也是一种官方的政治话语,高度理性,是一种集体思想的表达,毫无个人的感受与情感的抒发。

高度的理性话语,不仅在三线建设小说中被大量使用,而且在诗歌中也是如此。如"望朝霞""望北京""红旗飘""紧握钢枪""高呼万岁毛主席"等政治语汇比比皆是,既没有新鲜的词汇,也没有独特的意象,只有赤裸裸的思想表达,诗意几乎丧失殆尽。下面试举三首诗来进行讨论。

描 图 员

晓 思

一块描图板,
一幅红色的图,
描图员的心里,
充满了幸福。

每天,
她笑迎太阳绘蓝图。
千张,万幅,
向新的厂房打招呼!

满怀激情凝笔尖,
巍巍钢城笔下出。
那一道道的红线,
是钢花铁水映在长安路,

---

① 《忻山红》三结合创作组.忻山红——短篇小说集[M].上海:上海人民出版社,1975:140.

那一个个蓝圈,
是她的心飞到中南海和昆明湖。
那闪闪发光的数字呵——
是献给祖国的一颗颗明珠。

描图员的胸怀无限宽广
铅笔随红心在图上飞舞,
笔尖飞到哪里,
哪里就擂响进军的战鼓。①

矿 山 的 灯

沈国凡

矿山的灯,
天上的星。
闪闪烁烁,
亮亮晶晶。

灯光照亮大路、小道,
灯光照亮厂房、矿井。
伟大祖国的宝山啊,
夜晚也放射着光明。

回想十年前这里的情景,
到处布满野兽小径。
夜幕降临,满山漆黑,
只有饿狼闪着绿色的眼睛。

建设者从四面八方云集而来,
帐篷像白莲花开满山顶。
在红军走过的地方啊,

---

① 晓思.描图员[J].攀枝花文艺,1975(1).

我们开始了新的进军。

块块矿石上有我们的指纹,
悬崖绝壁前布下了我们的脚印。
咆哮的山洪不能叫我们后退半步,
我们借呼呼的山风抒发豪情。

我们在篝火边煮饭、学习。
描绘着矿山的未来美景。
啊,就是当年那熊熊的篝火,
撒下了今天这满山的星星。

风镐突突在灯下呼啸,
炮声隆隆在灯下轰鸣,
串串汗珠在灯下飞洒,
送矿的列车在灯下穿行……

千盏灯呵,万盏灯,
是毛泽东思想把你点明。
盏盏汇成革命的火炬,
永远照耀着矿山前进![1]

打 靶

曾 恭

红旗哗啦啦,
宝书放光华。
烈日当空照,
脸上汗水洒。
一、二、三、四,
持枪民兵去打靶。

---

[1] 沈国凡.矿山的灯[J].攀枝花文艺,1975(1).

>铁姑娘,棒小伙,
>英姿飒爽大步跨。
>胸怀全球进靶场,
>各就各位瞄准靶。
>
>把仇恨压进枪膛,
>屏住呼吸等令下。
>打靶场上哨音起,
>只听群山回响:
>啪!啪!啪!
>枪声吓跑山上的野兔,
>笑声惊飞树上的乌鸦。
>子弹带怒火,
>弹弹不虚发,
>枪枪打中帝修反,
>民兵的枪法谁不夸?!
>
>练就一身好武艺,
>心红志坚保国家。
>敌人胆敢来侵犯,
>用它脑袋当活靶:
>啪!啪!啪!
>打它个狗血喷头大开花!①

以上三首诗的主题没有任何歧义,都相当明晰。《描图员》表达描图员胸怀祖国、满怀激情地为祖国绘图;《矿山的灯》表达无数矿工用自己的辛苦与汗水,艰苦工作,挖矿、送矿、建设祖国;《打靶》表达男女民兵苦练打靶技能,忠诚党,保卫国家。因此,这三首诗的主题都属于宏大叙事,表达的是家国之情,是一种革命的集体情怀。三首诗的语言有一个共同的特点,属于"文革"时期特有的官方正统话语,比如"心红志坚保国家""进军的战鼓""毛泽东思想""枪枪打中帝修

---

① 曾恭.打靶.十年的歌(内部资料),1974:184-185.

反",这些语言极度理性,是一种认知语言的实践,排斥感性的文学语言。不仅如此,这三首诗的语言非常浅白,通俗易懂,如"民兵""描图员的心里""铁姑娘,棒小伙""练就一身好武艺"等等,这些语言其实就是现实生活中的口语,没有任何的文学修辞,就是小学生也读得懂。当然,这三首诗也有一些修饰性的语言,如"打它个狗血喷头大开花"用的是比喻,"子弹带怒火"用的是拟人,"只听群山回响"用的是夸张,"铅笔随红心在图上飞舞"用的也是拟人,然而这些修饰性语言的文学性很低,缺乏应有的语言张力,既平铺直叙,又陈旧滥调,毫无新意。当然,这些高度雷同的语言在三线建设诗歌中反复出现,应该是作家的写作与表达受到了当时政治的高度规范,不容许有任何的僭越与出轨,是受当时的文学为政治服务、为工农兵服务文学理念的影响所产生的。文学成为实现现实政治的工具,为三线建设服务,既要抒写三线建设的丰功伟绩,也要教育人民、提高人民的革命思想,虽然有很高的社会价值,但文学价值却极低。因此,"他们仍然对语言持传统的观点——仅仅视语言为表达的工具,刻画和描写人物的凭借,所以在他们的心目中,所谓的'文学是语言的艺术'也只是强调一些以修辞形式为主的技巧和手段"①。

小　结

三线建设历史虽然已经远去,然而三线建设却留下了众多的像企业、厂房等物质上的工业遗产,也留下了大量的精神遗产,如文学、美术、音乐、舞蹈,等等。这些三线建设遗产成了学者研究的富矿,各个学科的学者对三线建设的全面研究才刚刚开始。进入 21 世纪后,三线建设已经成为历史学界研究的热点和重点,取得了很不错的成绩,出现了一批重量级的研究学者,如上海大学的徐有威教授、吕建昌教授,四川大学的李德英教授。然而,学界对三线建设文学的研究却相当冷落。尽管三线建设文学从文学的属性来说,属于"文革"文学,但三线建设文学也有自己的特色,有自己的文学体系,需要进行细致的史料梳理,广泛地借鉴各个学科方法,进行跨学科、跨文化的综合研究。因此,研究三线建设文学

---

① 孙德喜.高度理性化的独语——"文革"文学语言论[J].武汉大学学报(人文科学版),2002(1).

有不可忽视的重要价值,从学术价值来看,一方面可以拓展三线建设研究领域,开辟新的学术生长点,另一方面也可以为当代文学研究添砖补瓦,丰富"文革"文学研究;从现实价值来说,既可以传承三线精神,又可以展现三线建设者的家国情怀,对后人有很大的认识价值和教育价值。

第五章

三线厂的广播宣传

声音是自然和人类社会的组成部分,也是情感表达、意义传递的重要方式。中国儒家思想以"礼乐"为核心,即通过仪式与声音规范等级和秩序,西方也通过宗教音乐等形式在一定空间内以声音塑造受众观念。声音的即时性和感染力使其具有比文字更有效、更直观的情绪表达,也可以拉近讲述者与听众之间的心灵距离。

不过,声音传递信息有单向的和多向的区别,与讲述者和接收者双方主体地位相对平等的私人交谈、辩论、讨论等多向的交流方式不同,由讲述者生产、听众接收的单向交流方式则主体之间地位并不平等。如登台演讲、报告会、广播、影视等,往往呈现出"一对多"输出声音的格局,受众很难通过声音与讲述者进行即时交流,只能以个体行动和表情反馈意见。因此,"一对多"的输出模式往往与政治动员和民众教化紧密相关。广播即是单向声音传递的典型代表,近代广播在西方兴起并传入中国后,成为中国现代化进程中国家教化民众最重要的媒介之一。

三线建设是中国广播网络最终形成的时期。20世纪60年代,中共中央为应对日益紧张的国际冷战格局和不断加剧的周边安全局势,作出三线建设的战略选择,在"三五""四五""五五"三个五年计划期间,国家投资两千多亿元,在中西部十三省一市建立起两千多个工业企业(包括小三线),数百万三线建设者由东北和沿海来到内地,极大地促进了我国东西部工业平衡布局和国防战略腹地构建,为内地打下了坚实的经济基础①。

三线建设"靠山、分散、隐蔽"的布局模式导致企业建设周期较长、周边配套

---

① 本书编写组.中华人民共和国简史[M].北京:人民出版社,当代中国出版社,2021:95-97.

设施缺乏、职工生活异常艰辛①。为了激发三线职工的建设热情,保证工程顺利完工和工厂正常投产经营,国家和企业运用各种手段开展政治动员,其中广播(包括工地喇叭)是宣传动员的主要媒介。通过声音传递建设信息、引导职工产生"共情",对三线建设的开展起到了重要作用。

第一节 近代中国广播事业的发展

广播是第二次工业革命中伴随着电的发明和有线、无线通信行业的兴起而发展起来的一种信息传递手段。广播通过将声音转化为不间断的电子信号,以电线和无线电波的方式发出,由收听者接收信号,完成声音和信息的传递。

1844 年,世界上第一次成功传递了有线电信息,催生了有线电报和有线电话的产生;1895 年,俄国物理学家波波夫和意大利发明家马可尼宣布发明了无线电通信技术,并在英国开始建立无线电通信系统;1906 年圣诞节之夜,美国匹兹堡大学的加拿大人费森登教授成功地运用无线电传递了语言和音乐,从技术上而言,广播从此诞生。1906 年以后,美国出现了一批实验性的广播电台。广播与广播电台的发明是人类历史上的重大事件,其突破了地域空间的限制,实现了声音的跨区域传播,并在相对陌生的群体之间建立起点对点的联系。

1920 年 11 月 2 日,"在美国宾夕法尼亚州的匹兹堡市,西屋电气公司创办的 KDKA 电台利用美国总统竞选的大好时机,围绕选情通报这一公众关注的焦点,大张旗鼓地开始了定期广播。……这一天也被认为是世界广播事业的诞生日"②。此后,广播电台在固定时间播出的节目打破了社会交流的时间界限,丰富并间接改变了民众的生活习惯。1920 年 8 月 10 日,上海《东方杂志》即发文称:"因有此种发明,故将来可有许多之新用途。例如晚间八时半,为人民音乐跳舞之时间……,又于晨间,由中央无线电局将是日所得新闻,发出报告,则家家仅需开动收音机,即可亲聆新闻。且可于早餐时,且食且听之。较诸批阅报章,便利多矣。"③综合而言,近代广播技术的发明、拓展脉络大致如图 5-1 所示。

---

① 张杨.三线企业选址与内地工业协作关系研究(1964—1969)[J].浙江学刊,2021(5).
② 郭镇之.中外广播电视史[M].上海:复旦大学出版社,2005:18.
③ 用无线电传达音乐及新闻[N].东方杂志,1920-08-10.

第五章 三线厂的广播宣传

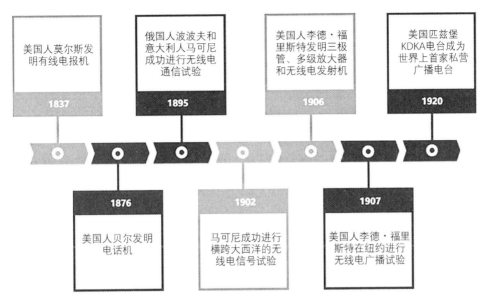

图 5-1 近代广播技术生成轴线图

资料来源：李建刚《技术变革与广播媒介转型》(中国传媒大学出版社 2011 年版)第 32—33 页，本图为作者自绘。

可以说，广播是随着近代工业革命不断深化、实现技术突破后自然而然出现的。随着广播技术日益成熟和在西方的传播，其于 20 世纪 20 年代开始传入中国，并成为此后百年时间内遍及中国大地的通信设备。

一、民国时期中国广播事业的发展

近代中国广播事业的起步是随着西方在华势力的存在和权益的拓展而发展起来的。1922 年，美国人奥斯邦(E. G. Osborn)借用日本张姓华侨的资本在上海成立中国无线电公司，并与美资英文报纸《大陆报》合作，创办了"大陆报——中国无线电公司广播电台"，呼号 XRO[①]。1923 年 1 月 22 日，上海的《申报》报道称："中国无线电公司在广东路大来洋行屋顶造有无线电台，安置应用机械"，从 1 月 23 日起，每晚 8 点播放演说、音乐、新闻等内容，并称"凡上海附近无线电台及装有收电机械者不下五百处，将尽能闻之"，除上海外，远至苏州、南京，甚至

---

① 郭镇之.中外广播电视史[M].上海：复旦大学出版社,2005：229.

北京、天津、沈阳等北方城市亦能接收到信号①。此举开启了广播在中国的发展历程。

该广播电台播音之后,恰逢孙中山因陈炯明"叛变"事件来到上海,1923 年 1 月 26 日,电台将孙中山发表的《和平统一宣言》进行广播,受到孙中山的赞美:"余之宣言,亦被宣传,余尤欣慰。余切望中国人人能读或听余之宣言。今得广为宣布,被置有无线电话接收器之数百人所听闻,且远达天津及香港。诚为可惊可喜之事。吾人以统一中国为职志者,极欢迎如无线电话之大进步。此物不但可于言语上使中国与全世界密切联络,并能联络国内之各省、各镇,使益加团结也。"②孙中山不但将广播视为中西关联的渠道之一,而且将其定义为整合当时四分五裂的中国、加强国民团结的重要方式。

中国早期的广播几乎都设置在租界区内,其服务群体大多为在华外籍侨民。中国自办广播起自奉系军阀张作霖在东北和华北地区的尝试,1926 年 10 月 1 日,哈尔滨建成国人自办第一座无线广播电台,1926 年奉系军阀占据北京,建立安国军政府后,相继建立了沈阳、天津和北京的无线广播电台。国内官营广播电台建立后,"当时担任交通总长的语言文字学者叶恭绰为流行的'放音台'起名为'广播',他否定了采用日本'放送'名称的提议,组织专家从英文 broadcasting 翻译后,确定为'广播'"③。

奉系军阀建立电台本为加强民众对北洋政府当局的政治认同,不过上述四个电台刚建立,国民政府北伐即取得成功,奉系军阀退回东北并于 1928 年改旗易帜,南京国民政府成立后,建立了"国民党中央宣传部中央广播无线电台",由国民党和国民政府的最高机关直接掌控,开启了广播与政治的紧密结合。1928 年 8 月 1 日,中央广播无线电台发布第一号通告称:"准于八月一日第五次中央执委全体会议开幕时开始播音。嗣后所有中央一切重要决议、宣传大纲以及通令通告等,统由本电台传播。"④

国民政府有意识地将国营广播改造为传播政治的手段,曾任国民党中央广播台台长的吴道一称:"此后大台成立,尤当联合政府各机关努力工作。凡所举

---

① 无线电传播音乐之试验[N].申报,1923-1-22.
② 无线电话传布孙先生统一宣言[N].民国日报,1923-1-28.
③ 郭镇之.中外广播电视史[M].上海:复旦大学出版社,2005:230.
④ 国民党中央宣传部中央广播无线电台通告第一号[N].中央日报,1928-8-1.

措,先行宣传,国事政情,择要报告,使人民充分了解,有正确之观念,唤起舆论同情,作政府之后盾;一面辅以各种演讲,以灌输人民智识;间以优雅音乐,以诱起听众兴趣;俾合群众心理,于审美娱乐之中,获易俗移风之效。"[1]作为中国广播事业的开拓者,吴道一将其功能定义为传播政策、教化民众、日常娱乐、移风易俗,即便是播放音乐,依然暗含寓教于乐的意味在其中,颇能反映出彼时政府对用广播宣扬政权合法性的期许。

事实上,在军阀割据又民族危机日益严重的情况下,利用一切手段整合民众力量图谋救国,是社会有识阶层一致的看法。著名教育家叶圣陶即曾提出"收音机救国"的主张:"说'收音机救国',固然近乎荒诞不经。然而收音机这家伙如果能好好利用他,譬如说,用来团结大众的意志,传授真实的知识,报告确切的消息……那么,从社会的观点说,他的价值的确是了不得的。"[2]叶圣陶认为一切文明成果的价值不在于其本身,而在于何人所用及用作何途。

基于此种认识,国民政府大力加强对公私营广播电台的监管。1936 年 4 月,国民党中执委通过决议,要求各地公私电台每天 20:00—21:05 转播国民党中央广播电台的新闻、时评、演讲、话剧、音乐等类型节目。1936 年 10 月,国民政府交通部又公布《指导各电台播送节目办法》,要求所有电台应将播音内容和节目安排送交国民党中央执行委员会广播事业指导委员会审查,且"播音节目之成分,关于教育演讲及新闻报告方面,公营广播电台应占多数,民营广播电台亦不得少于 20%","各广播电台不得播送有干禁例或偏激之言论、诲淫诲盗迷信荒诞之故事及歌曲唱词","以国语播送为原则,暂时兼用当地方言者,应另加教授国语节目"[3]。

此后国民政府日益加强对广播内容的审查,凡是"违反本党主义者、危害本国安全者、妨害社会治安者、违反善良风俗者、侮辱他人或先哲者、宣传迷信者、词句猥亵者、违背政府发令者"都应修改或废除。截至全面抗战爆发前,全国已有 78 座广播电台,并建立起完整、严密的广播管理机构,详见图 5-2。

---

[1] 吴道一.我国之广播事业[C].赵玉明.中国现代广播史料选编.汕头:汕头大学出版社,2007:58.

[2] 叶圣陶.文明利器[N].申报,1932-12-23.

[3] 指导全国广播电台播送节目办法[C].赵玉明.中国现代广播史料选编.汕头:汕头大学出版社,2007:71-72.

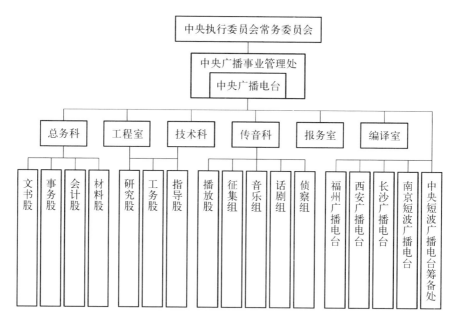

图 5-2　国民政府中央广播事业管理处组织系统图

资料来源：吴保丰《十年来的中国广播事业》(赵玉明主编《中国现代广播史料选编》，汕头大学出版社 2007 年版)，第 102 页。

事实上，国民政府管理广播事业的机构为交通部，而国民党亦设立了由"中央执行委员会常务委员会"直管的中央广播事业管理处及下设的"中央广播电台"。国民政府时期的广播管理呈现明显的党政二元制，且党权大于政权，颇为暗合该时国民党"以党治国"的政治理念。

1937 年 7 月 7 日，抗日战争全面爆发，蒋介石发表庐山抗战讲话，嗣后经广播传播到全国各地，以激发全民族抗战意志。广播的内容也从娱乐节目居多转变为抗战内容为主，著名文学家茅盾称："上海战事发生以来，播音界确认了战时状态，平剧、大鼓、蹦蹦戏这一类的唱片不再播送了，代替的是救亡歌曲；风花雪月情调的开篇也没有了，代替的是有关抗战的新的东西；什么桂圆大王，什么化妆品的宣传也没有了，代替的是时事消息和慰劳募集的成绩报告；讲解《古文观止》也停止了，代替的是防空防毒等等常识的演说。"①上海市各界抗日后援会宣传委员会亦制定了广播电台统一宣传的办法，要求战时广播应主要播送时事报告、劝募救国公债、劝募慰劳物品、各类战事指导、外国语言演讲及时事杂评、抗

---

① 茅盾.对于时事播音的一点意见[N].救亡日报，1937-8-28

战歌曲演唱、名人演讲、游艺劝募或宣传①等内容。

1938年国民政府西迁重庆,国民党"中央广播电台"亦西迁重庆。进入相持阶段后,大西南、大西北成为抗战的大后方,为了动员该地区民众积极抗战,国民政府着手建立了内地的广播网络,详见表5-1。

表5-1　全面抗战时期国民政府在内地建立广播电台一览表

广播电台名称	播 音 对 象	广播电台名称	播 音 对 象
中央广播电台	全国及沦陷区、东亚、南洋	国际广播电台	全国及南洋、欧美
昆明广播电台	全国及东亚、南洋	贵州广播电台	本省及全国、南洋
福建广播电台	本省及南洋	陕西广播电台	西北各省
西安广播电台	本省	湖南广播电台	本省战区及沦陷区
甘肃广播电台	本省及邻省	西康广播电台	本省及邻省
流动广播电台	第三战区	—	—

资料来源:赵玉明主编《中国现代广播史料选编》(汕头大学出版社2007年版),第167页。

抗战时期,国民政府在西南、西北地区兴建了十余座广播电台,使内地原本薄弱的广播网络得以充实。虽然日寇疯狂轰炸,但内地的广播网络并未遭受毁灭性打击,反而在不断扩大。除了电台外,内地普遍开设收音员训练班,建设中央无线电器材厂和广播器材修造所,开设国际节目、对敌广播、对华侨广播等节目。抗战广播鼓舞了民族抗战的士气,凝聚了后方民心,向世界传递了国人抗战到底的信念,对1945年抗战取得最终胜利作出了重要贡献。

二、中国共产党广播事业的起步与建设

全面抗战时期,国共开展第二次合作,共赴国难,不但国民党利用广播宣传抗战,中国共产党的广播事业亦起步于此时。1939年国民党五届五中全会确立"消极抗日、积极反共"的政策后,中国共产党及其领导的抗日根据地陷入"日、伪、顽"

---

① 上海市各界抗敌后援会宣传委员会拟定战时广播电台统一宣传办法[C].赵玉明.中国现代广播史料选编.汕头：汕头大学出版社,2007：137.

封锁围剿的困难时期,为了宣传继续抗战及党的政策,中国共产党尝试在延安建立广播电台。"1940年春,周恩来从苏联带回来一部由共产国际援助的广播发射机,中共中央决定设立广播委员会,由周恩来出任主任,领导广播电台的筹建工作。"①

1940年12月30日,延安新华广播电台成立,播音内容主要是党的重要会议、文件、主要报纸的社论文章、时事新闻、演讲等,尤其是1941年11月7日,延安新华广播电台正式开始播音,即播送了毛泽东的《关于世界反法西斯斗争和中国抗日战争的广播讲演》:"我们共产党人一向是呼吁加强团结的,处在这个敌人新进攻的前夜,改善抗战营垒中各方面的相互关系,更为迫切的需要。……我们相信,只要全国真正地团结一致,日本的进攻必能阻止,反攻的准备必能办到,驱逐敌人的目的是必能实现的。"②

延安新华广播电台的播音使国内外抗战国人和华侨了解到中国共产党的政策,加强了各方面的团结。不过该电台于1943年春因设备损坏暂停广播,直至抗日战争胜利后的1945年9月11日,延安新华广播电台才重新开播③。该电台几乎没有广告内容和娱乐内容,都是反映中央和解放区的时政新闻(详见表5-2)。

表5-2 延安新华广播电台节目表

节 目	内 容
时事新闻	国际国内重大消息,特别有世界各国工人运动和民主运动介绍,沦陷区和大后方动态的报道
解放区消息	抗战军队在前线和后方的工作和活动,民主政府的市政情形,解放区人民的生活、行动和创造
言论、政策、建设介绍	世界各国进步舆论和评论,政策讲座和问答,解放区介绍,敌后游击队故事和报告
记录新闻	时事新闻、解放区消息和评论三者的摘要,专备各地抄收
星期六晚会	演奏民间乐曲、秧歌

资料来源:《介绍XNCR》,《解放日报》1945年10月25日。

---

① 李建刚.技术变革与广播媒介转型[M].北京:中国传媒大学出版社,2011:61.
② 毛泽东.关于世界反法西斯斗争和中国抗日战争的广播讲演[C].毛泽东军事文集(第二卷).北京:军事科学出版社,中央文献出版社,1993:670.
③ 延安广播电台即日开始广播[N].解放日报,1945-9-11.

第五章 三线厂的广播宣传

解放战争时期,中国共产党控制区逐步扩大,远至东北、华东、中原、华北都有大片的解放区,广播网络的构建成为党中央加强对解放区领导的重要方式。广播能够发挥作用不但要建立电台等播音机构,而且还要有接收设备,中国共产党倡导大家一起参与办理广播事业:"建立广泛的广播网:请你减少一些无谓的消费,买一架收音机吧!在解放区内我们争取到在军队中每一个团,在地方机关中每一个县有一架收音机,使人民的声音到处传,使和平、团结、民主的声音到处传。"①此举加强了中央政策的传播速度,使基层可以更好地理解与执行,如 1947 年 6 月 10 日,新华总社语言广播部即称:"随着胜利攻势的发展,我军离后方愈远,愈看不到报纸,就愈感到收听播音之重要,(刘伯承、邓小平同志,及六纵队政宣部长等,都曾着重提出)他们提议重要评论,应摘要作记录新闻,并多播一些解放区后方的消息。"②刘邓大军深入敌后,千里跃进大别山,其接收中央政策除了无线电报外,广播也是重要途径。

1947 年 3 月,胡宗南部"闪击"党中央所在地延安,延安新华广播电台撤离,并留在陕北继续播音,改名陕北新华广播电台。除此之外,全国各大解放区几乎都建立起自己的广播电台,详见表 5-3。

表 5-3　1948 年 2 月解放区广播电台统计表

广播电台名	成立时间	播音时间	主　要　节　目
陕北新华广播电台	1947 年 3 月 22 日	每天 17:00—20:00	新闻、评论、通讯、故事、歌谣、对蒋军广播
邯郸新华广播电台	1946 年 9 月 1 日	每天 7:30—9:30,16:30—21:30	晋冀鲁豫解放区战争、土改、生产、支前新闻
晋察冀新华广播电台	1947 年 9 月 16 日	每天 16:50—22:45	转播陕北电台节目外,对华北蒋军广播、晋察冀时事
西满新华广播电台	1946 年 5 月 1 日	每天 6:30—8:00,22:00—24:00	国内外新闻、东北新闻、通告、时论介绍、文艺朗读
合江新华广播电台	1946 年 9 月底	每天 17:05—20:40	东北新闻、评论、文娱活动、政令通告

---

① 大家办广播[N].解放日报,1945-10-25.
② 新华总社语言广播部.对目前改进语言广播的几点建议[C].赵玉明.中国现代广播史料选编.汕头:汕头大学出版社,2007:327.

续　表

广播电台名	成立时间	播音时间	主　要　节　目
东北新华广播电台	1948年初	每天17:00—21:00	转播陕北电台节目外,东北新闻、东北放下武器蒋军介绍
延吉新华广播电台	不详	每天6:50—8:00,11:50—12:50,17:20—22:00	转播陕北电台新闻、评论、通讯、英语新闻
临江新华广播电台	1947年4月	—	—
哈尔滨市广播电台	1947年4月20日	每天19:00开始	本市新闻、政令通告、文娱活动、俄语广播
安东新华广播电台	—	每天7:00—8:00,12:00—15:00,19:00—23:00	清晨讲话、政令传布、新闻、通讯、常识讲话等

资料来源：赵玉明主编《中国现代广播史料选编》(汕头大学出版社2007年版),第337—341页。

从表5-3可以看出,随着解放区的不断扩大,广播电台数量也不断增多。各地广播电台除了转播陕北新华广播电台节目外,更因地制宜地设置本地区特色节目。此后,随着三大战役的结束和渡江战役顺利推进,原国民政府的广播电台和设备被新政权接管和改造。1949年5月5日,《人民日报》发表社论称:"广播电台是近代化的宣传工具之一,也是教育人民大众最直接的有力武器,在城市里同群众有着密切的联系","必须加强对私营广播电台的监督和领导,教育他们以新民主主义的道理,使他们懂得新旧社会的根本区别,懂得应该发扬什么,反对什么,从而进一步改进播送工作"[1]。

新中国成立前夕,中央决定将原新华总社的口头广播部改为中央广播事业管理处,受中宣部的领导;同时地方的广播电台受地方宣传部门和中央广播事业管理处的双重领导,截至1949年7月,中国共产党已经掌握了全国34个广播电台[2]。这些广播电台的播音为解放战争最终胜利作出了重要贡献,中央广播事业管理处联络部长温济泽举例称:"解放区许多政府机关,规定把广播作为向下级传达政令的工具。上海、北平和别的大城市的学生,在解放前,就从广播中得

---

[1] 改造私营广播电台[N].人民日报,1949-5-5.
[2] 中央广播事业管理处所属广播电台介绍[C].赵玉明.中国现代广播史料选编.汕头：汕头大学出版社,2007：382.

到鼓励和指示。在一九四八年初,上海、北平有几个大学的学生曾经很机警地抄下陕北新华广播电台播送的毛主席的《目前形式和我们的任务》,秘密地油印出来散发。"①1949年10月1日,中华人民共和国成立,两个月后北京新华广播电台改名为中央人民广播电台,中国的广播事业进入了快速发展的阶段。

新中国成立后,国家开始进行新民主主义与社会主义建设,引导教育全国民众便显得尤为重要。不过,彼时的政策宣传和民众教育所依靠的报纸刊物、大会报告等方式覆盖面较小且时效性不足,利用广播播音便成为党和国家极为重视的途径。不过广播需要有终端接收设备,彼时中国的收音机几乎靠进口,数量较少,且多数分布在东北和上海等较为发达的地区和城市,内地和农村因无接收设备而无法收听广播。

广播事务局副局长梅益指出,广播电台要想建立起与群众的关系需要三个因素:广播电台自身、终端收听设备和电台的编辑组织工作,其中最难解决的则是群众拥有的接收设备较少。因此,1950年4月,国家新闻总署要求各地建立广播收音网,"各地收音站的任务是,负责抄手中央和地方广播电台的记录新闻,出版油印小报或者黑板报;向群众预告广播节目,组织群众收听"②。

1951年2月25日,中共中央要求健全各级宣传机构,其中明确提出建立广播网,并加强党对于广播工作的领导和检查③。根据此要求,1951年4月4日,中共中央发出利用广播电台和收音网推动工作的指示:"广播台及其收音网运用得好,在城市人民政治生活中可以产生极大教育作用。望以后凡有广播台的城市,都要着重利用广播台和收音网来推动工作,教育人民。"④截至1952年,全国共建立起23 721个广播收音站。

不过收音网是将群众组织起来收听广播的方式,占用劳动时间、耗费精力且信号不稳定,因此建立遍布全国的广播网络成为国民经济发展中重要的内容。1955年7月,国家计委主任李富春在一届人大二次会议上报告"一五"计划时特

---

① 温济泽.我国目前人民广播事业的概括[C].赵玉明.中国现代广播史料选编.汕头:汕头大学出版社,2007:393.

② 李建刚.技术变革与广播媒介转型[M].北京:中国传媒大学出版社,2011:61.

③ 中共中央关于健全各级宣传机构和加强党的宣传教育工作的指示[C].中共中央文献研究室.建国以来重要文献选编(第二册).北京:中央文献出版社,1992:75-76.

④ 中共中央关于着重利用广播电台和收音网推动工作的指示[C].中央档案馆,中共中央文献研究室.中共中央文件选集(1949年10月~1966年5月)(第五册).北京:人民出版社,2013:377.

别提出广播事业的发展规划:"广播事业以发射电力计,五年内增加 2 174.4 千瓦,一九五七年全国总发射电力将达到 2 650.2 千瓦,比一九五二年增长 4.6 倍;地方台达到 500.2 千瓦,增长 1.7 倍。""到一九五七年,中央台对国内的广播,将使兰州、成都、昆明以东人口稠密的地区能够收听到中波广播,全国都能够收听到短波广播。……到一九五七年,全国城市、乡村的广播站和收音站将达到三万个左右。"①

除了无线广播外,国家还大力发展有线广播,并利用电话线向工矿企业延伸。1955 年 12 月 3 日,中央宣传部要求:"很多工矿企业中设有广播站,党组织应当监督工会管好这个重要的宣传工具,同时经常监督广播的内容。"②即便是在中共中央提倡厉行节约、勤俭建国的过程中,也要求:"在基本建设上,除了新建的主要厂房、主要设备和其他主要的生产性工程及技术性工程(如广播电台的播音室)应该按照现代技术的标准进行设计和施工安装,其他次要的和附属的各种建筑工程项目,必须从我国当前的实际情况出发,尽量地组织现有企业和新建企业协作,凡能削减者应当削减。"③

彼时的中国是一个农业国家,农村广播资源几乎处于空白阶段。乡村广播网的建设起始于 1952 年 4 月 1 日,吉林九台首先把广播站发展为农村有线广播站,"利用电话线路定时广播,在各村政府、学校、文化站、供销社等公共场所设置了喇叭 330 只",与无线广播相比,有线广播站具有辐射范围广、时间地点固定和灵活的特点④。1952 年召开的全国广播会议对九台经验进行了肯定和推广。此后配合农村的合作化运动,广播站和大喇叭在各乡村公社建立起来。

"大跃进"时期,我国的广播事业也迎来了突飞猛进的发展阶段,1958 年 4 月 7—18 日,第五次全国广播会议在北京召开,会议认为:"广播工作要更好地为生产大跃进,为社会主义建设服务,就必须来一个大跃进。广播工作大跃进的方

---

① 李富春.关于发展国民经济的第一个五年计划的报告(节录)[C].中共中央文献研究室.建国以来重要文献选编(第六册).北京:中央文献出版社,1993:249.

② 中央宣传部关于改进党在工矿企业中的宣传工作的意见[C].中央档案馆,中共中央文献研究室.中共中央文件选集(1049 年 10 月~1966 年 5 月)(第 22 册).北京:人民出版社,2013:191.

③ 中共中央关于厉行节约的决定[C].中共中央文献研究室.建国以来重要文献选编(第六册).北京:中央文献出版社,1993:285.

④ 李建刚.技术变革与广播媒介转型[M].北京:中国传媒大学出版社,2011:65.

针是多快好省地办节目、办事业。"①此时期,各省均成立了广播事业管理局,国家规定地方广播电台、广播站和收音站由地方管理的方针,全国2404个县和2万多个人民公社建立起广播站。

此后,国家收缩基建建设规模,在国民经济调整时期,1962年7月27日,中央广播局提出"紧缩规模,合理布局,精简人员,提高质量"的方针,该年内广播调整工作基本完成。1963年,随着国民经济好转,全国又恢复了一批广播电台,截至该年年底全国共有89座广播电台,农村有广播喇叭872万只,农村广播系统初成规模②。

第二节 三线地区广播网络的形成

20世纪60年代前期,中国周边安全局势日益严峻。北面,中苏关系恶化后,苏联陈兵百万在中苏、中蒙边境;西面,印度对我国边境步步进逼,1962年我国被迫展开对印自卫反击;东面,朝鲜半岛局势依旧紧张,蒋介石集团叫嚣"反攻大陆",美国第七舰队在台海地区游弋;南面,北部湾事件后,美国直接出兵越南,越战升级。1964年5月27日,毛泽东在中共中央政治局常委会议上称:"攀枝花铁矿下决心要搞,把我们的薪水都拿去搞。在原子弹时期,没有后方不行的。要准备上山,上山总还要有个地方。……前一个时期,我们忽视利用原有的沿海基地,后来提醒,注意了。最近这几年又忽视'屁股'和后方了。"③三线建设战略决策就此形成。

1964年4月25日,总参谋部作战部报告我国经济建设如何防备敌人突然袭击问题时提出不利备战的因素:工业过度集中,尤其是集中在大城市;大城市人口过多,且集中在沿海;主要铁路枢纽、桥梁和港口码头容易随着敌人轰炸城市时一起遭到破坏;所有水库的紧急泄洪能力都很小④。国家计委和国家经委经过调查研究决定:"一切新的建设项目,不在第一线;第一线一律要缩小规模,

---

① 中国广播电视大事记[M].北京:北京广播学院出版社,1987:102.
② 赵玉明.中国广播电视通史[M].北京:中国传媒大学出版社,2006:278.
③ 陈夕.中国共产党与三线建设[M].北京:中共党史出版社,2014:43.
④ 陈夕.中国共产党与三线建设[M].北京:中共党史出版社,2014:55-56.

不再扩建,尽早收尾;一线企业能一分为二的,分一部分到三线、二线;不再建设大中水库;高校等科研院所应有计划地迁移到三线、二线去;一切新建项目贯彻执行分散、靠山、隐蔽的方针。"①

按照中央要求,大量工矿企业由一线转移至三线地区,按照"山、散、洞"的原则分布于内地山区乡村。内地的生产生活条件本就无法与沿海和东北等地相比,进山进沟之后,企业基建、生产物资、职工日常生活、周边配套设施都非常简陋,保障供应难度很大。因此,在落后地区搞建设的首要问题是安定建设队伍,虽然有计划经济体制保证三线职工在地生产生活,但要激发建设热情、开展政治动员则需要利用一切可能的手段。广播作为动员的"利器",成为三线企业和地方政府依赖的重要途径。不过,内地的广播电台、线路和终端设备本就不足,山区农村表现得尤为明显,三线企业无现成的基础可资利用,不得不自建广播等基础设施。反之,三线建设的开展,引导国家的大规模投资倾向内地,使三线地区的基建设施有了发展的契机,广播事业也得以飞速发展。

一、中央与地方电台备战

三线建设时期,国家继续加大对广播事业的投入和支持,以建立全国性的广播网络。1965年12月5日是我国人民广播事业创建20周年纪念日,毛泽东题词:"努力办好广播,为全中国人民和全世界人民服务。"刘少奇题词:"高举毛泽东思想红旗,把广播工作做好,使全国人民和全世界人民都得到鼓舞。"周恩来题词:"高举毛泽东思想伟大红旗,发扬艰苦奋斗、自力更生的革命精神,为发展人民广播事业而努力。"②朱德题词:"联系群众,联系实际,进一步把广播宣传工作做好,为社会主义革命和建设服务,为世界革命服务。"③由此可见党和国家最高领导人对于广播事业的重视。

但周恩来对他这个题词并不满意,他在1966年4月9日第九次全国广播会议上讲话称:"那次的题词并不很理想,是从别的同志拟的当中选了一个,在很忙当中写的。若是现在写,我倒有内容了,就是刚才说的几句话——我们要在毛主

---

① 陈夕.中国共产党与三线建设[M]..北京:中共党史出版社,2014:71-72.
② 中国广播电视大事记[M].北京:北京广播学院出版社,1987:192-193.
③ 吴殿尧.朱德年谱(1886-1976)[M].北京:中央文献出版社,2016:1938.

席备战、备荒、为人民的战略思想指导下,面向全国、面向全世界,努力办好广播,确保电台安全,为全中国人民和全世界人民服务。"①

周恩来所称的"备战、备荒、为人民"正是1965年毛泽东提出的三线建设新的方针,在"山雨欲来风满楼"的时刻,国家不但进行军事备战、工业备战,而且也要进行广播备战。1965年9月2日,计委主任余秋里向毛泽东汇报国民经济第三个五年计划,其中即有广播备战的投资安排:"广播,投资二亿四千五百万元。其中,中央的备战电台投资二亿零五百万元,沿海各省的备战电台投资三千万元。"②

中央备战电台投资是沿海各省备战电台投资的近7倍,因此广播备战主要是中央广播系统在三线地区建立多个后方基地。以新华社为例,"经过十多年的建设,先后在几个省市建成多个规模不等的战备点",1974年,中央军委对新华社战备车队实行军编,"组建了中国人民解放军通信兵第21、22两个通信团","平时由通信兵部直接领导,战时由新华社指挥使用"③。国务院、中央军委称:"经党中央批准修建的中央新闻宣传通信系统战备工程,是保障战时'中国的声音不中断'的一项重要战备措施。从国家最高利益考虑,不论过去、现在,还是将来,做这样的工程准备都是必要的。"④

中央广播电台也制定了四线战时广播方案:一是大楼无碍,坚持在广播大楼正常播音;二是一旦大楼地面上建筑被毁,转入大楼地下室坚持播音;三是一旦大楼全部被摧毁,北京不保,中央电台跟随中央转移,建立战时中央电台;四是在万不得已的情况下,指定某(或某些)地方电台,用"中央人民广播电台的呼号播音"⑤。其人员也一分为三:一线坚持正常工作,二线准备接替播出,三线待命,坚持工作演练。

中央广播电台还制定了战时节目播出方案:集中办好一套节目,争取办两套;坚持24小时播音,重点是新闻节目,突出战事报道和人民群众的支援;专题

---

① 中共中央文献研究室第二编研部.周恩来题词集解[M].北京:中央文献出版社,2012:194.

② 关于第三个五年计划安排情况的汇报提纲[C].中共中央文献研究室.建国以来重要文献选编(第二十册).北京:中央文献出版社,1998:394.

③ 孙宝传.插翅飞翔:新华社通信技术发展纪实[M].北京:新华出版社,2015:329-330.

④ 孙宝传.插翅飞翔:新华社通信技术发展纪实[M].北京:新华出版社,2015:332.

⑤ 杨正泉.新闻背后的故事:我的亲历实录[M].北京:新世界出版社,2008:118-119.

节目减少，播出时间缩短；增办解放军与民兵节目，进行军事和防空知识教育……总之，突出战争新闻，所有节目内容都为赢得战争和战时服务①。从中央广播电台的备战方案中，可以看出三线建设的紧迫性，以及在战争状态下广播的重要性。

沿海各省的广播备战也在紧锣密鼓地进行之中，以天津人民广播电台的备战计划为例。1965年10月28日，该电台上报《关于设立三线备战广播电台的请示报告》，选址在河北蓟县青山岭村北地区建立备战电台，建设平房430平方米，并开凿山洞366平方米，为达到保密效果，定名为"长城自然科学站"，总投资为78万元②。除了三线备战广播电台外，天津人民广播电台还于1965年7月向天津市委提出在天津郊区建立备战台的请示，1965年8月21日，天津市计划委员会下达《1965年郊区备战电台工程基本建设计划》，建设工程主要内容为：建各种广播设备用房300平方米，围墙288米，发射铁塔1座，以及50千瓦的发电机1部及备用电源等。全部建设工程投资控制在14.57万元以内③。此即天津的二线战备广播电台（郊区战备电台）。1966年4月30日，天津人民广播电台认为应加强一线战备广播电台建设，在爆发战争时应坚持市区第一线播音，措施是在电台大院内建筑面积80平方米的地下室，作为播音、传音、备份器材库用房，全部钢筋水泥结构，两部流动广播车，控制投资在2.8万元以内。④ 天津人民广播电台的备战计划安排了一线、二线、三线思路，设计建设了三处广播电台，第一线以挖地下室的方式建在城市，第二线建设在城郊，第三线建在山区。

沿海一线电台为了备战而"狡兔三窟"，以应不时之需，三线地区同样也兴建了一批备战电台，以遵义六九一电台为例。1967年，贵州省革委会决定在遵义建设一座20千瓦的中波转播台，厂址定在遵义市高桥公社新桥大队青杠林生产队尖坡，1968年开始建设，先从福建无线电厂购置1千瓦中波广播发射机转播机，并由第七冶金公司建设铁塔天线和配套建筑，1969年基建工作基本完成。

---

① 杨正泉.新闻背后的故事：我的亲历实录[M].北京：新世界出版社，2008：119-120.
② 王大方.天津通志·广播电视电影志(1923—2003)下册[M].天津：天津社会科学院出版社，2004：816.
③ 杨波.中国广播电视编年史[M].北京：中国广播影视出版社，2019：540.
④ 王大方.天津通志 广播电视电影志1924—2003下[M].天津：天津社会科学院出版社，2004：814.

1969年1月8日,纪念"遵义会议"召开34周年,电台转播大会实况,从此开始转播贵州人民广播电台第一套节目,……100千瓦发射机于1971年12月19日调试试播成功,信号指标基本达到技术要求①。

该时期三线地区基本形成了覆盖全域的广播电台,以贵州省为例,贵州的广播电台在三线建设时期初成规模(图5-3),所有重要的电台都是在该时期建立或改造加强的,除了贵阳的贵州人民广播电台外,还有贵阳、六盘水、都匀、遵义、安顺、盘县、桐梓人民广播电台,上述地区大多是三线建设的重点地区,或是煤炭基地,或是航空基地,或是电子工业基地,或是航天中心。三线地区广播电台的

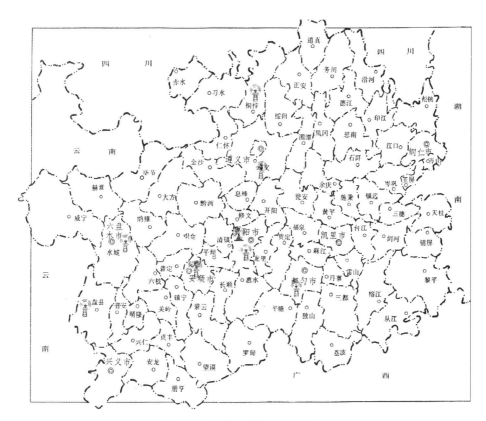

图5-3 贵州省广播电台分布图

资料来源:贵州省地方志编纂委员会编:《贵州省志·广播电视志》,贵阳:贵州人民出版社,1999年版,图录1。

---

① 贵州省遵义市地方志编纂委员会.遵义地区志 广播电视志 报业志[M].贵阳:贵州人民出版社,2004:28。

组网既保证了农村接收广播信号,而且使布局于此的三线企业可以收听到中央和贵州人民广播电台的节目,使"靠山、分散、隐蔽"的企业能够第一时间了解外部信息。

二、广播器材生产企业内迁和新建

除了广播电台要备战外,广播设备生产企业也需要备战。彼时中国最大的广播器材生产厂是北京广播器材厂,该厂是 1950 年由上海广播器材修造厂、大中华唱片厂、精美喇叭厂、乐富电容器厂及环球电位器厂等一批私营小厂联合组成的,1953 年转为生产大型通信广播发射设备的专业厂,1956 年试制成功 120 千瓦短波广播发射机[①]。三线建设时期,国务院国防工业办公室决定将该厂分出一部分生产能力,内迁陕西铜川建设一个大功率发射机厂[②]。

1964 年 12 月,第四机械工业部制定了国营铜川大功率发射机厂设计任务书,其中提出:大功率发射机是远距离无线电通信和无线电广播的设备,随着国防通信的加强和邮电、广播事业的发展,对于大功率发射机的需要日益增多。目前,生产五十瓦以上大功率发射机的工厂只有北京广播器材厂(七六一厂),不论在品种和数量上都远远不能满足需要,而且这个工厂又位于北京市。为了适应国防建设、经济建设和宣传教育的需要,改善工业布局,拟从七六一厂分出一部分生产能力,在内地建设一个大功率发射机厂[③]。工厂第一厂名为"国营铜川大功率发射机厂",第二厂名为"国营新源机械厂"。

经过艰难的选址,第四机械工业部将厂址选定在陕西铜川东北的马杓沟,之所以选址在此,是因为三线企业都需要按照"靠山、分散、隐蔽"的原则进行建设,陕西本是西北三线建设的重点区域,但西安、宝鸡等城市的工业已经基本饱和,因此需要在远离大中城市的山区选择厂址。但三线企业毕竟从事现代化机器生产,一味地进山进沟容易导致生产成本上升、职工生活不便等问题。于是,中共中央又提出"大分散、小集中""多建小城镇"的方式予以弥补[④]。

---

① 赵玉明,王福顺.中外广播电视百科全书[M].北京:中国广播电视出版社,1995:399.
② 陕西省地方志编纂委员会.陕西省志·军事工业志(内部资料),2000:400.
③ 国营七六二厂档案馆:第四机械工业部.国营铜川大功率发射机厂(七六二厂)设计任务书(1964-12),02-1-3.
④ 张杨.三线企业选址与工业协作关系研究(1964—1969)[J].浙江学刊,2021(5).

第五章 三线厂的广播宣传

第四机械工业部认为,陕西铜川符合三线企业布局的宏观要求:铜川位于陕西省西北山区的南沿,东、西、北三面为山,南面为塬地及大丘陵。南距西安136公里,有铁路直达;北距延安约240公里,有公路可通。同时铜川也符合三线企业的中观布局要求:工厂建在铜川东北的马杓沟。铜川系小煤矿工业城市,除产工业用的无烟煤外,尚有机械厂、陶瓷厂、水泥厂、机制砖瓦厂、耐火材料厂和石灰厂等工业。有从西安引来的高压输电线可作供电。马杓沟符合三线企业的微观布局要求:工厂位于陕西省铜川市金锁公社马杓沟,沿咸宋公路左侧,东北、西南靠山,从沟口起厂区总长1.58公里,沟宽100—200米,工厂距市中心16公里,地处渭北高原,厂区地面绝对标高994.5—1 028.8米[①]。全厂投资700万元,职工711人。

国营七六二厂是三线地区最重要的广播器材生产企业,其建设规模为年产150瓦中波发射机4部、500瓦中波发射机2部、100瓦短波发射机2部、120瓦单边带发射机4部、6瓦调频广播发射机10部;同时该厂并未采取"大而全"的布局模式,而是按照"专业化分工"的要求,成为大功率发射机的总装调适工厂,组装所需的无线电元件、各种电子管等18种协作件需要靠外部提供生产协作;第四机械工业部还要求七六二厂要积极参与技术革新和新品研制[②]。

1965年2月,国营七六二厂开始筹建,历时一年零九个月,至1966年11月全厂的生产性建筑已经基本竣工、生活设施也基本建成,设备、仪器基本齐全配套,并已经试制了一批代表性产品,1966年12月通过国家验收,交付工厂使用。七六二厂是部属大型的广播器材厂,其设备和工艺都是当时国内领先的,并在此后不断更新、优化和补全:"全厂设备仪器按调整扩初设计为1 178台/件,其中:设备670台/件,仪器580台/件。经复查核定为1 116台/件,预计六六年底可以配备839台/件,齐套率达75.2%,不足部分共277台/件,投资110万元,尚需在六七年内继续补齐配套。""根据部指示,六七年生产任务与原生产大纲有所改变,并明确今后以生产单边带发射机为主,因此生产工艺、设备仪器必须作一些

[①] 国营七六二厂档案馆:第四机械工业部.国营铜川大功率发射机厂(七六二厂)设计任务书(1964-12),02-1-3.

[②] 国营七六二厂档案馆:第四机械工业部.国营铜川大功率发射机厂(七六二厂)设计任务书(1964-12),02-1-3.

适当调整,初步估算约需增加投资100万元。"①

不过,国营七六二厂的协作关系并未在内地建立起来,仍然依赖沿海地区提供工业协作件,三线建设时期国家明确要求要在内地建立工业体系,因此七六二厂上报第四机械工业部称:"我厂当前生产试制产品所需的主要原材料、元件、电子管和工艺协作建,目前基本上都有着落,但绝大部分都分布在华东、华北和东北,这是不符合备战要求的。经我们在西北地区向有关兄弟厂调查访问,有些工艺协作件已能在西北定点,但绝大部分协作件如变压器、压胶件、铸件等仍不能转到西北定点。"关于元件、电子管等西北地区尚不能解决的产品事实上与国家要求的三线企业要地区配套、就近协作并不相符,七六二厂称:"一方面工厂要继续采取主动措施,加强调查研究,争取更多的协作件落实到三线来,但有些关键性问题如元件电子管、变压器、压胶件等牵涉到无线电工业布局问题,希望部尽速解决。"②

虽然七六二厂的生产有诸多不配套之处,但毕竟使三线地区拥有了大型广播器材生产企业,且该厂积极参与技术革新,先后试制成功了1 000千瓦中波广播发射机、GZ-200-1型200千瓦中波广播发射机、GZ-50-1型50千瓦中波广播发射机、15千瓦扩大机、761-A7千瓦流星余迹发射通讯机、500千瓦中波机、130千瓦脉宽机、30千瓦调频机同步激励器、1.6千瓦短波通信机、100千瓦超长波发射机等广播通信设备③。七六二厂在陕西铜川的近20年时间内,生产了"中波广播发射机近200部,提供全国各地,覆盖边疆,外援亚洲和非洲;完成了为海军导航的长河四号工程,流星余迹通讯发射机(获得全国科技大会奖),对金门的大功率扩音设备等军品任务。不但出了很多产品,在经济上克勤克俭,年年上交利润。"④

该厂生产的设备为三线地区乃至全国的广播备战作出了重要贡献,如湖南人民广播电台"1969年开始筹建平展相结合的发射台(1 031台),功率200千

---

① 国营七六二厂档案馆:七六二厂基本建设工程动用投产准备工作报告(1966-12),02-1-2.
② 国营七六二厂档案馆:七六二厂基本建设工程动用投产准备工作报告(1966-12),02-1-2.
③ 陕西省地方志编纂委员会.陕西省志·军事工业志(内部资料),2000:400.
④ 铜川有个762厂."铜川大视野"微信公众号[EB/OL].https://mp.weixin.qq.com/s/md4WRLFWPVTvHay3EhFUSQ.

瓦,采用七六二厂的设备,1974年正式投入使用"①。同样,为提高贵州广播的覆盖率,贵州省决定在位于贵州修文县扎佐建设大功率中短波发射台(645台)。1972年,"为了确保645台的安全播出,省财政拨专款60万元,从七六二厂购买1部50千瓦中波发射机,作为150千瓦机的备用机,10千瓦短波机作为3 260千周的主机,保证了645台的发射工作更安全可靠"②。大型部属广播器材厂的内迁,填补了内地该行业的空白。

除了部委直属的大型广播器材厂外,各省基本都建设有中小型的广播修造厂和广播器材厂,生产、修理广播设备。以四川为例,该省在新中国成立初期即在成都和泸州设立广播服务部,后将两者合并建立四川电台服务部,担负全省广播设备维修、经销和零部件生产任务。1967年2月,在四川省计划工作会议上,该省广播局为解决本省无广播设备生产厂的困境,建议在资中县兴建一个为"发展农村有限广播事业服务的工厂",此后依据三线建设的选址要求,工厂定点在资中县谷田公社红光大队。1970年,四川省革委会要求四川唱片厂和四川农村广播器材厂合建,并改名为四川广播器材厂,该厂自1969年年初开始动工修建,至1973年年底竣工,有生产设备93台,辅助生产设备61台,各类无线电测试仪器111台,电工仪表179台,基本上能适应各类无线电产品生产的需要③。除此之外,四川省还在川东、川西、川南、川北设置了六个地区的广播器材厂,详见表5-4。

表5-4 三线建设时期四川省地(州)属广播企业

名 称	建立时间	产 品	20世纪80年代的规模
万县广播器材厂	1969年6月	调频收转机、小功率电视差转机、无线放大器等	职工63人,固定资产原值31.67万元
雅安广播器材厂	1969年	舌簧喇叭、25瓦、50瓦半导体扩音机、有线广播音箱等	职工115人,工业总产值49.33万元

---

① 湖南省地方志编纂委员会.湖南省志·新闻出版志[M].长沙:湖南人民出版社,1997:302.
② 贵州省地方志编纂委员会.贵州省志 广播电视志[M].贵阳:贵州人民出版社,1999:343.
③ 四川省地方志编纂委员会.四川省志 广播电视志[M].成都:四川科学技术出版社,1996:300.

续 表

名 称	建立时间	产 品	20世纪80年代的规模
郫县压电扬声器厂	1968年	新建晶体管车间,试制高反压整流二极管等	职工67人,固定资产原值47.45万元
涪陵广播器材厂	1969年	舌簧喇叭、250瓦交流扩大机、各类用户变压器等	职工68人,固定资产原值57.81万元
南充广播器材厂	1969年	舌簧喇叭、1千瓦中波发射机、各类变压器、调频发射机等	职工83人,固定资产原值86万元
凉山州广播器材厂	1970年	250瓦交流扩音机、各类变压器、3—5千伏安调压器	职工42人,固定资产原值9.24万元

资料来源:四川省地方志编纂委员会编《四川省志·广播电视志》(四川科学技术出版社1996年版),第301—302页。

表5-4是三线建设第二个高潮阶段(1969—1971)四川省各地(州)建立广播器材厂的情况。为发展全省广播事业,四川省按照地形区在川东布局了万县和涪陵两个广播器材厂,在川西布局了郫县和雅安两个企业,在川北布局了南充广播器材厂,在川西南布局了凉山广播器材厂。上述企业生产的设备多为喇叭、发射器、变压器、调压器、扩音机等广播电视事业发展必备的产品。同时,在70年代四川省还设立了一批广播产品的配套工厂,如成都钉丝厂生产农村广播线所需的铁丝、成都微型变压器厂生产0.5瓦有线广播专属的用户变压器,此外成都霓虹灯厂、电视设备厂、无线电一厂等都属于广播设备生产的配套企业。

三线建设第二个高潮阶段也是三线地区广播设备生产企业纷纷建立的时期。1969年3月,宁夏人民广播电台服务部为适应农村广播网发展需要成立广播喇叭厂,生产舌簧喇叭和压电喇叭;1970年1月,宁夏人民广播电台服务部喇叭厂更名为宁夏广播器材厂,设办公室、供销科、技术检验科和电镀组、木工组、绕线组[①]。而在攀枝花这样的新兴工业区,1972年1月,市广播管理站建立了修理组,除负责广播设备的安装、维护、修理外,还承担各种全市性会议与市委、市革委各种宣传车辆广播设备的安装、维护以及部分厂矿、事业单位、机关、部队广

---

① 朱昌平.宁夏广播影视风采录[M].银川:宁夏人民教育出版社,2014:28-29.

播设备的修理；单位或个人送来修理的收扩音机、电唱机，也尽力提供服务①。省级、地区级的广播设备制造厂以及配套企业，加之各地设立的维修服务部，构成了三线地区广播器材设备生产和修配网络。

三、农村广播线路与三线厂广播站建设

广播备战除了电台修建第二、第三台址以及广播器材厂内迁之外，三线地区的广播线路也需要完善，三线新兴工业区的广播系统需要新建。1969年9月24日，陕西省汉中地区革委会召开"邮电通信支援三线建设，准备打仗"座谈会，提出电话、广播设备和线路都不能适应三线建设的备战要求："突出表现在电话不灵，打市话排队，用户要求装机而不能得到解决，电话音质音量差，广播串音大，有些重要电话用户等待不及竟派汽车联系，严重地影响着伟大领袖毛主席和党中央指示、号令的迅速传递，与'要准备打仗'的形势很不相称。"②因此需要加强邮电通信网建设，以保证汉中地区能够接收到北京的信息。

但是，三线企业布局于内地乡村，三线地区农村广播线路的铺设影响着三线企业广播事业的发展。贵州是三线建设的重点地区，1964年年初，贵州省广播电台召开了农村广播网工作座谈会，通报了贵州农村广播发展的困境："当前我省农村广播网工作中的主要问题是，喇叭数量少，特别是农村里的喇叭少。目前，全省喇叭总数只有10 300只，其中农村喇叭只有6 000多只，而且大部分是安挂在区、社的机关、学校和商店中的，安排在群众家中的很少。这种状况，不适应党向广大农民群众进行社会主义教育的需要。这是当前我省农村广播网工作中的主要矛盾。"③因此该次会议提出必须积极解决这一矛盾，争取改变乡村广播落后的面貌。

农村广播基本为有线广播，涉及线路和广播终端接收设备两个层次，中央广播事业局制定的《县市广播站暂行工作条例》的第17条提出："根据有线广播网事业的性质，发展广播网事业的基建设备投资，实行谁建谁出资的分级负担的原

---

① 攀枝花市广播电视志编纂领导小组.攀枝花市广播电视志[M].成都：四川科学技术出版社,1991：141.
② 陕西省汉中市档案馆：陕西省汉中地区革命委员会.关于邮电通信支援三线建设准备打仗的座谈会议纪要(1969-9-24),062-C011-0102-026.
③ 贵州省六盘水市六枝特区档案馆：贵州省广播电台党组.农村广播网工作座谈会情况的报告(1964-2-25),1-2-731-5.

则;公社以上由地方政府自筹;公社和公社以下的集体单位,由各有关集体单位分别负担;用户个人装设喇叭由用户自己负担;各部分设备的产权属于投资者所有。"贵州省广播电台党组提出:"自筹应包括省、县、集体和个人,由省、县、集体和个人分别负担,共同建设。具体意见是:喇叭一律由用户自行购买;如果广播站有力量,也可先予垫支,而后由用户分期偿还。短距离的支线,由生产队自筹自建;在有木杆的地方,生产队还应当负责解决架设广播干线和长支线所需的木杆。距离长的支线,以及干线的零星器材,应由县财政投资。广播干线所需的铁线,大部分由省投资。"①建设广播网的投资采用国家、集体、个人分摊负责的方式,极大提速了三线地区农村广播网络的建设。

事实上,三线建设第二个高潮阶段中大规模铺开三线地区农村广播网络,被视为战备和宣传毛泽东思想的重要途径。1968年,国家计委安排广播投资为3 500万元,但1969年即增长到8 400万元②。1969年,湖南省向第四机械工业部提交"四五"时期湖南电子工业发展规划纲要,提出:"大力发展广播设备生产,1971年满足普及农村广播网所需有限广播设备和部分半导体扩大机、半导体收音机、半导体三用四速机、载波发射机、载波接收机;1972年在实现农村广播网20%的基础上,达到20%生产队有半导体收音机,大队有电视接收机,公社有载波接收机,县有载波发射机。"③

四川省革委会在1969年的国民经济计划中要求:"召开全省普及农村广播网工作会议,确定加速普及的基本任务和由国家、集体、用户共同负担,而主要依靠集体和用户负担投资建设的政策,提出按配套生产和供应的原则,大力发展地方广播工业,以适应农村广播网建设的需要。"④此后,1970年和1971年四川省革委和省军区分别在雅安、绵竹和乐至召开"战备广播载波"现场会和农村广播网工作会,经过四年时间的大规模建设,四川农村广播网于1972年基本形成,县级广播站达到199个,公社广播站达到6 630个,安挂广播喇叭633万余只,

---

① 贵州省六盘水市六枝特区档案馆:贵州省广播电台党组.农村广播网工作座谈会情况的报告(1964-2-25),1-2-731-5.
② 国家经济贸易委员会.中国工业五十年 新中国工业通鉴 第5部 1966—1976 10 下[M].北京:中国经济出版社,2000:598,605.
③ 湖南省地方志编纂委员会.湖南省志 第9卷 工业矿产志 电子工业[M].长沙:湖南人民出版社,1998:356-357.
④ 四川省地方志编纂委员会.四川省志 广播电视志[M].成都:四川科学技术出版社,1996:145.

通广播的生产队占75.7%①。

1966年,贵州省国民经济计划中专门安排了"架设广播专线411公里,安装广播喇叭7000个,建广播放大站3个"②。该省的广播事业也在三线建设时期也得到了极大的发展,截止1975年年底,"全省建成的区站已达到450个,建成的公社站增加到1343个,农户喇叭发展到214万只,占农户总数的49.8%,架成县到区、区到公社的广播专线8585公里,……这一时期,全省初步形成一个面向广大农村、连接千家万户的农村有线广播网"③。1973年9月,全国广播事业规划会议在天津召开,确立了我国农村广播事业发展的基本方针:"继续建设好以县广播站为中心,以公社广播放大站为基础,以专线传输为主的质量高、效能好,适应战备需要的农村广播网。"④此后,三线地区对广播线路、设备进行更新,广播覆盖至几乎所有的乡村。

与三线地区农村广播网的建设同步,三线新兴工矿区的广播网也在此时期形成。贵州省六盘水是三线地区最重要的煤炭工业基地,其承担着破除"江南无煤论",解决北煤南运的历史使命,六枝特区生产指挥部1971年地方基本建设投资计划即规定:"为使全区每个角落都能听到毛主席的声音,继续建设广播网(广播干线),新建广播放大站三个,改善线路设备等共需投资十万元。"⑤

表5-5是六盘水煤炭工矿区部分企事业单位广播站的设置情况,从表中可知,基本上大型工矿区和学校等事业单位在建立之初即设立了广播站,主要播音内容包括两大部分:一是转播中央人民广播电台和贵州人民广播电台的新闻等各类节目;二是本企事业单位的新闻、会议、群众来信等。同时,为了使六盘水地区能够接收到中央、贵州人民广播电台的中波频率节目,六盘水于1975年起投资120万元,在六枝特区建立七六三台,"用两台10千瓦发射机,使用756千赫

---

① 四川省地方志编纂委员会.四川省志 广播电视志[M].成都:四川科学技术出版社,1996:146.
② 贵州省黔西南自治州史志编纂委员会.黔西南布依族苗族自治州志 国民经济发展计划志[M].贵阳:贵州人民出版社,2002:125.
③ 贵州省地方志编纂委员会.贵州省志·广播电视志[M].贵阳:贵州人民出版社,1999:190.
④ 赵玉明,艾红红.中国广播电视史教程[M].北京:中国广播电视出版社,2009:118.
⑤ 贵州省六盘水市六枝特区档案馆:六枝特区生产指挥部关于一九七一年地方基本建设投资计划申请报告(1971-2-1),2-3-12-3.

频率转播中央人民广播电台第一套节目,使用927千赫频率转播贵州人民广播电台第一套节目,以解决六枝及周边普定、镇宁、关岭、水城等地的中波广播覆盖问题"①。该台于1979年10月1日正式启用。

表5-5 三线建设时期贵州省六盘水部分企事业单位广播站统计表

广播站名称	成立时间	拥有设备	播音内容
水钢有线广播站	1966年6月	150瓦扩大器2台,高音喇叭20只	由工会主席张学文安排
老屋基矿广播站	1975年	大功率扩音机	转播中央、贵州人民广播电台,播送矿生产、安全情况
盘江矿务局机关广播站	20世纪60年代末	收音机、功放机、喇叭	转播中央人民广播电台新闻、本单位新闻
水城矿务局中心广播站	1965年	广播线路通至汪家寨、大河边、老鹰山等矿区	每天播出2次矿区联播节目
水城水泥厂广播站	1966年	150瓦扩大器	转播中央、贵州人民广播电台新闻,播放公司新闻
六枝矿务局第一中学广播室	1965年	1台50瓦美多牌扩音机、1台150瓦飞跃牌扩大器	转播中央人民广播电台节目、广播体操口令、播放革命歌曲和最高指示
水城矿务局第一中学广播站	1970年	—	转播中国人民广播电台新闻、校园新闻、师生来稿、广播体操等

资料来源:六盘水市地方志编纂委员会编《六盘水市志·广播电视志》(贵州人民出版社2005年版),第38—44页。

六盘水煤炭基地作为国家战略,也带动了周边农村广播事业的发展。截至1977年年底,六枝特区的8个区全部有广播站能够正常工作;38个公社中有34个已建立起广播站;374个大队中通广播的大队有227个;2 542个生产队中通广播的有1 354个;有高音喇叭141只,小喇叭1 840只;有大队广播室16个,能听到广播的有39 509户。广播专用线,公社以上双线21公里、单线358公里,

---

① 六盘水市地方志编纂委员会.六盘水市志·广播电视志[M].贵阳:贵州人民出版社,2005:103.

共 379 公里;公社以下双线 166.5 公里,单线 1 998 公里,共 2 164.5 公里。大队、生产队共有业余维修员 335 名。六枝特区的广播站除了"保证定时、准确地转播中央台、省台重要节目外,坚持办好自办节目,全年组稿 602 篇,播稿 528 篇。不少区、社站也在当地党委领导下,经常开展本地宣传,充分发挥了有线广播的战斗作用"①。在公社广播站工作的人员工资由地方财政开支,"每人每月发给 25 元,其中 12 元交队,13 元作本人生活补贴"②。三线工矿区周边乡村广播网的健全,也是三线建设对地方溢出效应的重要面向。

同样作为国家战略的攀枝花钢铁基地也是从无到有兴起的工矿区。1964 年起,陆续有全国各地的施工人员进入攀枝花地区,开展基础设施建设、煤炭和铁矿资源的开采,各工地便建立起广播站。1965 年 4 月 2 日,白认、任汉卿向特区党委和四川省委报告攀枝花矿区政府筹建工作时提出:"设立矿区有线广播站,加强职工的时事政策教育,宣扬好人好事,鼓舞职工干劲。请省里解决必要的设备、投资和干部问题。在职工集中的地区,设立新华书店或书摊,组织电影队巡回放映,解决职工文娱生活。"③

1968 年,在攀枝花各指挥部革委会成立之后开始建立各指挥系统内部的广播网,"按隶属关系与各下属厂矿及工地广播站相联系,形成以指挥部广播站为中心的广播宣传网。至 1971 年年底,全市 7 大指挥部及其下属厂矿已建立广播站 73 个"④。其中,煤炭指挥部于 1965 年建立广播站并逐步向各矿区发展,冶金指挥部于 1968 年 5 月建立广播站,攀钢公司于 1970 年 5 月建立广播站,矿山公司于 1973 年建立广播站⑤。

1970 年,攀枝花炼出第一炉铁,攀钢一期初步建成。此后在由工矿区向城市的转变过程中,"广播专线由大渡口延伸至五十四公里(地名),安装高音喇叭

---

① 贵州省六盘水市六枝特区档案馆:六枝特区广播事业局关于一九七七年广播工作总结和一九七八年计划(1977-12-28),2-3-93-2.
② 六盘水市六枝特区档案馆:六枝特区革命委员会.关于公社广播站人员待遇报酬问题的通知(1977-3-14),2-3-92-11.
③ 白认,任汉卿.关于攀枝花矿区区划等问题的报告[C].中共攀枝花市委党史研究室.三线建设在四川·攀枝花卷(内部资料),2016:1692.
④ 攀枝花市广播电视志编纂领导小组.攀枝花市广播电视志[M].成都:四川科学技术出版社,1991:43.
⑤ 攀枝花市广播电视志编纂领导小组.攀枝花市广播电视志[M].成都:四川科学技术出版社,1991:44.

10只;使用2台275瓦扩音机,添置2只话筒,1台增音机和3台录音机"[1]。渡口市的广播系统在70年代基本由10只高音喇叭向广播站附近10公里范围内的机关、居民播音,直至改革开放后才逐步取消高音喇叭。

新兴工矿区还自建广播电台。1972年,四川省计委计划在攀枝花建设"1座1千瓦中波发射台,先转播中央人民广播电台节目,到条件成熟时再自办节目"[2]。1972年9月,攀枝花广播站开始筹建渡口电台,"先后修建了大小录音室、演播厅、发射机房",不过此后因攀枝花是三线建设重点地区,保密性极强,电台的无线电波容易被外界收到,因而取消了电台,直至1983年才再度上马。同时,攀枝花农村有线广播也得到极大发展,截至1978年,该地区78个公社中有72个、434个大队中有364个、2 335个生产队中有1 867个、84 074户农民中有61 174户都通了广播,广播专用线路达到570 561公里,电杆数50 812根[3]。攀枝花也从"不毛之地"变成了国内十大钢铁基地之一,其广播线路也基本覆盖城乡、工矿等全部地区。

在三线建设时期,国家投资倾斜向三线地区,随着广播电台的建设、广播线路的铺设、广播设备企业的内迁,三线地区的城市、乡村和企业几乎都加入了广播网络,在物质资源匮乏、文化生活单调、通信设备落后的时期,为内地广大民众接收外部信息、了解国家政策、丰富日常生活奠定了基础。对于三线企业而言,广播加强了职工的政治认同,稳定了职工队伍,保证了基本建设和日常经营的顺利进行。

第三节 三线企业广播的内容和功能

三线建设在内地山区乡村开展,三线企业按照"靠山近水扎大营"的原则,也多布局于交通不便、配套设施缺乏的深山河谷之地。三线职工虽说是"好人好

---

[1] 攀枝花市广播电视志编纂领导小组.攀枝花市广播电视志[M].成都:四川科学技术出版社,1991:48.

[2] 四川省地方志编纂委员会编纂.四川省志 广播电视志[M].成都:四川科学技术出版社,1996:119.

[3] 攀枝花市广播电视志编纂领导小组.攀枝花市广播电视志[M].成都:四川科学技术出版社,1991:55-56.

马",但国家仍需要对其进行社会主义和国防安全的教育,其自身生活亦有情感需求和群体认同的面向。因此,三线企业在建立之初即非常重视用广播来动员职工的建设热情,工厂基建大多配备有播音室,上海市的小三线建设明确规定了厂区生活用房的标准,其中广播室是标配:"行政用房:按全厂总人数每人建筑面积1平方米计算,包括:办公室、档案室、资料室、会议室、广播室、总机室、文娱活动室及行政用品库等。"①

三线企业的广播发展历程包括两个部分:第一,基建阶段的工地广播;第二,投产经营阶段的工厂广播。工地广播基本没有无线电接收装置,仅由播音室(棚)、线路和工地大喇叭构成,播音的主要内容是工地的建设情况、通知、文件传达等;工厂广播则在播送企业的内部情况外,还可以接收短波等无线电信号,转播中央人民广播电台等节目。三线企业的广播与三线职工的日常生活息息相关,其主要承载着信息传递、政治教育、生产竞赛、文艺娱乐等职能。同济大学建筑设计院参与上海小三线建设,其总结称:"'小三线'现场的生活很枯燥。工地广播'主要是播送新闻和通知,文艺广播除了语录歌就是样板戏'。"②

一、三线广播员的选拔

广播除了硬件设施外,更重要的则是寻找合适的播音员。播音员需要有一定的文化水平以方便采风、写稿、改稿和播出,同时还要能说一口流利标准的普通话。综合而言,三线企业的广播员有从地方招募和从职工中选拔两种情况:前一种适合于铁路等三线基础设施建设,因其并无固定的生产场所,以工地的形式流动建设,故每到一地就在当地临时招募;后一种则适合于三线企业,因其有固定的生产场所,并以围墙与周边相互隔绝,故设置专职岗位,选拔固定的广播员长期为企业服务。

流动性的三线工地往往选择就地招募播音员。1975年,湖南省隆回县成立枝柳铁路民兵团,下辖15个连队,工地指挥部要求做好思想工作,政工组为调动

---

① 后方工厂生活用房的建筑标准:1970-8-26.上海市档案馆(B89-1-602).
② 华霞虹,郑时龄.同济大学建筑设计院60年1958—2018[M].上海:同济大学出版社,2018:132.

民兵积极性,决定建立工地广播,"在宣传过程中,他们感到广播站配备合适的播音员是个难题,也是个薄弱的环节。于是,指挥部领导要政工组派人到后方隆回县城选拔播音员。他们经过一番挑选,终于在县城找到一名高中毕业、年仅17岁的女青年罗海燕。她聪明、伶俐,能吃苦耐劳,有上进心,说得一口流利的普通话。这个青年一到会战工地,就接受了县指挥部领导所交给的任务,担任工地广播站宣传播音员。"①罗海燕在参加劳动的过程中收集播音素材,写稿,改稿,用顺口溜、快板等各种方式将工地先进事迹及时播出,激发了民工的建设热情,加速了工程进度。

与铁路修建参与人员甚多、需要大规模政治动员不同,有些三线工地规模较小,则不专设播音员,往往是将广播设备交给指定员工管理,由其负责定时开关,不另付工资。此类广播往往不独立播音,而是接收、转播上级电台信号,起到调剂职工休闲生活的作用。王树平于1968年5月来到江西高安县金家塘工地参与修建一座35千伏变电所,其回忆称:"我搬去后住在一个带走廊的房子里,一个人住一间,房里有一个小型配电装置,还有一个小型广播站,带着两个喇叭,作为工地广播,每天早、中、晚,三次我都会按时将广播打开,然后调到中央人民广播电台,让工人们倾听中央声音和天气预报。不过我也偶尔播放些歌曲、相声什么的。我开广播是义务的,另外还要在班组正常上班。"②

与工地广播的临时性不同,三线企业内部的广播员大多会采用从职工中公开选聘的方式,并要经过考试。秋语(笔名)回忆参加三线厂的广播员应聘流程为:发布通知,吸引有普通话基础的年轻人参加报名;组织试播音,一篇为工厂内部的综合新闻,一篇为抒情散文诗:"新闻稿件是针对这次考试而创作的,属于综合性的报道,上面充满了工厂的韵味,我们企业常用的比如铝氧化、钢氧化、镀铬、淬火、光擦等词汇应有尽有。这些专门的术语,一不小心就有可能读错,而那篇散文诗则专门要求了要读出感情和韵味来。"③试播音完成后,由宣传部门组成的领导小组成员认真考核,选拔出具备播音潜质的年轻人担任播音员。

秋语竞聘播音员的程序比较正式,与其相比,还有一部分播音员则属于从企业基建阶段即参与工地广播,企业建成投产后毫无悬念地转为正式播音员。

---

① 罗克亮.隆回工地上标准的播音员[C].邵阳市政协文教卫体文史学习委员会.铁建丰碑.北京:中国文史出版社,2007.
② 王树平.万花筒:我的七十年[M].北京:团结出版社,2015:103.
③ 秋语.三线系列之应聘广播员."清荷幽苑"微信公众号,2021-8-12.

第五章 三线厂的广播宣传

1969年,17岁的杨玉梅在贵州国营黎阳机械厂参与基建,被广播站选中,担任广播宣传车上的播音员,其回忆称:"每天宣传车开到各个车间门口,进行所谓的火力支援。这时,我的声音震天响:'毛泽东思想宣传车,现在开始战斗。'那慷慨激昂的亢奋,那火药味十足的呼喊,被军代表称赞为'很有战斗激情和震慑力'。"①建厂初期,国营黎阳机械厂的宣传机构并不健全,仅杨玉梅一人负责广播站的工作,其到工地现场"采风",打腹稿或草稿,然后即兴播音,可以说以一人之力承担了撰稿、审稿、编校到播出的所有流程(图5-4)。

图5-4 贵州011办事处第二设计室广播员的工作场景(左上为杨玉梅)
资料来源:杨玉梅《大山里的"小广播"》,中国航空工业史编修办公室编《中国航空工业老照片(第10册)》(航空工业出版社2015年版),第40页。

保证三线广播正常运转需要敬业的播音员。作为沈丘民兵团毛泽东思想宣传站播音员的刘月英在支援焦柳铁路建设时被调往河南省南召县,其回忆称:"那时的播音员没有现在主持人的优越感,和大家一起干活,然后播报每天的工作进度、好人好事等。播音棚很简陋,一面靠墙,一面是玉米秸秆。每天开饭时,正是我的播报时间,工友把饭放在一边,等我播报完,饭已经凉了。"②一次,刘月英在上山采药时突然听到广播播放《东方红》乐曲,便一路向播音棚奔去,前脚刚到,乐曲便结束了,她立刻坐在播音器前播音,结束后她对修机器的工人说:"你们怎么能放《东方红》啊,这曲子一响就说明我要播音

---

① 杨玉梅.大山里的"小广播"[C].中国航空工业史编修办公室.中国航空工业老照片第10册[M].北京:航空工业出版社,2015:40.
② 三线工地上的播音员[N].大河报,2013-4-19.

了。"事实上,"当年无论是中央人民广播电台还是我们省广播电台,也包括我们这些宣传站,广播人员开始播音之前放的都是《东方红》的曲子,对我来说,《东方红》就是命令"①。

如果当一名播音员使刘月英感到骄傲和自豪,那么对于何运枝而言则是压力和担心。16岁的何运枝作为民工参加焦枝铁路建设,会战领导认定她胆子大还能说会道,于是就安排其担任工地广播员。不过面对广播话筒,何运枝感到慌乱,甚至因紧张而说不出话,其回忆称:"刚要喊出声,那颗心似要蹦出来样的,把要喊出来的声音又咽下去了。细找原因还是个'怕'字,别人写的稿子,都是先进典型,里面有毛主席语录,文章念错了要批评,毛主席语录念错了要批判,要游行,要挨斗;越想越害怕,真是不寒而栗。又不允许调换工作。"②不过在熟悉了播音流程、锻炼了业务能力、增强了自信之后,何运枝出色地完成了整个工地建设时期的播音任务。

实际上,何运枝的担心是非常有道理的,在阶级斗争不断强化的年代,广播承载着意识形态宣传的使命,其自身即具有权威性。但读错播音稿尤其是毛主席语录是不可逆的事件,毫无回旋余地,因而会给广播员带来巨大的心理压力。同样,厂区广播在转播其他电台节目的过程中也容易出线"串台"的现象,甚至一不小心就收听到了"敌台"。参加上海小三线建设的项扬负责广播站工作,其回忆称:"山里的广播信号很不稳定,稍不留心,有些短波信号就会'翻墙'进来,即使不一定都是不好的内容,但在那个时代,短波就几乎等同于'敌台'。后来为了考大学,在广播台做高考复习资料里的习题时,经常会因为太过于专心,而忽视了时常会'流窜'进来的短波,结果被领导批评了好几次。"③与有线广播不同,转播往往需要接收无线电信号,串台也属在所难免,幸而该厂领导仅是批评,而没有上纲上线地批斗。

广播的正常播音除了播音员外,还需要政工组(宣传部门)配合写稿组稿,以及懂无线电技术的专业人员维护设备。1966年7月,吴洪涛被调到贵州省平坝县槎白公社的国营黎阳机械厂政治部工作,该厂正处于大规模基建阶段,吴洪涛

---

① 三线工地上的播音员[N].大河报,2013-4-19.
② 何运枝.回收"三线"二三事.《民兵之歌》丛书编委会.浠水县文化馆.如火年华(内部资料),2005:61.
③ 项扬.踮起脚来,抓住时代给予的人生机遇[C].华东师范大学历史系1978级.我们的1978高考重启与大学生活回忆.上海:上海教育出版社,2018:323.

分管施工人员的思想教育工作,"成天跑工地、抓典型、写报道、送广播。党委要求我们做到'三快':好人好事发现快、材料整理快、广播报道快。我们还组织文娱演出,如快板、相声、独唱、小合唱等,有的在广播中播出。这些演出多是讴歌工地上的好人好事,很受大家的欢迎"①。项扬参加皖南上海小三线建设,因其在上海学习的专业即是无线电修理,因此"在支援三线建设时,各单位部分不同行业和工种的人员交换时,我就去运输单位承担了维护和操作无线电、扩音机等设备的岗位",即负责广播台的工作②。

部分三线职工受过良好的教育,是三线地区的知识群体,其参与地方文艺创作,并在地方广播电台播出,一方面可以提高地方文艺气息,另一方面也可增加自己的收入。小三线企业光明厂的谢少鹏积极写稿投给县广播站,播出后除了获得精神上的巨大满足外,还伴随着物质上的富足,"给县广播站的广播稿,每月都要播出三五篇,县广播站每播出一篇都给我寄来五角钱(个别时候也有一元)的稿费。现在五角钱掉到地上恐怕都没人去捡,可那时候一斤猪肉的价格是六角钱。这就等于说,靠县广播站的稿费每月就能保证有三斤以上的肉吃,这对我已有着很大的吸引力了"③。三线职工参与地方广播系统的创作,也使三线企业这一"文化高地"将文艺的信息传递辐射到三线地区。

在企业经营过程中,广播员的职责和播音的内容可分为对上和对下两个层面:对上即广播员要对上级召开的重要会议进行录音并整理,交给厂方了解学习最新政策;对下则是从基层收纳本企业的播音稿,进行编校后播出。1966年,13岁的杨晓虹跟随父母从国营二九八厂(云南光学仪器厂)迁往四川广安的三〇八厂(华光仪器厂),1970年通过招工进厂,由于热爱文艺被调入宣传部门,成为华光厂广播站的专职播音员。杨晓虹回忆称:"广播稿件由各单位通讯员送来,每天播音前要对稿件逐一进行审查修改后才能播出,严把文字质量关,防止泄密。每天还要填写播音原始记录,以备领导查阅。每逢重要广播要进行录音,或者按照电台记录速度书写下来,及时提供厂党委、厂务会学习之用。因为大山沟里订阅的报纸一般要三天后才能收到,消息

---

① 中国航空工业史编修办公室[C].中国航空工业史编修办公室.中国航空工业老照片 9[M].北京:航空工业出版社,2015:115.
② 项扬.踮起脚来,抓住时代给予的人生机遇[C].华东师范大学历史系 1978 级.我们的 1978 高考重启与大学生活回忆.上海:上海教育出版社,2018:322.
③ 谢少鹏.小三线军工厂的难忘岁月[M].济南:山东文艺出版社,2015:189.

很滞后。"①

三线企业较为偏僻,职工闲暇时间的娱乐生活相对枯燥,因此广播的播音时间普遍较长,政工组也希望广播的内容可以丰富多彩,既完成基本职能,又能调剂职工的文化生活。杨玉梅回忆称:"早上6点半,悠扬的起床号唤醒睡梦中的职工们,接着是转播中央人民广播电台《新闻和报纸摘要》节目,直到8点,早间播音结束。职工午休的两个小时再次播音。晚上,从6点一直广播到9点。每天播完稿件,就播'样板戏',再播革命歌曲。"②即一天分三个时段播音,播音时长为6个半小时。

杨晓虹回忆华光仪器厂一天的播音安排为:"6点半准时开响广播,先播放广播体操,再转播中央台新闻节目,8点吹响军号广播才结束。每天四次广播时间,不可间断,否则将会影响全厂正常的生产工作秩序。中午、下午下班要播送30分钟'本厂新闻',雷打不动。每逢生产大会战,上午10点和下午4点还要播放会战专题广播。……每逢节假日广播站还要举办节目专题广播、配乐诗朗诵、教唱新歌等。"③华光仪器厂的播音时长虽比黎阳机械厂短,但播音次数更多、时间更为零碎,播音内容也较为丰富。

如果说华光仪器厂地处四川,与北京时间有近一个小时的时差,因此其早上6点半开始广播,那么位于东部的小三线企业则广播时间要更早。浙江新华机械厂(九七二厂)的金雨萍回忆称:"厂区保留着军事化的管理模式,每天清晨6点,广播就开响,先是一段革命歌曲,然后是中央人民广播电台,然后是厂区新闻,或者厂领导讲话。播音员是我同学的母亲,应该是剧团演员出身,嗓音特别尖脆,还带着点民国时期的嗲音。音量不小,根本无法继续入睡,所以厂区的人都起得很早。"④在三线企业内部,广播即起床号,声音响起即意味着新的一天开始了。

---

① 杨晓虹.军工负命建三线,扎根华蓥志愈坚——我的三线人生[C].张勇.多维视野中的三线建设亲历者.上海:上海大学出版社,2019:213.
② 杨玉梅.大山里的"小广播"[C].中国航空工业史编修办公室.中国航空工业老照片第9册[M].北京:航空工业出版社,2015:41.
③ 杨晓虹.军工负命建三线,扎根华蓥志愈坚——我的三线人生[C].张勇.多维视野中的三线建设亲历者.上海:上海大学出版社,2019:212-213.
④ 金雨萍.消失的故乡,永存的同年[C].杨宏伟.童年与故乡(上册).北京:文化艺术出版社,2018:368.

二、三线广播的播音内容

三线企业的广播内容一般包含新闻动态、文化娱乐和生产竞赛三个方面。广播以声音的方式传递信息,无论是中央等上级机构的新闻还是本厂内部的动态,广播传递的效率都是最高的,其可以使地处偏僻的三线企业能够同步参与国家政治运动、了解国内重大事项。1966 年,祁远明的父亲来到陕西洛南参加三线建设,1970 年,母亲带着他亦来到陕南大山深处的三线厂与父亲团聚,其回忆称:"厂子上班、下班要放广播,一天要放五遍,那时没有电视,收音机也收不到信号,早晚广播里的新闻联播会定时传来北京的消息。'东风吹,战鼓擂,现在世界上究竟谁怕谁……'响彻山间。第一颗人造卫星东方红一号的乐曲就是住在356 办公室时,从晚上 8 点的全国各地广播站联播中听到的。我记得非常清楚,那天晚上漫天的星星,一个亮点在星海中移动,广播中传来了《东方红》的乐曲。"①祁远明是通过广播得知东方红一号卫星发射的消息,并在陕南的大山深处看到了天上闪烁的卫星。

同样,三线企业广播的播音内容也能够使职工感知到政治局势的变化,进而影响工厂的整个氛围和职工心态。令祁远明印象深刻的另一件事情则是 1976年的毛主席去世:"9 月 9 日下午 4 点,厂子广播哀乐又一次响起,传来了伟大领袖毛主席去世的消息。举国悲痛,我们全班同学大部分都趴在课桌上哭了。""同年 10 月 6 日'四人帮'被打倒了,全国沸腾了! 当'洪湖水呀浪呀嘛浪打浪啊,洪湖岸边是呀嘛是家乡'在下班的广播中唱响时,下班路上的人们情不自禁地扭起了大秧歌。"②即当广播中播放的内容为哀乐时,职工获悉伟大领袖毛主席去世的消息,进而与全国同悲;日常广播内容从样板戏改为著名湖北民歌《洪湖水浪打浪》的时候,全厂职工感受到了紧张政治氛围的松动,并以自己身体的行为配合这种改变。

除了最高决策层的信息通过广播传递至基层外,三线企业还第一时间播放与本单位相关的上级指示和表扬,以激励职工生产热情和自豪感。葛洲坝水电

---

① 祁远明.远去的岁月[C].倪同正.三线风云:中国三线建设文选.成都:四川人民出版社,2013:213-214.
② 祁远明.远去的岁月[C].倪同正.三线风云:中国三线建设文选.成都:四川人民出版社,2013:215.

站是三线建设重点水利工程,浇铸大坝所需要的水泥数量多、强度高,葛洲坝水泥厂专门研制"三峡"牌600号大坝水泥,在测试完全合格后,"从北京传来水电部的贺电,厂广播站的高音喇叭播送着贺电的全文。全厂干部职工纵情欢呼,……及时满足了葛洲坝工程对600号大坝水泥的需求。"①

当然,也并不是所有三线建设的成果都会进行大规模的广播宣传,三线项目大多具有保密的战备属性,建成投产和新品试制成功后,中央层面不会在广播系统中大规模地宣扬,但基层却可以在小范围内宣传。如1971年焦枝铁路全线通车后,"党中央发来了贺电,因当时这条路是战备路,是保密路,是三线工程,没有登报,没有广播",但地方为了庆祝这一重大事件,写成广播稿在列车上进行宣传,祁向钧回忆其代表荆门参与修建该条铁路的民兵师写了一篇解说词,首趟旅客列车经过荆门时由列车广播予以宣读,介绍焦枝铁路荆门段的修建情况:"荆门民兵师共有11个团,8万多民兵,战斗在47公里的线路上。路基土石方任务306万方,这一方一方连着摆,可绕荆门县界15圈,有从荆门至北京的三个长……"②

三线职工获取临时突发的事件信息往往也是通过广播,据原国家计委三线建设办公室主任王春才回忆,其于1966年3月陪同彭德怀元帅去攀枝花考察,"途中特地到了四川石棉矿,他要去矿山看看。这时,山顶上的高音喇叭在放了一阵欢快的乐曲之后,又放出《毛主席派人来》的歌曲。职工们听到这信号,不约而同,从车间、工地、办公室和宿舍拥出来,上夜班正在睡觉的工人也从床上爬了起来。大家自动地排好队伍,夹道欢迎从山上崎岖小路走来的白发苍苍的彭元帅"③。广播成为凝聚三线企业职工共识、统一工人行动最重要的桥梁。

除传递上级信息外,广播还搭建起工厂内部信息交流的渠道,诸如失物招领、寻人启事播报,乃至职工庆祝联欢都以广播为媒介。杨宙是湖北襄阳6618厂的第三代三线人,从小生活在企业内,其回忆称:"家长间彼此熟络,不是同事就是老同学,有的甚至连祖孙三代都知晓。孩子出去玩也不担心走丢,

---

① 张新国.大坝水泥诞生记[C].刘锡海.岁月如磐.武汉:湖北人民出版社,2015:153.
② 祁向钧.荆门民兵师奋战焦枝铁路纪实[C].刘锡海.岁月如磐.武汉:湖北人民出版社,2015:120.
③ 王春才.彭德怀去三线[C].王春才.三线建设铸丰碑.成都:四川人民出版社,1999:27.

只要在遍布厂区的喇叭里喊一声就行——'广播找人,×××该回家了。'每逢厂里人过生日,大家会到广播站点歌,生日祝福从各个喇叭传出,回响在厂区上空。"①广播加速了三线职工之间的感情,使其结成命运与共的共同体,促进了熟人社会的产生。而这种感情给了三线职工以家的温暖,使其在远离家乡的异乡能够找到归属感和亲切感。梁传迎回忆称:"有许多次,当我在夜幕中赶回家的时候,在离工厂的几里远就听到工厂的广播,心里顿时充满了家的温暖。正是那军营的军号声和三大纪律八项注意的歌声,给我们军工战士带来了严谨的作风。"②

广播不仅是三线厂信息交流的重要途径,同时也是三线职工文化娱乐生活的主要来源之一。广播经常播放的革命歌曲、样板戏、相声等娱乐节目,促进了文化传播,使偏僻山区的三线职工可以接触主流文化。如四川广安华蓥山区是重庆常规兵器工业基地中光学工业集中布局地,内迁的三线职工中有一批京剧爱好者,在"文革"时期普及"样板戏"的过程中,三线企业中的文艺爱好者得以通过广播学唱京剧,"江华机器厂湖南籍的陈渝霞嗓音清脆甜美,曾被南充京剧团借用,饰现代戏《沙家浜》女主角阿庆嫂,并到北京演出,在怀仁堂受到中央领导同志的接见"③。

有些内迁的三线厂会选择颇具家乡特色的节目来调剂职工生活。位于安徽贵池县的八五钢厂是上海小三线(也是全国小三线)规模最大的企业,主要生产"五七"高炮所需钢材,其职工回忆:"那时上海八五钢厂的有线广播已覆盖整个厂区和家属区,成为人们精神生活的一部分,也是唯一的信息来源。有线广播在当时的厂区,既传达着中央的声音,报道厂里的好人好事,还给众多上海工人播放沪剧,真可谓是沪语申曲满山坳。整个厂区就好像是山沟沟里的小上海,每天早晨,还有雄鸡报晓的功能。"④上海地方戏曲和上海话使这批深处皖南深山的上海人将工厂所在地视为"小上海"。

---

① 杨宙.光荣与仓惶:三线厂第三代的往事记忆"深深"微信公众号,2020-3-23.
② 梁传迎.难忘的三线老厂的广播[EB/OL].http://blog.sina.cn/dpool/blog/s/blog_aed9b20301015iyf.html.
③ 陈智敏,胡德昆.京剧票友在华蓥[C].中国人民政治协商会议华蓥市委员会文史委员会.华蓥文史(第5辑)(内部资料),1994:134.
④ 上海音响资料馆.上海故事:一座城市的温暖记忆[M].上海:上海大学出版社,2018:300.

文艺节目是调剂生活所需,对于三线广播而言,最重要的任务还是开展生产竞赛,动员职工以最大的激情投身备战事业之中。事实上,三线建设任务艰巨,职工日常工作艰辛,领导建设的指挥部通过广播宣扬先进、开展生产竞赛,在工地上掀起"比学赶帮超"的生产热潮,有助于加快建设进度。六盘水煤炭基地建设之时,几乎各个矿区都设置有工地广播,1968年,张仁玉毕业后到水城矿务局机电修配厂工作,彼时正处于建厂阶段,"厂里建起临时广播站,大喇叭挂在工地电杆上,我充当了工地记者,看到哪个组、哪个人有突出表现,立即写一篇短小的表扬稿,送到播音员手中立即播出。大家听到广播,开展了小组之间的劳动竞赛,多次被表扬的个人被抬起来抛向空中,工地上呈现轰轰烈烈、热血沸腾的景象。"①

发生在身边的具体案例往往比单纯的思想教育能起到更好的动员效果。湖北远安是066基地所在地,为了加强三线建设,当地决定设立远安县机制砖瓦厂。工厂基建阶段,厂领导以广播动员职工建设热情,张明新回忆称:"架起了高音喇叭,由普通话较好的大学生陈克祥、知青刘道才两人担任播音员,负责收集材料,轮换广播,转播中央和各地方台的新闻、新事,表扬好人好事,公布当天各连的工程进度。'同志们,洋坪区民兵连河口排在排长胡泽生的带领下,全排45名三线战士在连续10天挖轮窑基脚起土中,(创)人均每天3立方米的最高纪录'。"②工人们在广播的动员下,轮换加班,热火朝天。同样,曾参加长春光机所内迁四川大邑基建的周成楼回忆:"中午时分,广播里播放了一篇又一篇工地快报,表扬一个又一个在不同工作岗位上兢兢业业为三线建设辛勤劳动的战士,并滚动播放各种革命歌曲。"③

除播报身边的好人好事、建设热情外,工地广播还会播放各种生产口号,希望激发职工的自豪感。王新生等人参与宁夏贺兰山军用机场建设,其回忆称:"工地上彩旗飘扬,锣鼓喧天,高音喇叭不时响起如雷贯耳的'石油工人一声吼,地球也要抖三抖'的歌声和口号,把工地所有参展大军带入激情四射、斗志昂扬

---

① 张仁玉.三线建设一个兵[C].六盘水市钟山区文体广电新闻出版局,六盘水市钟山区史志办公室.荷城记忆(内部资料),2015:152.
② 张明新.八百民兵上三线,会战砖瓦厂作贡献[C].政协远安县委文史委员会.远安文史(第15辑)(内部资料),2006:185.
③ 周成楼.忆参加大邑6569厂建设的日子[C].张鸿春.三线风云:中国三线建设文选(第3集).成都:四川人民出版社,2017:206.

的会战中。"①以石油工人这一身份认同,动员职工建设热情,在三线建设普遍学习"大庆经验"的情况下,有其独特的动员效果。

工地广播除了在不同小组工人之间开展生产竞赛外,还会播放号子作为生产节奏,提高工作效率。骆群谦回忆其在贵州参加三线铁路修建时称:"工地广播的喇叭声、施工的号子声也是此起彼伏:'解放军喔、嘿嗦嘿嗦,好榜样喔、嘿嗦嘿嗦;军民团结喔、嘿嗦嘿嗦,一家亲喔、嘿嗦嘿嗦;三线建设喔、嘿嗦嘿嗦,献力量喔、嘿嗦嘿嗦!'"②号子声将所有职工的身体纳入统一的生产步伐之中,一致行动。

当然,在动员过程中,播放毛主席的指示、语录和革命歌曲是最普遍的场景,不仅能够增强职工的政治认同,还可以在繁重的劳动之余,起到调剂工作、消除疲劳的作用。参与襄阳化工厂建设的侯新华回忆:"当广播中第一声上班军号响起时,我们3排的几十个小伙子便三五成群到达工地,……从早到晚,无论是生活区还是工地上,广播喇叭不停地播放毛主席'抓革命,促生产'等语录口号和革命歌曲,还有基建工地好人好事、表扬稿等,使人感受到在劳动中欢快,在欢快中劳动。"③民众需要集体认同,毛主席指示和革命歌曲能够提供社会主义大家庭的归属感,为职工塑造出主人翁的价值理念。

同时,工地广播站还会有意识地播放最高领袖有关三线建设的最新指示,使广大职工认识到毛主席在关注他们所从事的事业。1969年,国家决定修建焦柳铁路,各民兵师参与此项工程,杨佑武回忆:"一天晚上八九点和凌晨三点,当阳民兵师师部广播响起了洪亮的声音,毛主席连夜发出最新指示:'你们政治局同志们,要下去走一走,看看三线建设,交通不便,骑毛驴也得去,生产艰苦吃咸菜也得去。'这就是'9·27指示'。"④12月30日中午,工地广播响起并宣布:"同志们!告诉你们一个特大消息:党中央毛主席派来慰问团,已到师部,马上就到河溶团工地来慰问看望你们。"⑤群众整齐列队,伴随着《东方红》乐曲,欢迎慰问团

---

① 王新生,魏建华,王添明.情满大三线 建筑工匠的情怀[M].银川:宁夏人民出版社,2018:80.
② 骆群谦.参加贵州三线建设的回忆[C].余朝林.乌蒙山下军旗红.海口:南方出版社,2017:117.
③ 刘锡海.岁月如磐[M].武汉:湖北人民出版社,2015:164-165.
④ 政协宜昌市委员会学习文史委员会.宜昌市文史资料 总第20辑 宜昌五十年回眸[M].政协宜昌市委员会学习文史委员会,1999:134.
⑤ 政协宜昌市委员会学习文史委员会.宜昌市文史资料 总第20辑 宜昌五十年回眸[M].政协宜昌市委员会学习文史委员会,1999:133.

的到来。

事实上,三线建设除了生产企业外,战备铁路等基础设施的修建动用了大量民工,其方法大多是本地组建民兵师修建本地铁路,因而,地方广播系统也加入宣传三线建设的队伍之中。阳安铁路是连接宝成铁路和襄渝铁路的陕南重要支线,1969—1971年,在建设石泉段时,该县广播站"在新闻节目里开办了《抓紧三线建设》专题节目,集中宣传报道了全县参加此项工程的各民兵营、连、排、班修建铁路的事迹,鼓舞士气。如《发扬一不怕苦二不怕死革命精神,争分夺秒搞好三线建设》《阳安线上的娘子军》《苦干加巧干,打通马岭关》等稿件。"①三线铁路

图 6-5 维修工地上的广播喇叭
资料来源:中国航空工业史编修办公室编《中国航空工业老照片(第10册)》(航空工业出版社2015年版)。

的在地化修建模式需要动员大量地方人力、物力资源参与,因而利用地方广播系统宣传动员,能够起到事半功倍的效果(图6-5)。

广播建立起三线企业与上级机构、三线企业之间、三线企业内部联系的渠道,因而三线新兴工业基地有重大事项需要公布时,往往采用"拉线广播大会"的方式现场直播会议内容,即在一个三线企业开会,其他相关企业组织收听广播。曾任上海市后方基地党委秘书的沈嘉麒回忆:1974年,在上海皖南小三线的联合厂因新品试制成功鉴定会上"办了几桌酒席"而被上海市后方基地的戴立清认为是大吃大喝,搞"资本主义全面复辟",基地党委常委会决定召开批"克己复礼"大会,"出席对象是所有后方各单位的一把手,全部都到联合厂参加现场批判会。另外,还要通过后方电话通信系统,向后方各单位广播现场会议实况",后因内部有不同意见,1974年6月1日在光明厂召开了"拉线广播大会",批评了联合厂的做法②。广播大会非常类似于电话会议和今日的视频会议,即利用各企业的

---

① 石泉县地方志编纂委员会.石泉县志[M].西安:陕西人民出版社,1991:631.
② 我所知道的轰动一时的"三二八大会"前后——原上海市后方基地党委秘书沈嘉麒访谈录[C].中共上海市委党史研究室,上海市现代上海研究中心.口述上海 小三线建设.上海:上海教育出版社,2015:175-178.

广播网络将会议现场的内容传达至相关企业的广大职工,达到扩大参会规模、第一时间传递会议信息、宣传会议精神的目的。

三、三线广播的功能

广播是三线企业和职工接收、传递信息最重要的方式,简言之其具有如下四个方面的重要作用:一是单位时间,广播为三线企业提供了一套独立于钟表时间之外的时间系统,三线职工不用看手表即可感知时间的变化;二是指令行为,即不一定需要通过语言即可达到发出指令、指导民众行为的目的,三线广播的内容内化入职工的日常生活和行为习惯,根据广播的内容即可接收指令;三是中心空间,广播为达成辐射范围最大化的目标,往往修建在厂区的中心,广播所在地即工厂的中心,并通过广播塑造公共领域;四是规训教化,广播播音的内容以政治思想教育、生产计划安排、人际关系规范为主,通过广播可达到对三线职工进行日常的规训和教化。

第一,广播时间是职工生产生活最重要的依据。

工业革命最重要的标志之一即时钟的发明,现代化社会民众也是按照时钟来安排自己的生活。但是广播为三线企业提供了一套独立的时间系统,可以不依赖时钟即可使民众感知到时间变化。在皖南参加上海小三线建设并负责广播台的项扬回忆:"广播台的工作除了播放新闻、文艺(主要是翻来覆去的几个革命样板戏)等节目外,主要是作息报时。从清晨起床、车队出发、车间机关上下班,到午间休息、晚上的新闻联播和熄灯号令,都是从广播里播放的。""那些号令是灌输在胶木唱片里的部队使用的各种军号,最清澈也最好记的是每天早上6点整的起床号,'哒—哒—嘀—哒—,嘀—哒—哒—哒……',这些号声一年四季回荡在场部所在山谷中,就像一个打更的老人。"[①] 项扬的这个比喻非常恰当,传统时期中国人通过"打更"掌握时间,三线厂的职工则是以收听广播感知时间。

三线企业大多从事军工生产,其管理的方式是半军事化的,因此,工厂的广播起到了部队中司号员的作用。曾在贵州凯里的红州机械厂工作的吴从清回忆:"军号旋律听了几十年,印象深刻,那时我们厂实行军事化管理,每天早上7点半,厂区

---

① 项扬.踮起脚来,抓住时代给予的人生机遇[C].华东师范大学历史系1978级.我们的1978:高考重启与大学生活回忆.上海:上海教育出版社,2018:322.

大喇叭里嘹亮的军号声准时响起，一天就在这军号声中开始，每天都要集体出操跑步，从厂区跑到小坳冲(今金泉湖附近)，然后再回到厂里洗漱吃早餐，投入到紧张的劳动生产中去，可以说军号就是时间，就是命令。即使到了后来厂子改制不用出操，厂里的人们还是习惯于根据广播声作息，每天厂里上千人都是在军号声的伴随下进入车间工作，厂区路上乌压压一片，小孩子们则是听到军号声不用叫就自己起床去学校。"①三线企业的广播时间成为一代代三线人最深刻的记忆。

广播系统控制着三线职工的时间感，因广播依托的电子设备有可能损坏，因而这一套时间系统相对比较脆弱，当广播不能正常响起时，三线企业和职工便有可能陷入"无时间的社会"这一尴尬境地。国营黎阳机械厂播音员杨玉梅回忆："那时的广播也是职工生活不可或缺的方面，有一次，早上广播发生故障，没能按时播音，竟然有很多职工上班迟到。对此他们还振振有词：广播不响，不能按时起床，迟到理所当然。搞得领导都不知是批评我，还是批评迟到者了，我好委屈啊！可见，广播是多么重要，广播员是多么重要。"②

三线厂不以钟表时间作为行为准则，而一切以广播为依归，虽然其不稳定，但可以简化管理流程，进而塑造出独特的考勤系统：一切以广播的播音来计算迟到、早退等行为。华光仪器厂的杨晓虹回忆："全厂职工每天听着高音喇叭里的军号声，踏着进行曲上下班，早已成为深处大山沟的三线人不可或缺、雷打不动的工作规律和生活习惯。当年大山沟里的三线企业大都实行半军事化管理，广播员就像部队司号员一样，上自厂长书记，下到普通职工，都是听着广播上下班的。工厂劳资部门甚至把广播信号作为职工上下班迟到、早退的考勤依据，并与奖金挂钩。一旦遇到停电或广播线路发生故障，全厂上下几乎陷入瘫痪状态。"③

更有甚者，三线职工的一切行为都受广播的约束和指挥，以至于从小生长在三线厂的三线二代、三代不理解没有广播的人们是如何生活的。从小在湖北襄阳6618厂过着集体生活的姚楚好奇："城市里不可能到处安喇叭、吹号，他们怎么按时上班？那时厂里一大早就开始转播中央人民广播电台的新闻，军号一天吹三次，人们的生活作息跟着号声走。上了小学和厂外人接触后，他才发现原来

---

① 杨峰,王珺.老三线记事——4202厂."时政凯里"微信公众号,2015-4-22.
② 杨玉梅.大山里的"小广播"[C].中国航空工业史编修办公室编.中国航空工业老照片10.北京：航空工业出版社,2015：42.
③ 杨晓虹.军工负命建三线,扎根华蓥志愈坚——我的三线人生[C].张勇.多维视野中的三线建设亲历者.上海：上海大学出版社,2019：213.

城里人戴手表看时间。"①

三线企业的广播不仅成为三线厂生产安排和三线职工日常生活的指挥棒,而且也影响了三线企业周边农村。安徽池州是上海小三线所在地,东至县香隅镇同心村村民回忆:"三线厂每天上下班不是现在的电铃,而是厂内广播室通过喇叭定时播放军号作息,时间久了,我们听着军号声就知道已经几点钟了。"②有皖南上海小三线厂布局的地方就成了当地人眼中的"小上海"。

第二,指令行为需要发出者和接收者双向的配合与互动。

三线企业的广播就是命令,有些是指令言语行为,有些是指令非言语行为,即有些是通过播音员的语言直接发布命令,有些则是通过播放音乐等非语言来代替命令,如早上6点的广播则是起床指令。在三线企业内部,广播是职工行动的依据,职工的行为需要受其指导和节制。湖北卫东机械厂的三线职工杨克芝回忆:"那时候,他们不管是刮风下雨还是冰天雪地,不管是白天吃饭时间还是深更半夜,只要是广播一响,通知产品出库或是到火车站装卸货,丢下饭碗或穿上衣裳争先恐后立马到车库集合。"③

1966年,胡志仁从江苏无锡油泵厂到四川广元参加三线建设,其回忆工厂生产生活时对广播印象深刻:"大家习惯了听着喇叭去上班,再听着喇叭下班,'单纯得很'。'只要有紧急的任务,哪怕是晚上,那个时候经常是晚上加班的。有很多同志都是通宵干的,紧急任务一来以后,特别是军品任务一来以后,大喇叭一广播,自动地那些单位的人就到车间去了,不讲报酬。'"④

经过日积月累,三线职工身上深深镌刻了这种以广播来接收命令的烙印,甚至形成了肌肉记忆。在国营531厂做宣传工作的傅薇回忆:改革开放后,"昔日的同事曾说离开工厂后再外打拼,睡眠不好。有一次回到厂里,清晨听到广播里传来的号声,竟长长地舒了一口气,仿佛一直悬着的心立马放下了,那一觉睡得无比香甜"⑤。

三线企业的广播也溢出至围墙之外,传播到周边乡村,进而规范周边乡村民众的生活作息。华蓥山区的乡村民众即跟随三线厂的广播声调节自身的行为,

---

① 杨宙.光荣与仓惶:三线厂第三代的往事记忆"深深"微信公众号,2020-3-23.
② 皖南深山的上海"飞地"[N].新华每日电讯,2018-8-3.
③ 杨克芝.五十年,铸就卫东精神[C].张鸿春.三线风云:中国三线建设文选(第3集).成都:四川人民出版社,2017:460.
④ 罗尘.三线人[C].张立宪.读库1105.北京:新星出版社,2011:75.
⑤ 傅薇,周师傅,王周德.绥阳三线建设(内部资料),2016:193.

秋语称:"在每一个工作日里,整个厂区都回荡着军号的嘹亮声音:起床有起床号,上班有集合号,晚上有熄灯号,要是遇上紧急事件,比如洪水来了要抢险什么的,那紧急集合号或冲锋号就会响起。久而久之,邻近的单位都参考了我们工厂的作息时间。特别是远在对面一个山头上的华蓥中学,更是直接借用了我们的军号,与我们同步了。用半军事化来管理学校,的确是一种不错的选择。"①可以说,三线厂的广播部分改变了周边乡村的生产生活方式。

第三,广播定义了三线企业的中心空间。

因三线企业去中心化,都是分散布局于山区的,不规则的厂区很难找出中心点,但广播需要覆盖职工和厂区的每个地方,因而其往往设置在工厂相对中心位置的高地之上。华蓥山区的华光仪器厂本就生产军用光学仪器,因此工厂严格按照"靠山、分散、隐蔽"的原则绵延分散在山区,杨晓虹回忆:"那时候全厂有20多个高音喇叭,从厂区一直绵延到家属区。"②三线企业广播和喇叭的设置,使分散布局的每一个区都有一个中心位置(图5-6)。

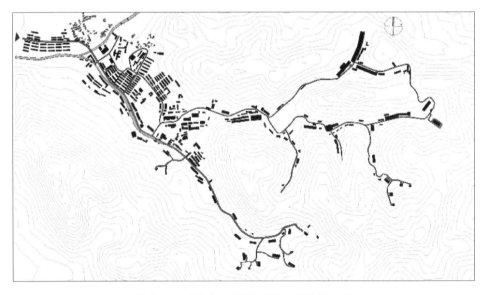

图5-6 分散布局的豫西5103厂总平面图

资料来源:徐利权、谭刚毅、高亦卓《三线建设的规划布局模式及其比较研究》(《宁夏社会科学》2020年第2期,第156页)。

---

① 秋语.三线系列之寂静秋夜."清荷幽苑"微信公众号,2021-9-18.
② 杨晓虹.军工负命建三线,扎根华蓥志愈坚——我的三线人生[C].张勇.多维视野中的三线建设亲历者.上海:上海大学出版社,2019:213.

第五章 三线厂的广播宣传

这个位置往往是三线企业的最高点。聂作平是位于自贡马鞍山下的四川锅炉厂的一名三线职工,工厂生产电站锅炉,占地面积很大,并且分散布局,其回忆称:"与大多数国营企业一样,这家工厂也设有广播站,每道山梁上都挂着高分贝的喇叭,每天定时广播几次。广播内容除了工厂的通知和自办新闻节目外,更多的,它用来播放流行音乐。"①

除了一线生产区之外,广播的辐射范围还涵盖医院、子弟学校等非生产单位,锦江油泵油嘴厂三线二代回忆称:"工厂的大喇叭对于孩子们来说也是一个神奇的物件,每天早晨6点半大喇叭响起便意味着这一天的生活开始。'一到中午的时候,就是'锦江油泵油嘴广播站现在开始播音','今天的节目内容有……',然后就是我们那个播音员,开始讲今天的什么厂里的跟某某单位发生的一些事情。'"②即三线企业的广播设置要涵盖一切功能区。

广播所在的各个功能区的中心,是三线职工集体活动的场所,也为其提供了公共空间。011基地的杨玉梅回忆:"如果晚上有体育比赛直播,职工们便拿着小板凳,坐在篮球场的大喇叭下,专注地收听广播,痴情地享受着比赛的乐趣,直到比赛结束,才心满意足地回家睡觉。无论多晚,比赛不结束,他们不会离开,我也不忍心关闭广播,这是一条约定俗成的规矩。"③安置广播的篮球场成为职工聚集收听体育比赛的场地,也是三线工厂的中心空间。

因此,在动辄方圆几公里的三线厂内,广播为所有的三线职工提供了一个中心地,有广播的地方就是三线厂的区域中心,能听到广播的地方要么是工厂内部,要么受工厂的影响,广播辐射范围可以说界定了三线厂的边界。5203厂的梁传迎解释道:"它像是生活中的坐标,所有的指令、信息和新鲜的事物都来自那里。对每个军工战士来说,广播则意味着他们与别人的区别,意味着他们这群山外的外地人来到这里,成为一个不可分割的战斗团队。当地震来临时,广播中及时发出各种指令。当前方紧急需要时,广播及时发出加班的号召,每当完成生产任务时,广播又及时传来报捷的喜悦。"④因此,能否收听广播又是区分三线厂内

---

① 聂作平.纸上城堡[M].北京:商务印书馆,2013:4.
② 罗尘.三线人[C].张立宪.读库1105.北京:新星出版社,2011:81.
③ 杨玉梅.大山里的"小广播"[C].中国航空工业史编修办公室.中国航空工业老照片10.北京:航空工业出版社,2015:41.
④ 梁传迎.难忘的三线老厂的广播[EB/OL]. http://blog.sina.cn/dpool/blog/s/blog_aed9b20301015iyf.html.

外、工人与农民以及工业与农业的重要指标。

第四,广播是国家和三线企业教化规训三线职工的重要工具。

三线建设的保密属性和周边环境的艰辛程度决定其需要一批政治觉悟很高的职工,在日常生活中,广播为国家和企业提供了一种对三线职工进行思想教育和价值引导的渠道。1970年,杨玉梅被选中进入011基地办事处第二设计室,成为一名正式广播员,其回忆称:"当年的广播站,是'三线'文化建设的重要舆论工具,是党的喉舌。它使企业的方针政策、大事小事家喻户晓,尽人皆知。当年听广播是贵州'三线'建设者的主要精神享受,多数人自己买不起收音机。""建所初期,单位组织全体职工自己动手,修公路、盖厂房、开山育林,经常不分昼夜,加班加点。遇到这样大干的场面,广播就要配合,发挥宣传群众、鼓舞群众的作用。"①

"忆苦思甜"是20世纪六七十年代阶级教育的重要方式,三线企业也经常组织职工吃"忆苦思甜饭","在厂子的大礼堂摆上条桌,每人一碗野菜汤和一个窝窝头。喇叭中放着'天上布满星,月儿亮晶晶,生产队里开大会,诉苦把冤伸。万恶的旧社会,穷人的血泪仇……'"②。广播对职工听觉、野菜对职工味觉的浸润,使国家宣扬的"不忘阶级苦,牢记阶级仇"的教育目的得以加强。

广播具有公共性和真实性两重色彩,因而其播音内容是三线企业内部的权威,其宣扬厂内的新闻颇受三线职工关注。锦江油泵油嘴厂的三线二代回忆称:"那个时候特别地关注,因为是自己的广播站,比方是锦江子弟学校某某年级有什么,就凑起耳朵听。如果播送了好人好事,比方说一篇报道,某某有拾金不昧,然后这个小学生那一段时间就是我们心目中的明星。"③

三线企业的职工都非常关注广播所播音的工厂内部信息,因为被广播表扬者会增强其在工厂内部的威信和地位。5203厂的梁传迎回忆称:"就是特别想听到今天有没有自己单位在新闻里面,或者能报道自己,如果听到报道自己单位了,自己在家里不管手头在忙,也要竖起起耳朵认真听一下,如果播送某某做了好人好事以后,那他会一时间就是我们心目中的明星了。"④

---

① 杨玉梅.大山里的"小广播"[C].中国航空工业史编修办公室.中国航空工业老照片10.北京:航空工业出版社,2015:41-42.
② 东西.远去的岁月——一位三线建设工人子弟的回忆[J].晚晴,2015(2).
③ 罗尘.三线人[C].张立宪.读库1105.北京:新星出版社,2011:81.
④ 梁传迎.难忘的三线老厂的广播[EB/OL]. http://blog.sina.cn/dpool/blog/s/blog_aed9b20301015iyf.html.

可以说，地处深山的三线厂虽然是一个远离城市的工业飞地，但广播使这个"独立王国"可以接受国家命令，执行上级指示，感知政治生态，虽然与周边社会联系较少，但却在纵向上直接与省和中央部委相联系，同时在横向上加强厂区内部的信息流动。梁传迎称："它使得曾经寂静沉睡的关山深山区，变成了一个具有向心力和凝聚力的军工大营盘基地，每个工棚，每个人群汇集的地方，都能听见广播的声音，广播使得人们在精神上高度统一，上到党中央，下到厂部，各级领导部门的指示精神都通过广播传达到每个职工，也促使三线厂迅速走向正规，热火朝天的局面由此形成。"①

同时，三线地区地方政府也利用广播网络对农民进行三线建设的政治教育，动员和组织其报名，充任民工，参与建设。湖北省光化县（今老河口市）是鄂西北三线建设的重点地区，该县县委利用全县有线广播，组建三百多个宣传队、一千多个广播读报组、上万人的宣传人员，在乡村广泛深入地宣传"毛主席关于'要准备打仗'的指示；宣传毛主席关于三线建设的一系列重要指示和搞好三线建设的伟大战略意义；宣传国际国内阶级斗争形势；宣传珍宝岛地区军民英勇抗击苏修侵犯我国边境的英勇事迹；宣传全国各地广大军民'抓革命，促生产，促工作，促战备'所取得的巨大胜利"②。这种大面积利用广播网络的宣传也达到了非常好的动员效果，在该县"迅速掀起了一个争先恐后，报名要求参加三线建设，向毛主席敬献忠心"的热潮，其中赵岗公社 1 580 名强壮劳力投入三线建设的即高达 833 人，超过半数。广播网络的利用动员了更多的资源参与三线建设，加快了其建成进度。

小　　结

广播是现代社会的重要标志之一，通过声音传递信息，重构民众的听觉体验，进而将技术发展、国家权力、政治认同、基层资源整合在一起，建立一套全新

---

① 梁传迎.难忘的三线老厂的广播[EB/OL]. http://blog.sina.cn/dpool/blog/s/blog_aed9b20301015iyf.html.
② 高举毛泽东思想伟大红旗，动员和组织广大贫下中农为加速三线建设而战斗——光化县革委会负责同志在全国基本建设现场会议上的发言摘要：1970-1-22.甘肃省档案馆（219-002-0439-0003）.

的信息传播路径和价值理念塑造体系。近代中国广播事业是西方舶来的产物，自带殖民主义的色彩，在民国时期，从租界到城市的扩展使广播仅限于精英阶层，而新中国成立后，通过设置乡村的收音站和有线广播系统使其迅速扩展至全国。

三线建设时期是我国广播网络建构的关键阶段，通过广播备战的方式，中央和地方广播电台建立后方基地、广播器材生产企业迁移内地、三线企业建立并联通全国广播系统、三线地区农村广播网络形成，这些措施都加强了我国广播系统的韧性，新政权也得以在70年代建立起遍布全国的广播网络，为三线建设的顺利开展奠定了基础。

广播是现代国家塑造新国民的重要的途径。新中国成立后，通过中央和地方广播电台的建立，将国家大政方针和执政理念传递至基层，强化了民众对于社会主义制度的认同和国家施政策略的理解。三线建设时期，各大建设工地和各个三线企业都设立广播网，进行政治宣传和民众动员。

三线企业的广播由宣传部门负责组稿、审稿，由技术人员负责设备维护，挑选普通话标准的文化青年担任广播员，保证了三线广播的正常运行。在建设过程中，广播每天播音四至六个小时，播音内容包括宣讲政策、新闻动态、文化娱乐和生产竞赛等方面，广播的功能也体现在单位时间、指令行为、中心空间和规训教化四个层面。

可以说，广播是三线企业生产和职工生活的核心和依赖，区隔了工厂内外、形塑了政治认同、加强了内部团结、调剂了闲暇生活，凝聚了一批来自异乡的三线人在工厂围墙之内从事共和国工业和国防建设。直至科技高度发达的今日，广播仍在大型企事业单位的生产和职工日常生活中扮演着重要角色，因此，广播不仅是集体化特殊年代的记忆，而且将长期伴随着我国社会主义现代化建设事业的发展。

第六章

三线厂的文体公共空间

20世纪80年代中后期,三线建设进入调整回迁期以后,随着部分文件的解封,三线建设研究日益兴盛。从宏观层面对三线建设背景、进程和经验的总结与反思,到中观层面对三线建设区域史和专门史的研究,再到微观层面对三线建设多视角、多层面的个案研究,皆有不少成果涌现。然而,诚如历史地理学家谭其骧先生所言,历史如演戏,地理是舞台。三线建设的历史实践也必须由一定的空间所承载。

三线建设相关空间研究,学界早已有之。海外学者美国学者巴里·诺顿动态分析了尼克松访华前后,三线建设由内地转向沿海的分布趋势①。英国学者克里斯·布拉莫尔则从区位和空间分布的角度指出,地处山地、分散分布导致了三线建设协调困难②。此外,中国学者或从三线建设企事业单位的选址分布③,或从三线建筑遗存的空间特征④等多个研究角度,勾勒了三线企事业单位的宏观布局规律以及微观的建筑内部空间结构。而实际上,马克思主义地理学家大

---

① Barry Naughton. The Third Front: Defence Industrialization in the Chinese Interior[J]. The China Quarterly, 1988(9).

② Chris Bramall. In Praise of the Maoist Economic Planning Living Standards and Economic Development in Sichuan since 1931[M]. New York: Oxford University Press, 1993: 102-105.

③ 张勇,肖彦.三线建设企业选址的变迁与博弈研究——以四川三家工厂为例[J].贵州社会科学,2017(5).叶青,黄腾飞.福州小三线建设企业布局及其特点刍议[J].当代中国史研究,2019(1).王毅.三线建设中重庆地区的工业发展与空间布局[J].重庆交通大学学报,2020(4).

④ 谭刚毅.中国集体形制及其建成环境与空间意志探隐[J].新建筑,2018(5).邓可.单位空间演化的形态学研究——以三线企事业单位东方红机械厂为例[J].城市发展研究,2019(11).袁磊,万涛,徐利权.三线建设遗存建筑的类型与空间特征研究[J].华中建筑,2020(11).

卫·哈维从"历史—地理唯物主义"角度对空间定义,认为对空间的考量应该包括"人类活动如何创造了对特定空间概念的需求以及日常性的社会实践如何轻松消解了关于空间的性质及社会过程和空间形势之间的关系"[①]。同样道理,三线企事业单位可以视为一个个"企业办社会"模式下的个体,进而剖析个体内部空间中,不同功能区的构建及功能区与三线企事业单位发展之间的有机关联[②]。本章内容将对三线企事业单位公共空间建构的过程进行爬梳,并在此基础上厘清建设缘由及其历史意义,旨在为公共空间之于三线文化艺术的发展提供支撑性研究。

第一节 有限空间里开辟的公共空间

三线企事业单位从建设伊始即面临着空间困境。为满足生产及建设附属需求,三线企事业单位将有限的空间对应相关需求,按照一定的原则进行了有序的建设。

一、空间困境

根据三线建设工作的重点,可将整个建设过程划分为三个阶段:第一阶段为初创期,即建设初期;第二阶段为扩展期,即稳定生产期;第三阶段为调迁期,即调整回迁期。纵观三线建设始末,空间困境一直存在。

(一)建设初期

作为异地援建项目,三线企事业单位建设所需用地基本源于地方。在"山、散、洞"原则的指导下,一部分三线企事业单位开山凿洞,涉水架桥,选址建设在偏远山区,一定程度上实现了建设空间的自给自足。然而,还有相当一部分三线

[①] (英)安杰伊·齐埃利涅茨著;邢冬梅译.空间和社会理论[M].苏州:苏州大学出版社,2018:109.
[②] 邹富敏、徐有威的《公共空间对三线建设的非生产性贡献——以上海小三线礼堂为中心的研究》(《上海党史与党建》2020年第5期)曾以礼堂为例,对三线企事业单位的公共空间建设与三线建设效益之间的关联作过探讨,本章内容即以此文为基础。

企事业单位不得不向地方征地、置换以获取建设用地。但无论是哪一种情况,建设初期的三线企事业单位都不可避免地面临建设所需的空间困境。

三线建设本质上是战备需求下的国防、工业迁移建设运动,选址布局必然以国防安全为要。因此,中央对三线企事业单位的选址布局提出了"要大分散,小集中,靠山、近水、扎大营"和"靠山、分散、隐蔽"的原则。为了实现靠山、分散和隐蔽,不仅要求选址在"山势高、弯曲多、曲坡陡、沟岔多、山峦重叠、森林茂密的山沟",对厂房的修建也提出了"高山底下、小山岔里、山间死角处、阴暗面和群树丛中,尽可能把主要厂房、精密设备放在山洞里或劈山镶嵌进去"等具体要求。最终形成了三线企事业单位战线长且分散,被形容为"羊拉屎、牛拉屎"[①]的分布格局。这样的分布格局也进一步限制了三线厂后续生产与发展的空间。

"山、散、洞"的布局,一定程度上解决了三线建设对地方已开发区域的用地需求。即便如此,大多数情况下,三线企事业单位的选址建厂还是不可避免地要征用相当比例的田土。如四川大三线建设中,受丘陵地貌影响,遂宁三线建设"势必占用耕地",作为川中三线建设重点内容之一的能源建设,"钻探点的选择不容易避开良田沃土,而且,钻井点必须得通公路,才能保证重型机械的运输,必须占用耕地和水田"[②]。此外,三线建设在承担着国防工业建设使命的同时,还兼具保障农业生产的任务。毛泽东曾数次强调三线建设要"以农业为基础,以工业为主导"。不得已选址占地需向地方要地时,三线企事业单位也应尽量以农业生产和群众利益为要,尽可能地多占山、少占土。只有在迫不得已的情况下,才能征用地方土地。鉴于以上缘由,三线企事业单位在建设初期,可用地资源十分有限。

在备战和保护农业的双重任务下,三线建设初期主要以进山进洞加部分征用地方土地为主,可用建设空间有限,且时间紧、任务重,无法同时满足生产性用地和生活性用地的需求。依照中央所提出的"先生产、后生活"原则,这一阶段的三线企事业单位的有限空间主要分配给生产性建设。

(二)稳定生产期

三线建设初期主要将有限的空间资源优先用于厂房、仓库等生产空间建设。

---

① 陈夕主编.中国共产党与三线建设[M].北京:中共党史出版社,2014:541.
② 中共遂宁市委党史研究室.三线建设在四川·遂宁卷(内部资料),2017:15,131.

生产步入正轨后,三线建设进入补充项目规划建设时期,各类新旧的用地需求叠加涌现,三线建设对建设空间的需求进入第二阶段,也就是二次用地的扩展期。三线建设第二阶段用地需求的主要类型如下:

第一类,生产扩展型用地。随着三线企事业单位生产扩大,对生产空间的需求也随之增加。有些三线企事业单位在建设初期"一点都没有占用耕地,后来因为规模扩大了,就把农田征了"①,如上海小三线协作机械厂因生产的军工产品在中越自卫反击战中发挥了重要作用,"上级指示要扩大生产规模。于是就要增加机加工的力量",通过与协作机械厂所在的临安县仁里大队协商,征用"唯一的种粮食"的"六亩三分地"②;除"六亩三分地"的机加车间征地外,协作机械厂在生产扩展还需要进行"压铸车间,扩建502公房等及一些零星项目的征地"③。

第二类,生活配套设施用地。三线建设建设过程中,前往地方援建的三线建设者数量不断增加,建设初期因"生产优先"原则而失衡的居住空间供需失衡问题逐渐浮现。此外,三线建设队伍中新进的代训艺徒、分配学生等"到了结婚年龄,厂内住房越来越困难"④。还有不断增加的随迁家属及出生在三线的新一代,三线建设者因婚姻与家庭的原因对住房提出了新的需求。三线建设步入正轨后,居住空间的需求逐渐放大。住房问题成为三线建设第二阶段用地所亟须直面的问题。

第三类,计划外用地。在三线建设过程中,交通、住宅、教育、医疗等生产和非生产性用地都有一定数量的计划外用地存在。计划外用地主要是第二阶段进行补充建设的用地,大多数属于小规模的补充用地。如上海小三线贵池中学施工时,因运送施工材料需要,修建了一条临时道路。考虑到学校建成后的出入问题,这条临时道路被保留下来,所占土地按计划外用地进行补征,办理补征手续⑤。但也有根据三线企事业单位实际发展需要而产生的大规模用地。四川大三线三五三六厂于1970年与所在地方公社、生产队一起对建设用地划界时,发

---

① 徐有威,陈东林主编.小三线建设研究论丛(第一辑)[M].上海:上海大学出版社,2015:265.

② 徐有威,陈东林主编.小三线建设研究论丛(第三辑)[M].上海:上海大学出版社,2018:95.

③ 徐有威,陈东林主编.小三线建设研究论丛(第三辑)[M].上海:上海大学出版社,2018:188.

④ 徐有威,陈东林主编.小三线建设研究论丛(第一辑)[M].上海:上海大学出版社,2015:96.

⑤ 关于补征子弟中学土地的报告.上海市档案馆藏,档案号:B67-2-280-105.

现共计超征了 26.89 亩①。

三线建设进入生产扩展时期,生产性用地需求也随之增加。生产建设步入正轨,随迁家属日益增加,三线社会对配套设施等生活性用地的需求也在增加。生产、生活性用地以及计划外用地带来的二次用地需求,对原本已经经历过一次大规模征地的地方,尤其是山多地少的地方来说,确实是难上加难。三线建设的空间困境在这一阶段也尤为明显。

(三) 调整回迁期

时至20世纪70年代末,国内外形势已经完全发生了变化,原本以国防建设为中心,以军工生产为重点的三线建设体系已无法满足当时中国经济发展的需要,在国内外形势转变的背景下,中央秉持实事求是精神,及时调整,作出了以经济建设为中心的战略决策。同时,为更好地服务于国家新战略,也更好地帮助三线企事业单位重获"新生",中央提出了"三线调整改造,发挥作用"②的方针,作出了对三线企事业单位进行调整改造的决定。调整内容包括:布局上的调整、企业产品结构上的调整以及推动军工企业走向市场③。以上海小三线为例,上海市国防科工办提出的设想是,"采用'收、交、关、改、撤'五种方法区别处理全部上海小三线企事业单位"④,三线企事业单位都基本采取类似的处理方法,或"选择改制,发展民品生产,搞活经营"⑤,或关停、交付地方、撤迁回包建地等。

在前期建设中,三线企事业单位进山进洞,布局分散。进入调整回迁阶段,如果直接原地转型,不仅交通运输成本高,且远离市场所在。因此,三线企事业单位必然要再次考虑生产用地和选址的问题。如20世纪80年代中期,江苏小三线第九二五厂进行了调整改造,转而发展民品生产。因"地处山区,交通不

---

① 中共遂宁市委党史研究室.三线建设在四川·遂宁卷(内部资料),2017:161.
② 四川省三线建设调整改造规划办公室关于机械行业前江等三厂纳入三线调整计划的意见.乐山市档案馆藏,档案号:056-02-0146-011.转引自中共乐山市委党史研究室.《三线建设在四川·乐山卷(四)》(内部资料),2019:1310-1311.
③ 中共宜宾市委党史研究室.三线建设在四川·宜宾卷(内部资料),2017:25.
④ 中共四川省委党史研究室,四川省中共党史学会.三线建设纵横谈[M].成都:四川人民出版社,2015:195.
⑤ 关于改变小三线管理体制的通知.江苏省淮安市档案馆藏,档案号:H015-1984-001-0000-0061.

便",遂计划于"淮阴市郊利用该厂现有技术、设备转产为民用生产服务"①。调整转型发展对交通、市场等地理区位条件提出了新的要求,选择择址迁办或回迁归属地的三线企事业单位有必要进行新一轮的用地征收。

综上,空间困境贯穿三线建设之始终,如何将有限的空间与建设需求有序匹配,是三线企事业单位在建设过程中所需要长期面临的难题。

二、空间需求类型

三线企事业单位被统一调配到中西部广大后方地区发展,归属地提供建设人员和技术、资金等核心内容,但三线建设所需物理空间,基本由地方提供。从大类上看,三线企事业单位对物理空间的需求,主要集中于以下三种:

(一)生产区

生产是三线建设的第一要义。1964年5月,毛泽东在中央工作会议上指出:"搞三线要搞快些。建设要快,但不要潦草。……现在到解决问题的时候了。抢时间,抢在战争爆发之前。搞社会主义革命,压缩一线,还要搬家,三者同时搞,不能互相影响。"②强调了三线建设的紧迫性。事实上,中央对三线建设筹建工作时间紧、任务重的情况有着清晰的认识。为了进一步明确生产及其他相关建设工作的顺序,中央曾明确提出:"第一要快,第二要把生产、生活的关系摆正,重点放在生产,生活要艰苦。"③李富春、薄一波在关于建设攀枝花钢铁基地的报告中也指出:"一切非生产性建设,必须因陋就简。"④总体指向"先生产,后生活",鼓励将有限的人财物力集中用于解决生产性空间的建设上。毋庸置疑,关于生产空间需求的优先级,是远高于其他三线建设空间需求的。

(二)生活区

早在三线建设之初,按照"先生产、后生活"的指示,三线建设者对生活空间的

---

① 关于同意925厂军转民转产模具技改项目的批复.江苏省淮安市档案馆藏,档案号:H105-1985-001-0000-0615.
② 中共攀枝花市委党史研究室.三线建设在四川·攀枝花卷(内部资料),2017:219.
③ 陈夕主编.中国共产党与三线建设[M].北京:中共党史出版社,2014:552.
④ 中共攀枝花市委党史研究室.三线建设在四川·攀枝花卷(内部资料),2017:247.

需求多被暂时压后。最明显的是,第一批三线建设者刚到地方时,条件稍微好一点的,"由于人太多了,开始时没有地方住,都住在老乡家。或者是借用当地的小水泥厂的宿舍给大家住,好多民工就住在简陋搭建的工棚中"①或者有"各单位、各县、区、乡也尽力腾出住房给建设单位使用"②,在借住的同时,抓紧"抢建住宅"③。条件差一些的,甚至借住在祠堂,"还有好几具杉木寿材放着,就被我们的职工当了木板床。尽管祠堂屋顶瓦片缺损,漏光漏风,但至少有个安身之处"④,得片瓦遮身,至少遮风挡雨等基本居住需求解决。而大多数三线建设者的居住状况则是睡在牛棚、猪棚、芦棚,"雨天屋漏,衣被全湿;夏天闷热,蚊虫叮咬,难以入睡;冬天外面下大雪,屋内飘小雪,毛巾冻得'梆梆硬'"⑤。在基本的生产空间得到满足后,对生活空间的需求及生活空间无法得到满足之间的矛盾,很大程度上影响到三线建设的顺利推进。生活空间也因此成为继生产空间之后的第二大空间需求类型。

(三) 公共区域

生产区和生活区的空间需求不断得到满足的同时,厂区和居住区独存的弊端也就显露出来。首先是最基本的公共需求无法得到满足。三线建设之初,最困难的时候,也是最普遍的情况,往往"职工吃饭,就是在农宅的灶台上搭一个大锅子,围着灶台吃饭。后来人多了,二三百人分批围着灶台吃"⑥。广大建设者日常公共用地需求都无法全面满足,更遑论其他地方援助基础建设的人员,如上海小三线在安徽贵池建设时,参与基建的民工都是"自己搭锅搭工棚解决吃住问题"⑦。

其次,建设日久,基本的食宿需求得到满足后,为进一步满足公共事务在厂区外的延伸,以及丰富三线建设者们的生活,会议和文娱对公共空间的需求也应运而生。国营九四八九厂起初没有会堂,只有一个 200 平方米供职工吃饭用的餐厅。当时青年人较多,为了活跃职工文化生活,工厂从节约出发,在餐厅北间

---

① 徐有威,陈东林主编.小三线建设研究论丛(第二辑)[M].上海:上海大学出版社,2016:299.
② 凉山州史志办公室编.三线建设在四川·梁山卷(内部资料),2019:9.
③ 陈夕主编.中国共产党与三线建设[M].北京:中共党史出版社,2014:542.
④ 徐有威,陈东林主编.小三线建设研究论丛(第三辑)[M].上海:上海大学出版社,2018:70.
⑤ 徐有威主编.口述上海:小三线建设[M].上海:上海教育出版社,2015:94.
⑥ 徐有威主编.口述上海:小三线建设[M].上海:上海教育出版社,2015:94.
⑦ 徐有威主编.口述上海:小三线建设[M].上海:上海教育出版社,2015:193.

加了个舞台,这样餐厅就变成吃饭、开会、搞文娱活动的"三用堂"①。1969 年建厂的四川长城机械厂(简称长城厂),在建设初期公共区域几乎一片空白,后来也通过改造工厂食堂前厅,实现了职工会议场所的自由。至于文娱方面的电影等内容,只能安排在露天场所。即便如此,也吸引了广大职工及家属们"撑着雨伞看演出看影剧"②。足以见得三线建设者们对公共区域的需求之盛。此外,异地援建的三线建设者们,还有诸多生活习俗和福利带来的其他公共空间需求,如"浴室、小卖部、菜场、医务室、小学校、托儿所"③等等。

总之,三线企事业单位按照生产、生活及配套等三大类,对紧张的空间提出了建设需求。受"先生产、后生活"等原则的指导,以及空间困境、建设资金和人力限制等因素影响,三线企事业单位在划拨建设时,基本遵照了生产区、生活区、公共区建设的顺序。

三、夹缝中建设的公共空间

随着建设条件的日益优化,在空间长期有限的情况下,三线企事业单位仍然普遍采取了三区并存的建设模式。无论是集约化发展的三线厂,还是散点式分布的三线厂,几乎都见缝插针地实现了公共区域的建设。以下将以上海小三线电子器材三厂为例,管窥三线企事业单位对公共区域的建设情况。

(一)上海电子器材三厂

上海电子器材三厂(原名东风机器厂,代号国营八三〇一厂),是上海市仪表电讯工业局下属上海无线电三厂于 1969 年在安徽旌德包建的小三线企事业单位,主要从事相关军工产品的制造与调试工作。建设之初,电子器材三厂即秉持着"边施工、边设计、边投产"的原则,基础设施建设与生产双轨并行,用不到两年的时间完成了大规模的基建任务,后期空间建设主要属于小范围的扩建、小修小补等内容。该厂的空间建设过程,基本可以代表各大小三线企事业单位建设的普遍类型,具有一定代表性。同时,该厂编写的厂史,不仅内容详细,且整个区域

---

① 国营九四八九厂厂志编写组.国营九四八九厂厂志(1970—1984)(内部资料),1988:71.
② 长城厂简史(内部资料),1991:74.
③ 上海火炬电器厂.为我厂青年寻找对象[N].青年报,1982-9-10.

平面规划图(图 6-1)存留极其完整,故此选取该厂作为典例。

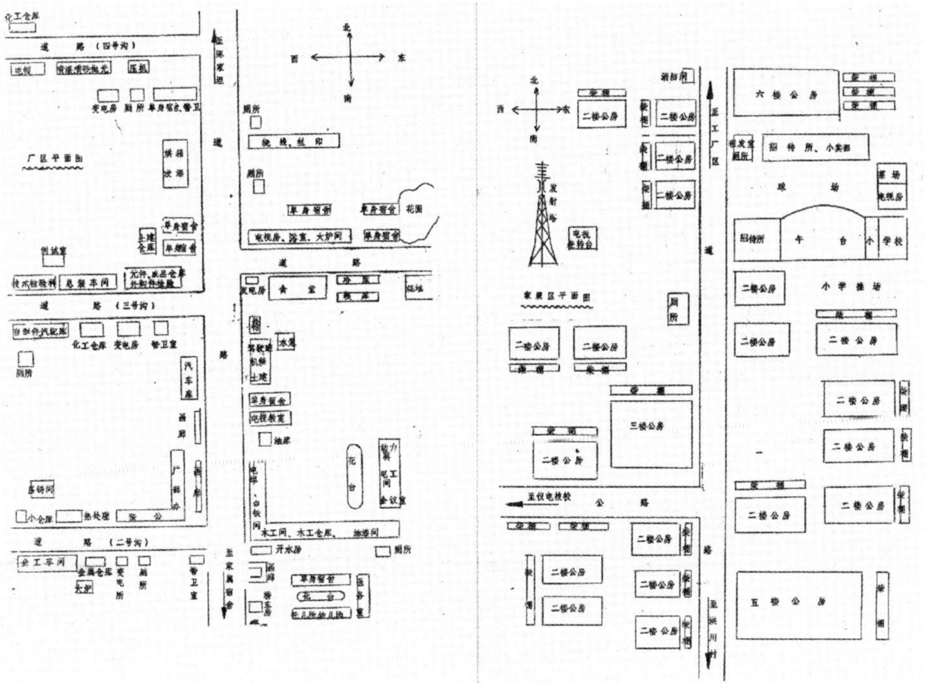

图 6-1　上海电子器材三厂平面图

资料来源:《上海电子器材三厂简史(续)》(内部资料),1984。

(二) 布局特点

从上海小三线电子器材三厂的布局形态来看,整个三线厂建设呈现出以下两大特点:

第一,生产区与生活区分离。工厂区与家属宿舍区既具有相对独立性,又有一定的联系。两区大体呈现南北向分离式分布,厂区在北,家属宿舍区在南,两区之间依靠一条宽阔、畅通的内部道路相连接,通行便利。但仔细看可以发现,厂区平面图左右两侧,均有一定数量的单身宿舍分布,以左侧尤多。其间还夹杂着食堂、冷库、电视教室、托儿所和幼儿园及医务室等多种公共区域,但大体上不影响生产区和生活区相对完整的布局。可见上海小三线电子器材三厂在规划阶段,意图实现生产区与生活区的分离,但实际由于建设用地的阶段性限制以及用地需求的阶段性变化,厂房采取了见缝插针式的发展建设策略。

第二,空间建设的优先级。从电子器材三厂的平面图可以看到,该厂建设的优先级基本遵照了生产区优于生活区、生活区优于公共区的原则。这一点可以从功能区的分布形态判断得出。如上文所述,生产区与生活区都是相对完整的区域,但单身宿舍区和公共区域则主要呈散点状、见缝插针式地分布于生产区和生活区内。按照三线建设的进程,建设初期,随迁家属及新成家的建设者人数有限[①],故电子器材三厂有限安排单身宿舍建设。随着可用地资源的不断扩展,生产走上正轨,更多资源可用于建设其他空间时,家属宿舍等生活区也得到了进一步的满足。此外,生存空间之外的公共活动及配套设施的空间也得到了扩展。足以见得,三线企事业单位基本按照优先满足生产空间,其次插花式安排生活空间,其间部分同步建设公共空间的优先级进行空间与需求的对接、建设。

(三)多样化的公共空间

三线企事业单位在条件允许的情况下,公共空间的类型也会逐步优化。从电子器材三厂的平面图看出,该厂的公共空间包括开水房、浴室、食堂、冷库、粮库等满足职工及家属生活的公共空间。同时,也有托儿所和幼儿园、学校、招待所、小卖部、菜场、理发室等生活配套设施空间,以及画廊、电视房等娱乐休闲的公共空间。可见实体的公共空间建设并非以满足基本的生存、生活需要为唯一标准。在条件允许的情况下,三线企事业单位的公共空间建设可以从基本的物质满足层面向精神满足层面拔高。

在建设条件,尤其是空间资源有限的情况下,优先建造生产空间,其次考虑生活空间,其间有意识地穿插公共空间。在基本物质层面的公共空间建设得到满足后,进而转向更高层次,如满足精神文化需求层面的公共建设,这种建设进程,普遍存在于电子器材三厂为代表的广大三线企事业单位中。

第二节 成为刚需的三线企事业单位公共空间

从上海小三线电子器材三厂的案例中不难看出,公共空间几乎是三线企事

---

① 邹富敏.小三线家属群体研究——以上海小三线为例[J].三峡论坛,2020(3).

业单位进行空间规划建设时的标准配置之一,哪怕受各种主客观因素的影响,公共空间的建设优先级远在生产空间和生活空间之后。为什么在面临空间困境时,三线企事业单位普遍认为建设公共空间仍然具备相当的必要性?

一、稳定生产情绪的必然

三线建设的首要任务是保生产,但异地援建所带来的诸多不利因素都对三线建设者的生产情绪带来了负面影响。

(一)建设环境艰苦

为了保障国防和军事安全,三线企事业单位普遍依照"山、散、洞"的原则进行选址建设,所处地区条件极为艰苦。据当年参与勘察选址的人回忆,前去勘察时,"没有路,车子也开不进,都是靠双脚走路,我们爬了一座又一座的高山。即使有路,也是把泥土耙下来夯实后筑成的土路,……(车子)在高山的半山腰七盘八转的,对面车子过来经常是看不到的,尤其是转弯的时候,瞬间就已经在眼前了,因此,经常发生交通事故"[①]。更有甚者,还有类似于无人区的荒野之地——"一片未开垦的湖滩,芦苇杂草看不到边……河里插着木牌,是画着骷髅头的有关防治血吸虫的警戒标志"[②]。荒芜凄凉的山林沼泽,对原本生活、工作在一、二线地区的三线建设者们而言,长期身处其中进行单调乏味的建设工作,其挑战相当大。

(二)家庭牵挂羁绊

三线建设之初,有夫妻双方一起奔赴援建地,将孩子交给老人带的情况;也有因建设条件、保密以及随迁家属无法申报户口等诸多因素限制,出现夫妻中的一方前往援建地支援三线建设的情况。无论是哪一种,都可能或多或少对三线建设者们及其家庭带来一些不利影响。如上海小三线建设中,"夫妻长期分居造成悲剧的很多的。我们工厂好多悲剧的,一个离婚的,一个小孩缺爱的父亲不在家,没人管的,学坏的,犯罪的。还有我们区的,像我这种情况,两个孩子都带到

---

① 徐有威主编.口述上海:小三线建设[M].上海:上海教育出版社,2015:66.
② 阮仪三.小三线勘察工作背后的离奇内幕[J].世纪,2016(5).

安徽去的，读初中问题马马虎虎，自己还能解决，高中问题怎么办，没办法读的，我两个孩子高中没办法读的。后来回上海没办法了，过读书年龄了"①。为了满足职工及家属的实际需要，三线企事业单位归属地还向援建地派出了医务卫生、商业供销队伍等诸多后勤保障服务队伍，"去山区和后方基地建设职工医院、矿山医院和供销商店"②，他们同样面临家庭的羁绊。有一些医院系统的老护士，因长期与家人分居两地，"照顾不到家里人，但是回不去"③而经常泪满衣裳。因思乡念家带来的频繁往返，势必影响到三线建设进程本身。

（三）不良风气蛊惑

早期，在"备战、备荒、为人民""好人好马上三线"的政治动员和感召下，大量热血青年响应党和国家的号召，奔赴三线建设前方。同时也有少部分人，在动摇间被人用"我们这里天天红烧肉，每个房间都有日光灯，娱乐活动非常丰富，隔三岔五看电影，每个礼拜起码放两到三场"④之类夸大其词的谎言"骗"到援建地，结果却发现与自己心中的预期落差极大，导致建设者们生产情绪的波动。

此后，又有因知青返城而误导的"回城风"，大量引发大、小三线建设者们的思想波动而"都要回去"⑤。如 1979 年胜利水泥厂受"回城风"影响，"青年中一度引起思想波动，生产面临严峻考验"⑥。同时，一些思想已经产生动摇的三线建设者们"夸大内地武斗的真实情况，到处宣传在内地人身安全得不到保障，在上海不少职工和家属中，思想上引起了一些不安，有的要求自己的亲人返回上海"⑦。这些不良风气所引发的思想和情绪的波动，对三线企事业单位的建设进程造成了不利影响。为此，以上海市革委会工业组为代表的归属地专门出台相

---

① 吴静.采访苏开权(上海小三线前进机械厂原党委书记),2010 - 7 - 23,上海影城真锅咖啡.
② 《上海工运志》编纂委员会.上海工运志[M].上海：上海社会科学院出版社,1997：458.
③ 吴静,陆昊玄.采访卜晓明(上海小三线后方瑞金医院原医生),2010 - 4 - 30,卜晓明家.
④ 吴静,徐有威.采访胡展奋(上海小三线胜利水泥厂原职工),2010 - 11 - 13,上海市田林路 2 号圆缘园茶室.
⑤ 徐有威,吴静,李婷.采访史志定(上海小三线八五钢厂原团委书记),2011 - 2 - 24,史志定家.
⑥ 来自皖南山区的捷报 胜利水泥厂安定团结产量上升[N].解放日报,1979 - 7 - 17.
⑦ 关于分发《关于当前支内工作情况和今后工作的初步意见》的通知.1967 - 9 - 14,上海市档案馆藏,档号：B134 - 3 - 39 - 21.

应政策,要求"任何单位都不得安排工作,不得垫发、代发工资和生活费用"①,综合运用经济、政治等手段进行管制,足见不良风气对三线建设所带来的负面影响之大。

在这些情况下,建设可以提供娱乐休闲的公共空间,是舒缓紧张情绪、释放心理压力、稳定三线建设者们生产情绪的必然选择。

二、保障生活福利的必然

为保障三线建设者们的基本生活需要,三线企事业单位及归属地几乎是不计成本的。三线企事业单位普遍采取"单位办社会"模式,基本包揽了职工从出生到死亡的一切社会事宜,这也被视为单位制时代的职工福利。

三线企事业单位的物资、福利供给,理论上由归属地支持,但在归属地实在力有不逮的情况下,会与援建地协调,或集中采购,或由国家统一调配。而一旦出现三线企事业单位集中于某地的情况,如上海小三线相对集中在皖南和浙西的部分区域,以其中较小的安徽旌德县为例,上海小三线"一下去了十几个厂,当地压力就大了,县里没有办法供应"②。有一些三线建设者们和家属在山上发现了竹笋,但挖笋的行为又侵占了地方群众的利益。出于减少三线企事业单位在地方建设阻力的考量,上海小三线前进机械厂革委会为代表的三线建设方曾专文通知,明确禁止职工及家属上山采笋③。还有一些情况下,由于生活习惯和食用偏好的差异,三线建设者们在地方采购食材,"结果什么都涨价了,影响了当地的物价"④。最终,上海方面采取了加派班车和三线建设者们自己耕作"五七田"等方式,综合解决三线建设者们吃饭问题。据时人回忆,"菜、肉都是用汽油跑出来的,到处跑、买,这些职工要吃啊"⑤。但三

---

① 关于分发《关于当前支内工作情况和今后工作的初步意见》的通知.1967-9-14,上海市档案馆藏,档号:B134-3-39-21.
② 徐有威主编.口述海上:小三线建设[M].上海:上海教育出版社,2015:112.
③ 关于禁止职工上山采笋的通知.1975-5-7,前进机械厂档案,上海锅炉厂有限公司档案室藏.
④ 徐有威主编.口述上海:小三线建设[M].上海:上海教育出版社,2015:69.
⑤ 徐有威,吴静,李婷.采访戴立清(上海小三线后方基地原党委副书记),2011-6-30,戴立清家中.

线企事业单位普遍位于偏远山区,有时大雪封山,只能吃咸菜。有时"吃的鱼,因为天气热,从上海运过去都臭掉了"①。为此,一些有条件的三线企事业单位还相继建起了冷库。

为充分解决三线建设者的后顾之忧,三线企事业单位主动承担了社会配套服务功能。"作为配套,为解决职工家属就医、子女读书、入托等,相继创办了职工子弟学校、幼儿园、医院"②。为了解决职工子弟教育问题,稳定职工生产情绪,上海小三线后方基地局在1974年"拟筹建中学八所。……建筑面积19 500平方米"③。辽宁小三线新华机械厂的子弟学校,几年间"随着教育事业的不断发展,入学的学生不断增加,由原来六个班级猛增至三十四个班。据此业经省工办、辽军工字培92号文件批准新建校舍一项。为此需征用原学校附近的土地4 500平方米,合4.5亩。"④

如此内容丰富的福利保障,无论是提供食品、副食品的冷库、菜场、小卖部,还是属于配套设施的幼托、小中学校,无不对生产和生活之外的公共空间提出了迫切需求。

三、满足精神需求的必然

三线企事业单位选址多隐匿在深山老林地区,每日出门看山,回来还看山,生活极其单调乏味。据三线建设者回忆,当时的生活枯燥到"吃睡都在寝室里面,上班空闲的时候又溜回寝室。打架什么的,很容易出事的"⑤。时间稍微紧凑一些的,还有大量的政治学习和日常工作会议,但这些内容,尤其是会议"都是放在8个小时工作时间以后"⑥。新加入的代训艺徒,也因重复的训练和不确定的未来而焦虑,直言"不知道未来自己的命运是什么,也不知该到哪里去。当时

---

① 徐有威,吴静,李婷.采访许汝忠(上海小三线八五钢厂原副厂长),2011 - 6 - 29,明道大楼.
② 徐有威,陈东林.小三线建设研究论丛(第一辑)[M].上海:上海大学出版社,2015:147.
③ 关于后方基地筹建中学的请示报告.上海市档案馆藏,档案号:B67 - 2 - 279。
④ 关于基本建设占用土地、占田还地的呈请报告.辽宁省辽阳市档案馆藏,档案号:005 - 4 - 55.
⑤ 徐有威主编.口述上海:小三线建设[M].上海:上海教育出版社,2015:384.
⑥ 吴静.采访须敬先(上海小三线工农厂原副厂长),2010 - 8 - 5,闵行区金平路宾馆.

的年轻人精神方面的营养是比较缺乏的"①。

至于其他精神需求上的满足,"看电视根本就没有,要自己造电视塔,造好之后也只有两个台,而且还看不清楚"②。同时,由于建设初期,重心集中于生产,各三线企事业单位的党团、社团等组织尚未建立起来,有组织性的"青年娱乐活动基本没有,其他中年职工的业余生活也十分单调、枯燥,平时仅限于个人兴趣爱好,自我安排打牌、下棋,更没有活动的篮球场等"③。但三线建设者们已经意识到了公共娱乐项目对空间的需求,他们选择自给自足,在一些三线企事业单位内部,"团员、青年自己开山挖土、运土、填平沟并充分利用旧料安装了灯光,建了一个'五四'灯光篮球、排球场,极大丰富了团员青年的业余生活"④。

此外,还有三线建设方集体安排的电影放映活动。没有成熟的建成空间,找个空旷的地方就可以放露天电影。但露天电影也自有其弊端——受天气影响极大,雨雪大风天气都会影响放映。放电影时,周边村社的群众也会慕名而来,白天不用上班的村民提前候场,挤占了原本独属于三线建设者们的福利,甚至"有时没有处理好,厂里的职工和青年农民还会发生矛盾。有一次矛盾比较大的是在绩溪的万里锻压厂,厂里的职工和农民打起来了,上海的小青年准备把农民的自留地的庄稼铲掉,把房子给毁掉。当地的农民也是小青年,把工厂的路全部封起来,马路上堆满石块。不允许工人出去,车子也不许出去,也不允许进来"⑤。无论是室内还是室外,可以满足三线建设者们精神需求的公共空间建设已经成为必需。

出于稳定三线生产、保障三线建设者应有的生活福利以及满足三线建设者及家属群体的精神需求的考量,能为三线企事业单位提供休闲娱乐、进行福利储藏、分发物理空间以及满足更进一步精神需求的公共空间建设,势在必行。

---

① 吴静,徐有威.采访胡展奋(上海小三线胜利水泥厂原职工),2010-11-13,圆缘园茶室.
② 吴静,李婷.采访汪志荣、宣辅良(分别为上海小三线后方前进厂原党委书记、五洲厂原党委书记),2010-11-28,汪志荣家.
③ 徐有威主编.口述上海:小三线建设[M].上海:上海教育出版社,2015:165.
④ 徐有威主编.口述上海:小三线建设[M].上海:上海教育出版社,2015:165.
⑤ 徐有威主编.口述上海:小三线建设[M].上海:上海教育出版社,2015:116.

第三节　三线企事业单位公共空间的建设

三线建设过程中,不断发展扩大可用空间,为生产和生活之外的公共空间建设提供了可能。

一、可用空间的开源

三线企事业单位对可用空间的发展,与空间困境相对应,可以大致划分为三个阶段:

（一）建设初期

三线建设初期,面临着时间紧、任务重的境况。为了不耽误三线建设进度,在实际工作中,三线建设征地工作被上升到政治高度,辅之以广泛性的经济利益,因而得以顺利推进。

正面的政治动员对三线征地工作的顺利推进起到了重要作用。毛泽东在1964年中央工作会议上表达了自己对于加快三线建设的决心和焦虑,"钱不够,把我的工资拿去。……三线建设不起来,我睡不着觉"[①]。在中央领导人的带动下,三线建设征地工作被上升到政治高度,成为一件支援革命建设的光荣行为。为了让毛主席"睡好觉",地方在支援三线建设中,强调要"突出政治,进一步加强思想动员工作。……使支持工作成为全县人民自觉的行动"[②]。国防安全建设面前,从中央到地方再到基层群众基本做到了上下一心。

经济补偿等措施也在征地工作中发挥了积极作用。三线建设征地工作的顺利开展,毫无疑问要处理好国家、集体、个人三方关系。如在四川大三线建设中,乐山王关电站总结了征地工作方法,认为"坚持了统筹兼顾,贯彻了国家、集体、个人三结合的原则。征用土地时既能满足电站建设需要,又要照顾农业发展和社队社员利益。……受到了社员、干部的良好反应,密切了工农联盟的关系。促

---

① 中共攀枝花市委党史研究室.三线建设在四川·攀枝花卷(内部资料),2017:219.
② 凉山州史志办公室.三线建设在四川·梁山卷(内部资料),2019:97.

进了征地工作顺利进展"①。一定的经济补偿对征地工作的顺利推进不可或缺。

建设初期的征地属于三线建设在地方的首次征地。广泛性的政治动员将支援三线建设上升为光荣的革命性行为,将配合征地工作转化为地方和基层群众的行动自觉。建设过程中大量的用工需求,为地方带来了一定的经济收益。正面的政治动员和侧面的经济补偿相辅相成,在一定程度上降低了三线建设第一阶段征地的阻力,保障了征地工作的顺利进行。

(二) 稳定生产期

三线建设进入稳定生产期,生产规模扩大,生产性用地需求也随之增加。同时,随着生产建设步入正轨,随迁家属日益增加,三线社会对配套设施、"五七"农场等生活性用地的需求也在增加。生产、生活性用地以及额外用地需求带来的二次征地需求,在原本已经经历过一次大规模征地的地方,尤其是山多地少的地方来说,确实是难上加难。

征地需求在不断增加,而随着第一阶段大规模基础性建设工程的完成,基建用工需求降低。原本靠土地生存、继而靠民工收入维生的失地农民生活水平必然受到影响。整体而言,三线建设第二阶段的征地呈现出少量多次的分批次、按需征用、征地数量增速放缓的特点。用地需求多样,既包括生产扩展用地,也包括各类生活配套设施建设的用地以及一些计划范围之外的额外用地。为避免出现二次征地对地方社会生产和生活造成雪上加霜的后果,三线企事业单位采取了重复利用、经济补偿等多种方式,以及积极还田等举措,一定程度上保障了地方农业生产和群众利益,降低了征地的阻力,使得第二阶段征地工作顺利开展。

(三) 调整回迁期

调整回迁期进行三次征地时,政策不断完善,征地管理有了明确分工,安置方案更加清晰,大大提高了征地效率,降低了征地矛盾产生的可能。与前面两个阶段的征地工作相比,第三阶段的征地工作相对更为顺畅。

总而言之,第一阶段的征地模式是特殊年代、政治感召下的产物,也是整个

---

① 王关电站筹备处关于征用土地工作情况的报告.乐山市档案馆藏,档案号:009-03-0802-007.转引自中共乐山市委党史研究室:《三线建设在四川·乐山卷(四)》(内部资料),2019:823。

三线建设进程中首次、大规模拓展可用空间的一次重要尝试。为后续第二、第三阶段开拓可用空间提供了有效的实践经验。第二阶段的征地,采取了征、租并行的多种灵活用地模式,顺利达成在地方可供空间极其有限的情况下获取可用空间的目的。到第三阶段,前面的征地活动已经为相关政策的出台提供了具体实践,政策得到完善,对三线建设的调整回迁征地用地助力良多。三线建设企事业单位在这三个阶段中不断对可用空间进行开源,为公共空间的建设提供了前提。

二、公共空间的建设与优化

三线建设企事业单位对公共空间的需求贯穿三线建设始终,但公共空间的实际建设却经历了一个从无到有、从有到多、从单一到多样化的过程。

(一) 从 0 到 1 的公共空间

如上文所述,三线建设是以战备为目的的大型国防军工建设运动,为了赶在随时可能爆发的战争之前建成稳定的后方军事工业基地,党和国家提出了"先生产,后生活"的原则,并被各大、小三线企事业单位所广泛遵循。在这种情况之下,整个三线建设的头等任务即满足生产所需,一切基础建设皆以生产空间为要。

于是,早期的三线建设者中间,普遍出现了生活空间紧缺甚至没有的情况。条件比较差的,甚至直接借住到牲口棚里,铺一层稻草就睡[①]。条件稍微好一点的,尚且可以借到地方多余的杂物房、祠堂和闲置的厂房等[②],总算有片瓦遮身,聊胜于无。在生活空间尚且如此紧张的建设初期,优先级排在末位的公共空间的需求自然而然地被淹没在忙碌的三线建设进程中。

所幸,在三线建设生产和生活空间初步成型的时候,一些易于实现且需求较大的公共设施建设也被提上了日程,如会议室和简单的电影放映场所等。以四川小三线长城机械厂为例,该厂通过简单的"挪用",将食堂前厅临时用作职工会议场所。此外,寻找空旷地带,为每周一场露天电影的放映提供了空间[③],真正

[①] 徐有威主编.口述上海:小三线建设[M].上海:上海教育出版社,2015:94.
[②] 徐有威,陈东林主编.小三线建设研究论丛(第三辑)[M].上海:上海大学出版社,2018:70.
[③] 长城机械厂简史(未刊稿),1991:74.

实现了三线企事业单位公共空间建设从 0 到 1 的转变。

无论是生产领域的职工会议,还是生活方面的职工娱乐活动,都有一定的公共空间需求,但此类公共空间需求,并非厂区和生活区可以满足的。于是,经过简单改造、挪用的公共区域应运而生。

(二) 从 1 到 n 的公共空间

进入三线建设的第二阶段——稳定生产期时,虽然三线企事业单位仍然要面对空间所有量与需求量之间存在巨大差额的空间困境,且生产扩张和生活区扩建等都或多或少地提出了新的空间需求,但三线建设者们及随迁家属对于公共空间的需求也在逐步增加,尤其是基本的生产和生活需求在空间方面得到满足之后,公共空间的需求在三类空间建设的需求中显得尤为突出。因此,公共空间的建设在这一阶段也顺利进入扩张期。

有建设条件较好的三线企事业单位,如上文所举江苏小三线原淮滨机械厂的"三用堂",原本通过改造实现了该厂公共空间从 0 到 1 的转变。但随着三线建设进程的推进,职工及家属不算增加,曾经"宽阔"的三用堂在此时显得狭窄又低矮,其适用性和安全性都极大降低。为此,江苏省军工局在 1979 年"批准建造了 600 平方米的礼堂,就是现在的电影院,设有 1 000 多个座位,有舞台、化妆室、电影放映室等,既能放电影,也能演戏用,于 1980 年建成使用,将原来的'三用堂'改成了钢材库。起初,新建的礼堂也只限于本厂开会、搞文娱活动等内部使用"①。此外,该厂还腾出三间库房用于建设职工之家,里面"开办了职工俱乐部,设有图书阅览室、电视室、活动室"②,一次性将满足三线建设者及家属娱乐休闲和精神需求的公共空间完美打造出来。

因此,三线企事业单位建设公共空间,基本上都需要经历一个从无到有、从有到优的过程。在第二个建设阶段里,三线企事业单位的公共空间或被重建,或被装修,最终以一个喜人的成果呈现。上海小三线八五钢厂的礼堂,也同样经历了一个由俭入奢的过程——建设条件优化后,该厂"投资 10 万元,对厂部大礼堂进行改造,并添加冷风暖气设备"③,礼堂内部环境得到进一步完善。

---

① 国营九四八九厂厂志编写组.国营九四八九厂厂志(1970—1984)(内部资料),1988:71-72.
② 国营九四八九厂厂志编写组.国营九四八九厂厂志(1970—1984)(内部资料),1988:92.
③ 近三年来我厂职工生活改善账.八五通讯,1982(103).

(三) 从单一到多样的公共空间

三线企事业单位的职工及家属,因性别、受教育程度等多种差异,对公共空间提出了不同的需求。以职工为例,即有原厂技术工人、代训艺徒以及征地工等,喜好之参差,非单一模式的公共空间可以满足。据考证,"绝大多数内迁工人选择与艺术和文化活动相关的活动,比如练习书法、演奏乐器、读书、写诗、篆刻、桥牌、围棋。返城知青群体的工人则优先选择棋类游戏,如中国象棋、扑克是他们最喜欢的活动。而一些农村复退军人群体的工人却必须在厂里下班后回到家里农田干活,其他的则更有可能参加返城知青群体工人的棋类游戏。运动和体育锻炼虽然是三个群体工人具有共同兴趣的活动,但是参与者通常是在同一群体中结伴活动"①。室内活动和室外活动,分别对三线企事业单位的公共空间场馆、场地建设提出多样化的需求。

当然,随着三线建设者及家属群体对公共空间需求的不断细化,三线企事业单位在建设公共空间时的规划也不断向精准匹配的方向发展。如江西小三线原江西钢厂曾规划建设一个图书馆,"一九七四年六月筹建,藏书室、阅览室放在大礼堂内。十月正式对外开放。室内灯光球场建成后,图书馆由大礼堂搬到室内灯光球场"②。也就是说,一个大礼堂,在兼具了灯光球场功能的同时,还兼具了图书馆的功能。在该厂公共空间的建设过程中,通过多样化分时段、分应用场景的建设,将有限的空间利用到了极致。

三线企事业单位对公共空间的建设需求一直在丰富,但实际建设进程却受可用空间总量有限以及建设条件等因素限制,经历了一个从 0 到 1,再从 1 到 n 的曲折发展过程,同时还创造性地建设灵活形态的公共空间,实现了公共空间从单一到多样化的发展转变。

三、公共空间的建设原则

纵观三线企事业单位对公共空间的建设过程,大致可以得出以下三个建设

---

① 徐有威,陈东林主编.小三线建设研究论丛(第四辑)[M].上海:上海大学出版社,2018:418-419.
② 《江西钢厂志》编写委员会.江钢志(1965—1983)(未刊稿),1985:366.

原则：

(一) 需求导向性

三线企事业单位打造公共空间场所时，并非全然无意识、随大流建设，而是根据实际需求有意识、有计划、有步骤地建设。需求较为集中的是满足基本会议需求的礼堂，基本生活需要的食堂、冷库、小卖部、菜场，基本的配套设施建设，如浴室、托儿所、幼儿园等。从初期改造食堂用作会议场所，到冷库、礼堂、托儿所、幼儿园、浴室、电视室以及日用品和副食品专供的小卖部等，无一不是根据三线建设者们需求所建设起来的公共空间。当然，众多公共空间的需求不可能一蹴而就地满足，必然有一定的建设顺序。

(二) 空间约束性

除却三线建设初期的要义是集中一切力量发展生产，此后对于三线企事业单位构建公共空间最大的约束因素当属可用空间。从上文相关论述不难看出，空间困境贯穿整个三线建设始终，无论是生产空间、生活空间还是公共空间的建设，都不可避免因可用空间资源紧张而不得不调整、压缩建设规模。但当三线建设者及家属群体对公共空间的需求达到一定量的积累之后，尤其是建设条件不断得到优化的时候，三线企事业单位就开始按照刚需排定建设顺序，逐步实现了公共空间从无到有、从有到优、从单一到多样化的建设。

(三) 空间成长性

三线企事业单位打造公共空间的过程，是极具创造性的过程。许多公共空间的建构都蕴含着发展的趋势，并预留了成长的空间。无论是多元化提高利用率，还是先初步建设，到后期再装修乃至扩建，都是在可用空间极其紧张的状况下，三线企事业单位尽可能满足多样化公共空间需求的盛举。

第四节　三线企事业单位公共空间的功用

随着三线建设者及家属对公共空间需求的多样化，实际建设出来的公共空间数量、承载量也在逐步增加。更重要的是，随着三线企事业单位建设条件的不断成熟,集约化、多功能的公共空间日益成为三线企事业单位建设的主流。但三线建设中,所打造的公共空间种类繁多,选择其中的部分进行探讨,难免有挂一漏万之嫌。下文将选取有代表性的礼堂,集中探讨以礼堂为代表的公共空间是如何服务于三线社会发展需要的。

一、集体事务的延伸区

公共区域之所以重要,在于其公共属性。无论是引领三线建设方向的、承担着思想教育重任的各级党团会议,还是关乎着把控建设进度和统筹生产任务的生产会议,无论是大至行业表彰大会,还是小至简单的技术讨论会,以礼堂为代表的公共空间实际上为三线企事业单位业务线提供了生产线下的延伸区。有了礼堂,那些原本难以迅速在分散的点位传播开来的信息,那些需要集思广益的公共事务,一下子都有了实质性的空间载体。三线建设者们,甚至家属群体,都可以依照一定的社会单元群体进行聚集,进行信息的集散。

礼堂最基础的功用之一是作为会议场所。以上海小三线为例,援建队伍出发前往各大、小三线之前,会统一在礼堂收到一场热烈的欢送大会。从会议的内容来看,不仅包含致辞,还有代表发言和表决心等议程,充分鼓舞了士气,调动了广大三线建设者的积极性[①]。迎接凯旋、欢送出行,也因此成为三线建设者们对礼堂为代表的会议场所最普遍、最深刻的印象。此外,三线企事业单位关于各类政策的传达、生产计划的发布以及厂办活动的动员等都会在礼堂召开的会议上传达。如上海小三线八五钢厂为了"贯彻中央五城市治安会议精神",曾在大礼堂召开过参加者多达1 200余人的遵纪守法大会[②]。可见其聚集程度之高,信息传播之集中、便捷。

礼堂的基础功用之二是学习场所、知识的集散地。思想政治教育是三线企事业单位的重要内容,其中以三线企事业单位的党委和团委所组织的相应课程为主,参加者囊括了各三线企事业单位的团员、入党积极分子、党员以及在职干部等。受礼堂空间大小限制,他们错开时间和场次,汇聚一堂,认真学习领会党

---

① 上海市卫生局革命委员会关于组织赴边疆、大小三线医疗队的情况报告.1973-6-22,上海市档案馆藏,档号:B244-354-189.
② 打击现行犯罪不手软维护工厂治安理直气壮——我厂召开贯彻中央五城市治安会议精神遵纪守法大会[J].八五通讯,1981(77).

的各项方针政策,为推动三线建设顺利发展统一思想基础①。

礼堂的基础功用之三是充当休闲娱乐场所。企业自建放映队利用厂内礼堂、会场等场所放映电影的方式,曾经一度风靡上海小三线②。之前在没有礼堂的时候,只能放映露天电影,为此三线建设者与地方群众之间时有摩擦,这些摩擦也随着礼堂等可支持室内放映的公共空间的建设而大大降低。首先打破了天气对放映条件的束缚,其次解决了地方群众与三线方的位置争端——票价和空位管理保障了三线建设者及家属特有的福利待遇③。上海小三线协作机械厂曾在报纸上展示厂内礼堂,有1 500多个座位,放映场次每月可高达6至10场④,足见礼堂作为公共空间所发挥的作用之大、覆盖面之广、受惠对象之多。

二、生活服务的供给处

在集体办社会模式下,三线企事业单位已经把为职工及家属提供基本的生活服务当作自身的责任和义务。上海小三线八五钢厂的宣传科、工会、团委以及行政科等多个部门,曾于1981年到1986年期间,连续6年不间断地联合操办了"为您服务日"等公益活动。因厂内大礼堂的空间优势,活动服务中心自然而然地被设在大礼堂,主要项目也大多安排在隶属于礼堂的庭院里开展。服务内容包括但不限于"可以根据需要则求裁剪、缝补、理发、照相、自行车和无线电修理、配钥匙、磨刀剪、测量体重身长等,还能在点心摊前品尝最香的麻花和松软可口的面包,买到在山区难得看见的冷饮——棒冰"⑤。对比之下,江西小三线人民机械厂的三线子弟想要吃到棒冰,还得看销售员是否负责任,是否愿意推着车子穿行在厂内的几个家属区兜售⑥。可以说,礼堂等公共空间的建设,为广大三线企事业单位的职工和家属享受各项福利提供了更为方便、宽阔的物理空间。此

---

① 清除"左"遗毒否定文革教育必要 不戴劳防品受惩受罚理所应当[J].八五通讯,1984(193);充分发挥共青团员的先锋模范作用[J].八五团讯,1978(37).
② 凌智云.本市工厂电影放映队不断发展[N].劳动报.1983-4-1.
③ 徐有威主编.口述上海:小三线建设[M].上海:上海教育出版社,2015:337.
④ 为我厂男青年找对象启示[N].青年报,1982-10-8.
⑤ "五讲四美"沁人心 双手浇灌文明花——我厂开展第五次文明礼貌日活动[J].八五通讯,1981(62).
⑥ 本书编委会.我们人民厂:江西"小三线"9333厂实录[M].上海:上海人民出版社,2015:556-557.

外,在八五钢厂的文明礼貌系列活动中,还有相当受欢迎的食品展销会,其规模之大,据亲历者回忆,活动当天"大礼堂、厂部食堂、小吃部等处,满满的各式食品的摊子"①。等到逢年过节之前,食堂的炊事员们还会齐聚在礼堂,为厂内职工们提供数十种年节点心②,传播年节福利和喜气。礼堂的存在,不仅仅是简单地满足三线企事业单位对生活物资的享受,更重要的是,用途多样化的公共空间的存在,进一步丰富了三线建设者们及家属的福利待遇类目,多样、实用地将福利的价值落到了实处。

三、社会交往的活动点

礼堂作为公共空间,更重要的职能在于提供社会交往的物理平台。

社会交往平台的受益者,首先是三线建设者们。如前文所述,三线企事业单位选址建设在偏僻的深山老林地区,且由于国防军工等因素,具有相对封闭性,并不融入地方社会。长期缺乏娱乐活动和社会交往,三线建设者们面临的不仅仅是孤独,还有与社会脱节的困扰。久而久之,颓丧的精神状态将十分不利于三线建设进程的推进。

在公共空间出现后,三线企事业单位的职工,以及一部分趣味相投的家属,以兴趣爱好或者其他共同点结成一个个小的团体。他们在各自的团体里共同成长,消除了长久以来单线工作模式所带来的失落,精神在活动与交流中得到放松,有利于更好地投入生产。这是三线企事业单位所喜闻乐见的,也是三线建设方积极建构公共空间的目的之一。当然,三线企事业单位依托公共空间所开展的活动并不局限于礼堂,以共同兴趣爱好为纽带开展的各类活动在三线企事业单位的公共空间内广泛开展。如江西小三线连胜机械厂"建立健全了广播室、黑板报、画廊展览、阅览室、'连胜团训'、工人俱乐部、退休工人活动室、电视差转台、电视和录像放映室、电影放映场、灯光球场、简易足球场等。……他们经常开展业余美术、书法、摄影创作活动,不断举办诸如征文比赛、迎春长跑赛、拔河赛、骑自行车赛、歌咏赛、排球、篮球、足球、象棋、乒乓球等活动……"③充分利用了

---

① 丰富的食品展销[J].八五通讯,1982(119).
② 春节佳肴[J].八五通讯,1984(165).
③ 江西连胜 20 年(内部发行),1988:143.

厂区的室内外公共空间,以丰富的活动润色了三线建设者们的生活。

社会交往平台的受益者,还涵盖了广大三线子弟群体。因同作为公共空间而建设的教育场所同样面临空间困境,三线子弟们可以进行公共活动的空间也相当有限。如上海小三线前进机械厂在补办职工子弟小学时,好不容易获得的可用空间建设份额,不仅要拨给厕所和教室等必要空间的建设,还得额外预留操场的建设用地①。所以在礼堂等公共空间不断开辟之后,三线子弟们也尽可能地将礼堂等公共空间活用起来,他们将礼堂视为各类文艺排练和汇演的场所征用。尤其是在"六一"和"七一"等具有代表性的节日,各类文艺汇演已然成为托儿所、幼儿园以及小学、中学等各个年龄段三线子弟的必备项目②。如江西小三线新民机械厂(国营第九三〇四厂,为上海无线电厂在江西包建的小三线厂),"开展了智力测验、百科知识竞赛、国庆征文竞赛活动等。每天开放广播电视以及经常性开放俱乐部活动室和家属区退休职工活动室。多年来几次举办过全厂性文艺会演,从托儿所小朋友、学校学生到广大职工都有节目登台表演,国庆、春节还经常性开办群众游艺活动和舞会,使大家节日过得更愉快些"③。

以礼堂为代表的公共空间为三线企事业单位集体事务的线下开展提供了有力的支撑平台。同时也为广大三线建设者及家属群体提供了生活服务,也即集体福利的供给平台,更为三线企事业单位内部各趣缘群体、三线企事业单位之间的活动交流提供的了活动空间。

第五节 公共空间与效益转化

公共空间建设,算是三线企事业单位的福利之举,同时也是一种间接投资。其深层用意在于将公共空间所带来的附加价值,转化为有利于提高生产效益的因素。

---

① 关于补办职工子弟小学征田的请示报告.1972-12-3,上海锅炉厂有限公司档案室藏,前进机械厂档案.

② 从小培养爱党、爱国、爱四化情操 我厂举办少儿专场文艺演出 七百多名观众冒雨前往观看节目[J].八五团讯,1981(32).

③ 国营第九三〇四厂史(内部资料),1986:49.

一、直接的生产效益

三线建设之初,"政治工作摆在首位,一切服从政治需要,政治工作极大地调动了人们的社会主义建设积极性"①。后续的建设过程中,三线企事业单位普遍认同并继承了正向的精神激励是提高生产效益的有效举措这一观点。礼堂等公共空间的建构,其中一个重要目标就在于集中进行信息,尤其是正向的、激励性的信息的高效传递。

利用礼堂等公共空间开展广泛性的党团教育以及各类总结表彰活动,有利于及时统一思想,凝心聚力,放大精神力量,强化榜样的示范作用。同时,也是及时明确建设任务、推进三线建设的有效举措。如:江西小三线新民机械厂工会就"利用广播、宣传栏、黑板报的形式,采取树标兵、插红旗等方法,及时总结先进经验,表彰先进事迹"②,达到了有效推动生产发展的目的;四川小三线长城机械厂也是通过积极开展各类竞赛和活动,充分调动了广大三线建设者的积极性,最终,不仅在地方评优评先,在全国范围内也是广受好评③。公共空间的建构,为集体活动的开展提供了武力空间,推动了集体凝聚力建设,有利于三线企事业单位的三线建设者们勤力同心,共创佳绩。

在服务集体事务之余,礼堂所代表的公共空间还可以发挥多种用途,包括但不限于为广大三线建设者们提供文化休闲服务,以更好地投身三线建设。建设礼堂等公共空间,主要目的在于解决对会议场所等公共空间的需求。但礼堂通过为电影放映、图书阅览等文化休闲活动提供空间,推动了更多知识性、进步向上的精神力量在三线企事业单位内部的广为传播。如:江西小三线连胜机械厂曾播放了中苏边境珍宝岛的相关影视资料,观看的工程技术人员和工人们愤慨不已,他们化悲愤为力量,"十三天时间就设计制造出一种别具一格的'三用枪'"④;江西小三线江西钢厂的露天电影改为室内播放后,"每月放映30—45场次,观众每年达40—60万人次"⑤,受众范围更加广阔,对三线建设者们潜移默

---

① 沈耀员提供材料,程楷整理.八四〇厂发展述略(未刊稿),56.
② 孙长玉.九九〇厂志(1964-1985)(未刊稿),1987:143.
③ 长城厂简史(未刊稿),1991:68-69.
④ 江西连胜20年(内部发行),1988:174.
⑤ 《江西钢厂志》编写委员会.江钢志(1965—1983)(未刊稿),1985.

化的激励作用更胜一筹。可见,以礼堂为代表的公共空间,不仅是三线企事业单位的普通配套设施建设,更是为三线企事业单位集体事务、建设者们娱乐放松提供场所,以转化为更优生产力的潜在财富。

二、生产后方的稳定

在工厂办社会的大背景下,集体福利是三线企事业单位的亮点和特色之所在。三线职工们不仅从单位获取劳动报酬,生老病死、衣食住行等各项社会事务都可以由所在单位解决。公共空间为三线建设者们获取集体福利提供了更为便捷的平台,有利于稳定三线建设的后方。

三线企事业单位除了电影、浴室以及食堂等基础福利之外,还有不少隐性福利,包括但不限于子弟学校、工会、食堂、后勤以及党团组织等各类团体所组织的各类为民服务活动,有了礼堂为代表的公共空间作为福利发放的有效平台,使原来不明显的、潜藏的集体福利直接物质化、直观可视化,让三线建设者及家属群体能更为直观、真切地享受到集体福利所带来的甜头,进而减少后顾之忧,安心投身工作。

同时,作为三线企事业单位内公共空间的有机组成部分,礼堂本身并不具备额外的吸引力,在三线建设者们的需求层面,礼堂甚至还要排在食堂、浴室等显性福利之后。但礼堂的多样化用途,如电影放映、文艺汇演等,则为礼堂增添了附加价值,使得礼堂跃居小卖部、食堂、浴室等具有相当吸引力的公共空间之中。最明显的证据就是,很多三线企事业单位在广告征婚时,纷纷将礼堂作为本单位的一大亮点和突出优势列出,希望为单身青年多赢得一份胜算,如上海小三线万里锻压厂、后方瑞金医院、向东器材厂、火炬电器厂以及协作机械厂等①。更有甚者,详细到礼堂具体座位数,以及每月电影上映频次,借此暗示集体福利待遇的优厚。

三线企事业单位进入援建地后,粮食关系还属于归属地,但受路途等诸多因素影响,一切鲜活食材无法顺利送达三线建设者们手中。为了保障三线建设者

---

① "万里"、"红星"、"瑞金"三单位简介[N].青年报,1980-10-24.姑娘,欢迎您来我厂寻找伴侣 上海向东器材厂[N].青年报,1981-11-20.为我厂青年寻找对象[N].青年报,1982-9-10.为我厂男青年找对象启示[N].青年报,1982-10-8.

的合理衣食需求,归属地尝试了多种方式开辟食物来源,如建设冷库、向地方购买等,但效果都不甚明显。为此,三线建设者及家属群体充分发挥主观能动性,建设"五七田""五七农场"等,基本实现自给自足。有余力者,还"利用在厂区路旁、山坡和厂房前后的空地种蔬菜,收集食堂里剩余的泔脚养猪的办法,解决副食品供应的困难"[①]。但一些生活日用以及水果点心等副食品则需要单位从归属地额外采购,再通过小卖部、礼堂集会等公共空间所提供的平台,辗转到三线建设者们手中。

以礼堂为代表的公共空间,为集体福利的具象化、高效传递提供了物理空间和有效平台,保证了三线建设者们切实享受到集体福利,进而激励他们发挥更大的生产积极性,为三线建设后方的稳定、为建设进度的顺利推进而奋斗。

三、内外部环境的优化

礼堂为代表的公共空间也为三线企事业单位的各类社会交流活动提供了机会和平台。

这种广泛的社会交往,首先发生在三线企事业单位内部各部门之间。原本只有业务往来、交际甚少的各部门之间,因为集体活动的举办而同台竞技,交集也因此增多。1980年国庆节之前,上海小三线八五钢厂在厂礼堂里举办了"歌唱祖国"为主题的歌咏比赛,"一车间、二车间、三车间、中试室、机动部、八车间、卫生科、基建科、供应科、子弟小学、科室等十一个单位参加了比赛,各级党、政、工、团的领导与近四百名合唱队员同台演出"[②]。各部门之间,因比赛而熟悉,往来业务更为顺畅。同时也相对增加了团队凝聚力,优化了团队氛围。

其次,三线企事业单位之间的互动交流活动,助力了厂内单身青年的求偶进展。三线企事业单位援建地方伊始,年轻技工占有相当比例,此后,还有几届代训艺徒加入,几年后又成为新的单身汉。三线地区条件艰苦,本就男多女少,导致单身男青年的求偶异常困难。为此,上海小三线后方基地局为代表的广大上级管理机构,纷纷出面为单身青年们张罗终身大事。特别是礼堂等公共空间建成后,为单身男青年和外来女青年的联谊活动提供了场地。如:上海小三线八

---

① 上海市后方基地管理局党史编写组.上海小三线党史(未刊稿),1988:51.
② 我厂举行"歌唱祖国"歌咏比赛[J].八五团讯,1980(42).

五钢厂,因属于冶金系统,男女比例严重失调。为此,厂里特意找来一些女知青,在厂会议室里设欢迎会①。此外,公共空间几乎成为男青年身后隐形的"家底"。上海市总工会、团市委曾出面做红娘,组织女青年前往三线企事业单位参观,"她们去看了之后觉得跟想象中的完全不一样,有的就不想走了"②。

再者,礼堂、灯光球场等公共空间还推动了三线企事业单位与地方关系的和谐。公共空间为三线企事业单位的文化体育活动、文艺彩排的开展提供了空间,三线建设者们带着这些节目进入地方赛区,又强化了三线企事业单位与地方之间的交流。如:江西连胜厂组织的儿童表演文艺节目"多次在县幼儿文艺汇演中获奖,1984年被江西省妇联评为省'先进幼儿园'"③;陕西省东风机械厂"文艺队组织厂文艺骨干编排100多个文艺节目为厂职工演出,并先后参加陕西省铜川市、陕西第五机械工业局的文艺会演"④。公共空间的修建为文体活动排练提供了场所,派单位文体队伍外出参加比赛、汇演,或邀请地方兄弟单位过来汇演,都加深了三线企事业单位与地方的联系,为缓和地方关系、构建安稳的三线生产外部环境提供了保障。

综上所述,三线企事业单位积极建设公共空间,不仅直接提升了生产效益,更保障了三线建设者们合理享受集体福利的权益,实现了三线建设后方的安定。此外,三线企事业单位利用公共区域发展业余兴趣爱好,一方面丰富了自己的生活,另一方面也融洽了与地方的关系,为三线建设的发展塑造了一个良好的内外环境。

小 结

三线建设中,三线企事业单位生产线下企业管理及三线职工家属生活娱乐都有公共空间的需求。随着三线建设进程的不断推进,客观建设条件也不断得到优化,三线企事业单位遂按照逐步需求导向性、空间约束性以及空间成长性等原则,排定优先级,按照优先顺序改造、新建了一批公共空间,如礼堂、灯光球

---

① 徐有威主编.口述上海:小三线建设[M].上海:上海教育出版社,2015:301-302.
② 徐有威主编.口述上海:小三线建设[M].上海:上海教育出版社,2015:52.
③ 江西连胜20年(内部发行),1988:145.
④ 路丙军.国营三三七厂史(未刊稿),1987:213.

场等。

以礼堂为代表的公共空间,不直接承担生产职能,但为三线企事业单位集体事务的开展提供了会议场所,为职工及家属的日常福利的保障提供了空间载体,同时也为企业内交流、企业间交流以及三线企事业单位和地方的交流提供了物理平台。依托于公共空间的活动,或锐化了三线人精神意志,或物化了隐性的集体福利,或催化了三线社会与地方社会的交流,从精神激励、物质鼓舞以及社会交流等多方面,间接为三线建设创造了良好的生产环境,有助于推动集体利益的进一步发展。

结 论

20世纪60年代前期,国际形势出现新的动荡,美国对越南北方的侵略战争逐步扩大,我国周边形势日趋紧张,备战问题摆到党的重要议程上来。1964年五六月间,中央政治局常委扩大会议和中央工作会议专门讨论"三五"计划时,高度关注国家安全的毛主席,从经济建设和国防建设的战略布局考虑,将全国划分为一、二、三线,提出三线建设问题。他说:只要帝国主义存在,就有战争的危险。我们不是帝国主义的参谋长,不晓得它什么时候要打仗。我们把三线的钢铁、国防、机械、化工、石油、铁路基地都搞起来,那时打起仗来就不怕了。有了准备就可能不打了。据此,中央改变"三五"计划的最初设想,作出了开展三建设、加强备战的重大战略部署。10月,中央下发《一九六五年计划纲要(草案)》,提出三线建设的总目标是:采取多快好省的方法,在纵深地区建立起一个工农业结合的、为国防和农业服务的比较完整的战略后方基地。广袤的三线地区由此在国家计划中占据了举足轻重的地位。据不完全统计,1964年下半年至1965年,在西南、西北三线部署的新建、扩建和续建大中型项目有300多个。这些项目日后在国家经济建设中发挥了重大作用[①]。几百万名工人、干部、科技人员、解放军官兵,在"好人好马上三线"的号召下,从全国四面八方来到经济落后的西部地区,甚至

[①] 中共中央党史和文献研究院.中国共产党的一百年 中国特色社会主义新时代[M].北京:中共党史出版社,2022:524-526.

是人迹罕至的深山峡谷、大漠荒原。他们不怕困难,艰苦奋斗,事业第一,乐于奉献,为中国的国防工业发展和工业布局作出了巨大贡献,形成了"艰苦创业,无私奉献,团结协作,勇于创新"的三线精神①。

地处西南中心、位于云贵高原东部的贵州,由于其特殊的地理区位和自然环境符合了三线建设"靠山、分散、隐蔽"的选址要求,故中央把贵州作为三线建设的重点地区之一。在中央"好人好马上三线、备战备荒为人民"的感召下,中央各部委、全国二十多个省市一百多个厂矿企业的二十多万职工和科技人员来到贵州,在国家一百多个亿资金的投入下,1964—1976年的十三年间先后建成以遵义为中心的航天工业基地(061基地),以安顺为中心的航空工业基地(011基地),以都匀、凯里为中心的电子工业基地(083基地)以及全国著名的六盘水煤炭、钢铁基地,解决了攀枝花的炼钢问题。六盘水与攀枝花、重庆形成钟摆式联动,焊接起西南大三线的钢铁构架,在稳固后方的同时,也为西南地区的城市化发展以及工业化进程奠定了坚实的基础。

在既往的学术研究中,各方学者更多地关注工业史、城市史、移民史以及交通史等方面的研究,对于艺术史的梳理少有问津。本著更多的以三线建设时期的音乐、美术、体育、影视、广播以及这些文化样式产生的空间为研究对象进而展开学术探讨,采用微观切入、中观发力、宏观叙事的学术路径勾勒三线建设的时代"肖像":微观方面以最能代表时代风貌的三线建设时期的文体活动为切入点,中观方面探寻三线建设历史文化的功能与意义为要,最终实现三线建设历史进程宏观方面多维观照的学术目标。立足"口述史实与确定性史实"相互参照的学术立场,通过个体感受与集体记忆的有机融合,使口述的实录与档案的留存构成互为关照的书写基础,解读三线建设历史文化与时代的互动关系,探究文化形态与社会生态同频共振的内在机理和当下意义,初步厘清了各文体样式的概念、内涵与功能,为此后学界相关的深入研究奠定了基础。

从文艺、体育等最能代表三线人生活与精神世界的视角入手进行学术探讨,以口述史特有的生动、鲜活,还原即将消失的三线建设历史文化,缝合即将断裂的区域文化历史,这样的文本表达在一定程度上完成了三线精神的重拾与回望、革命情怀的传播与弘扬,通过对英雄精神的重塑,扩大了区域的文化影响,引领

---

① 当代中国研究所.中华人民共和国简史1949—2019[M].北京:当代中国出版社,2019:49-51.

了时代风气,构建了民族精神的时代坐标。这样的研究不但可以丰富当下文艺创作的素材,更能够通过对其与意识形态、社会生态、心理图式、生成逻辑的学理探寻,为新时代乡村振兴、文旅结合以及单位形态下的政治动员和凝心聚魂提供借鉴。

参考文献

一、专著类

[1]（英）安杰伊·齐埃利涅茨.空间和社会理论[M].邢冬梅译.苏州：苏州大学出版社,2018.

[2]《民兵之歌》丛书编委会,浠水县文化馆.如火年华（内部资料）,2005：61.

[3]十年的歌（内部资料）,1974.

[4]《忻山红》三结合创作组.忻山红——短篇小说集[M].上海：上海人民出版社,1975.

[5] Andrew D. Morris. Marrow of the Nation：A History of Sport and Physical Culture in Republic an China [M]. University of California Press，2004.

[6] Gregory D，Johnston R，Pratt G，et al. The Dictionary of Human Geography(5th)[M]. Oxford，UK：Wiley-Blackwell，2000.

[7]鲍桑葵.美学史[M].张今译.桂林：广西师范大学出版社,2009.

[8]本书编写组.中华人民共和国简史[M].北京：人民出版社,当代中国出版社,2021.

[9]本书编委会.时代印痕·四川版画七十年[M].成都：四川美术出版社,2019.

[10]曾遂今.音乐社会学概论[M].北京：文化艺术出版社,1997.

[11]曾勋.建设后方——全国三线建设掀起高潮[M].长春：吉林出版集团有限责任公司,2011.

[12]陈东林.三线建设——备战时期的西部开发[M].北京：中共中央党校出版社,2003.

[13]陈东林.中国共产党与三线建设[M].北京：中共党史出版社,2014.

[14]大路美术家协会.大路美术30年——大路画展作品选[M].北京：人民美术出版社,2008.

[15]代迅.文学理论与批评实践[M],重庆：重庆出版社,2004.

[16] 邓乐.红色视觉——大工业背景下的攀枝花艺术群体[M].成都：四川美术出版社,2009.
[17] 樊枫.奋进中的中国工业版画：宋恩厚艺术活动文献[M].武汉：湖北美术出版社,2016.
[18] 范迪安.光辉历程时代画卷[M].北京：文化艺术出版社,2011.
[19] 范迪安.向祖国汇报新 中国美术60年[M].北京：人民美术出版社,2009.
[20] 顾炳权.上海洋场竹枝词[M].上海：上海书店出版社,1996.
[21] 贵州省地方志编纂委员会.贵州省志·广播电视志[M].贵阳：贵州人民出版社,1999.
[22] 贵州省黔西南自治州史志编纂委员会.黔西南布依族苗族自治州志 国民经济发展计划志[M].贵阳：贵州人民出版社,2002.
[23] 贵州省遵义市地方志编纂委员会.遵义地区志 广播电视志 报业志[M].贵阳：贵州人民出版社,2004.
[24] 郭镇之.中外广播电视史[M].上海：复旦大学出版社.2005.
[25] 韩国宾.艰难的攀钢岁月(1968—1980)[M].中共攀枝花市委党史工作委员会编,1995.
[26] 洪子诚.中国当代文学史[M].北京：北京大学出版社,1999.
[27] 胡霁荣.中国早期电影史1896—1937[M].上海：上海人民出版社,2010.
[28] 湖南省地方志编纂委员会.湖南省志 第9卷 工业矿产志 电子工业[M].长沙：湖南人民出版社,1998.
[29] 湖南省地方志编纂委员会.湖南省志 第20卷 新闻出版 广播电视[M].长沙：湖南人民出版社,1997.
[30] 华东师范大学历史系1978级.我们1978高考重启与大学生活回忆[M].上海：上海教育出版社,2018.
[31] 华霞虹,郑时龄.同济大学建筑设计院60年(1958—2018)[M].上海：同济大学出版社,2018.
[32] 李斌娟.新中国农村露天电影研究[D].河北大学,2010.2.
[33] 李建刚.技术变革与广播媒介转型[M].北京：中国传媒大学出版社,2011.
[34] 李学昌.中华人民共和国事典1949—2009[M].世界图书上海出版公司,2009.
[35] 李杨.抗争宿命之路——社会主义现实主义(1942—1976)研究[M].长春：时代文艺出版社,1993.
[36] 刘锡海.岁月如磐[M].武汉：湖北人民出版社,2015..
[37] 刘哲昕.家国情怀——中国人的信仰[M].北京：学习出版社,2019.
[38] 六盘水市地方志编纂委员会.六盘水市志 广播电视志[M].贵阳：贵州人民出版社,2005.
[39] 六盘水市政协学习文史和联谊委员会.永恒的记忆[M].贵阳：贵州人民出版社,2018.
[40] 六盘水市钟山区文体广电新闻出版局,六盘水市钟山区史志办公室.荷城记忆[C].内部资料,2015.
[41] 卢相福.六枝文艺史话[M].北京：中国文联出版社,2013.
[42] 余朝林.乌蒙山下军旗红[M].海口：南方出版社,2017.
[43] 马永立.地理学词典[M].上海：上海辞书出版社,1983.

[44] 孟固.北京电影百年[M].北京：中国档案出版社,2008.
[45] 苗菁.中国现代歌词流变概观[M].北京：中国社会科学出版社,2007.
[46] 倪同正.三线风云：中国三线建设文选[M].成都：四川人民出版社,2013.
[47] 聂作平.纸上城堡[M].北京：商务印书馆,2013.
[48] 乔建中.望 一位老农在28年间守护一个民间乐社的口述史[M].北京：中央编译出版社,2014.
[49] 海音响资料馆.上海故事：一座城市的温暖记忆[M].上海：上海大学出版社,2018.
[50] 邵阳市政协文教卫体文史学习委员会.铁建丰碑[C].北京：中国文史出版社,2007.
[51] 沈盼盼.电影与二十世纪二三十年代上海市民生活[D].安徽：安徽师范大学,2012.
[52] 石泉县地方志编纂委员会.石泉县志[M].西安：陕西人民出版社,1991.
[53] 四川省地方志编纂委员会.四川省志 广播电视志[M].成都：四川科学技术出版社,1996.
[54] 苏世奇.六盘水三线建设音乐口述史[M].武汉：华中师范大学出版社,2019.
[55] 孙宝传.插翅飞翔：新华社通信技术发展纪实[M].北京：新华出版社,2015.
[56] 孙有礼.大路画展作品选[M].天津：天津人民美术出版社,1995.
[57] 王春才.三线建设铸丰碑[M].成都：四川人民出版社,1999.
[58] 王大方.天津通志 广播电视电影志1924—2003下[M].天津：天津社会科学院出版社,2004..
[59] 王树平.万花筒：我的七十年[M].北京：团结出版社,2015.
[60] 王小帅.薄薄的故乡[M].重庆：重庆大学出版社,2015.
[61] 王新生,魏建华,王添明.情满大三线·建筑工匠的情怀[M].银川：宁夏人民出版社,2018.
[62] 威尔伯·施拉姆,威廉·波特.传播学概论[M].何道宽译,北京：中国人民大学出版社,2010.
[63] 沃尔夫冈·贝林格.运动通史：从古希腊罗马到21世纪[M].丁娜译.北京大学出版社,2015.
[64] 吴殿尧.朱德年谱(1886—1976)[M].北京：中央文献出版社,2016.
[65] 习鸣.工棚里的梦,见《开拓者之歌》(内部资料)[M],攀枝花：渡口市新华印刷厂,1984.
[66] 夏丏尊,刘薰宇.文章作法[M].杭州：浙江文艺出版社,1983.
[67] 项阳.山西乐户研究[M].北京：文物出版社,2001.
[68] 谢少鹏.小三线军工厂的难忘岁月[M].济南：山东文艺出版社,2015.
[69] 徐有威,陈东林.小三线建设研究论丛(第一辑)[M].上海：上海大学出版社,2015.
[70] 徐有威,陈东林.小三线建设研究论丛(第三辑)[M].上海：上海大学出版社,2018.
[71] 徐有威.口述上海：小三线建设[M].上海：上海教育出版社,2013.
[72] 杨晓.蜀中琴人口述史[M].北京：三联书店,2013.
[73] 杨波.中国广播电视编年史[M].北京：中国广播影视出版社,2019.
[74] 杨宏伟.童年与故乡(上册)[M].北京：文化艺术出版社,2018.

[75] 杨正泉.新闻背后的故事：我的亲历实录[M].北京：新世界出版社，2008.
[76] 袁军,哈艳秋.中国新闻事业史教程[M].北京：中国广播电视出版社，1995.
[77] 张德祥.现实主义当代流变史[M].北京：社会科学文献出版社，1997.
[78] 张鸿春.三线风云：中国三线建设文选(3)[M].成都：四川人民出版社，2017.
[79] 张立宪.读库 1105[M].北京：新星出版社，2011.
[80] 张学亮.西南通途——成昆铁路设计施工与建成通车[M].长春：吉林出版集团有限责任公司，2011.
[81] 张勇.多维视野中的三线建设亲历者[M].上海：上海大学出版社，2019.
[82] 赵玉明,艾红红.中国广播电视史教程[M].北京：中国广播电视出版社，2009.
[83] 赵玉明,王福顺.中外广播电视百科全书[M].北京：中国广播电视出版社，1995.
[84] 赵玉明.现代中国广播史料选编[M].汕头：汕头大学出版社，2007.
[85] 赵玉明.中国广播电视通史[M].北京：中国传媒大学出版社，2006.
[86] 乔毅民,等.建设攀枝花的人 下[M].成都：成都电讯工程学院出版社，1989.
[87] 中共上海市委党史研究室,上海市现代上海研究中心.口述上海·小三线建设[M].上海：上海教育出版社，2015.
[88] 中共中央文献研究室.建国以来重要文献选编(第二册)[M].北京：中央文献出版社，1992.
[89] 中共中央文献研究室.建国以来重要文献选编(第六册)[M].北京：中央文献出版社，1993.
[90] 中共中央文献研究室.建国以来重要文献选编(第二十册)[M].北京：中央文献出版社，1998.
[91] 中共中央文献研究室第二编研部.周恩来题词集解[M].北京：中央文献出版社，2012.
[92]《当代中国的广播电视》编辑部.中国广播电视大事记[M].北京：北京广播学院出版社，1987.
[93] 中国航空工业史编修办公室.中国航空工业老照片 10[M].北京：航空工业出版社，2015.
[94] 中国航空工业史编修办公室.中国航空工业老照片 9[M].北京：航空工业出版社，2015.
[95] 中国美术馆.中国美术馆藏杨之光捐赠作品集[M].北京：人民教育出版社，2007.
[96] 中国人民解放军 7659 部队政治部：彩练当空[M].成都：四川人民出版社，1974.
[97] 铁道兵业余美术组.万水千山只等闲——铁道兵战斗在成昆线[M].北京：人民美术出版社，1977.
[98] 国家经济贸易委员会.中国工业五十年 新中国工业通鉴 第 5 部 1966—1976 10 下[M].北京：中国经济出版社，2000.
[99] 中央档案馆,中共中央文献研究室.中共中央文件选集 1949 年 10 月—1966 年 5 月 第 22 册[M].北京：人民出版社，2013.
[100] 朱昌平.宁夏广播影视风采录[M].银川：宁夏人民教育出版社，2014.
[101] 朱寨.中国当代文学思潮史[M].北京：人民文学出版社，1987.
[102] 总装备部.金戈美术作品选[M].北京：朝华出版社，1998

二、方志类

[1] 贵州水城矿业(集团)有限责任公司矿志编委会.水矿志[M].贵阳：贵州人民出版社,2005.

[2] 贵州省六盘水市地方专编纂委员会.六盘水三线建设志[M].北京：当代中国出版社,2013.

[3] 六盘水市地方志编纂委员会.六盘水市志　大事记1276—1991[M].贵阳：贵州人民出版社,1992.

[4] 赵桂兰.六盘水市志　工会志[M].贵阳：贵州人民出版社,2008..

[5] 政协黔东南州委员会.三线建设在黔东南[M].北京：线装书局,2017.

[6] 遵义市地方志编纂委员会办公室.遵义市三线建设志[M].北京：中国文史出版社,2016.

[7] 甘肃省金昌市地方志编纂委员会.金昌市志[M].北京：中国城市出版社,1995.

[8] 攀枝花钢铁(集团)公司.攀钢志[M].北京：科学出版社,1994.

[9] 攀枝花市东区《银江镇志》编纂委员会.银江镇志[M].北京：中央文献出版社,2010.

[10] 仁和镇志编纂委员会.仁和镇志[M].北京：中央文献出版社,2009.

[11] 四川省西昌市志编纂委员会.西昌市志[M].成都：四川人民出版社,1996.

[12] 四川省攀枝花市志编纂委员会.攀枝花市志[M].成都：四川科学技术出版社,1995.

[13] 甘肃省地方史志编纂委员会,甘肃省发展计划委员会编纂.甘肃省志第15卷经济计划志·计划[M].兰州：甘肃人民出版社,2000.

[14] 山东省文化厅史志办公室,济南市文化局史志办公室.山东省文化艺术志资料汇编第14辑　济南市《文化志》资料专辑[M].济南市文化局史志办公室,1988.

三、期刊、报纸类(请标序号)

[1] 范美俊.四川油画：60年一瞥[J].四川美术,2009(10).

[2] 王小平.历史记忆的文学书写——40年来三线建设题材小说创作与出版述评[J].中华文化坛,2016(12).

[3] 吕建昌.三线工业遗产概念初探[J].宁夏社会科学,2020(4).

[4] 蔡梦."文革"中后期歌曲创作分析[J].中国音乐学,2014(4).

[5] 曹继红,孟亚南.新中国行业体育协会的历史变迁[J].体育学,2008(5).

[6] 曹立家.三线军工企业的发展及其面临的问题[J].科技进步与对策,1986(8).

[7] 曹文轩.死亡与存活[J].文艺争鸣,1993(2).

[8] 柴彦威等.中国城市单位制研究的一个新框架[J].人文地理,2013(4).

[9] 陈东林.评价毛泽东三线建设决策的三个新视角[J].毛泽东邓小平理论研究,2012(8).

[10] 陈东林.走向市场经济的三线建设调整改造[J].当代中国史研究杂志社,2002(3).

[11] 陈景峰.三线建设背景下的文化分析与思考——以攀枝花工业题材版画为例[J].中华文化论坛,2016(5).

[12] 陈明灿.毛主席万岁万万岁[J].攀枝花文艺,1973(创刊号).

[13] 陈鹏,肖赛玥."单位意识"形塑研究——以"单位文艺"的促进作用为视角[J].哈尔滨工业大学学报(社会科学版),2019(5).

[14] 初澜.京剧革命十年[J].红旗,1974(7).

[15] 大家办广播[N].解放日报,1945-10-25.

[16] 戴嘉枋.沉重的历史回响——论中国"文革"音乐及其在新时期的影响[J].南京艺术学院学报,2007(3).

[17] 戴嘉枋.乌托邦里的哀歌——"文革"期间知青歌曲的研究[J].中国音乐学,2002(3).

[18] 单建鑫.论音乐口述史的概念、性质与方法[J].音乐研究,2015(4).

[19] 邓可.单位空间演化的形态学研究——以三线企事业单位东方红机械厂为例[J].城市发展研究,2019(11).

[20] 丁帆.研究"十七年文学"的悖论[J].江汉论坛,2002(3).

[21] 丁旭东."口述音乐史"学术实践的六个操作关键[J].中国音乐,2018(1).

[22] 丁艳,王辉.移民外来文化的土著化过——以西南三线厂的"厂文化"为例[J].人文地理,2003(6).

[23] 东西.远去的岁月——一位三线建设工人子弟的回忆[J].晚晴,2015(2).

[24] 段娟.近20年来三线建设及其相关问题研究述评[J].当代中国史研究,2012(6).

[25] 冯春玲、冯长春."文革"音乐的"样板"——"革命样板戏"的前因后果及其本质特征[J].中国音乐学,2012(3).

[26] 傅砚农."文革"中城市职工体育一度复苏兴盛的历史原因[J].体育文史,1999(6).

[27] 改造私营广播电台[N].人民日报,1949-5-5.

[28] 国民党中央宣传部中央广播无线电台通告第一号[N].中央日报,1928-8-1.

[29] 韩国鐄.音乐图像学的范围和意义[J].中国音乐学,1988(4).

[30] 何海兵.我国城市基层社会管理体制的变迁:从单位制、街居制到社区制[J].管理世界,2003(6).

[31] 何瑛,邓晓.重庆三峡库区三线建设时期的移民及文化研究[J].三峡大学学报(人文社会科学版),2012(3).

[32] 何忠璧.千歌万曲向阳唱[J].攀枝花文艺,1973(创刊号).

[33] 揭爱花.单位:一种特殊的社会生活空间[J].浙江大学学报(人文社会科学版),2000(5).

[34] 金经言.音乐理论类译著概览[J].星海音乐学院学报,2017(1).

[35] 井延凤.20世纪70年代地下文学的口头传播方式研究[J].新闻爱好者,2019(3).

[36] 蓝卡佳,敖钰.三线建设言语社区语言生活[J].小说评论,2013(S1).

[37] 李彩华.三线建设调整改造的历史考察[J].当代中国研究,2002(3).

[38] 李德英,粟薪樾.三线建设初期"厂社结合"模式的产生与推广[J].中共党史研究,2021(4).

[39] 李金良.唱一支最美的山歌[J].攀枝花文艺,1973年创刊号.

[40] 李路路.论"单位"研究[J].社会学研究,2002(5).

[41] 李荣清.老技术员.见彩练当空[M].成都:四川人民出版社,1974.

[42] 李荣有.中国音乐图像学释义[J].人民音乐,2015(8).
[43] 李杨."文学史"与"五十至七十年代中国文学"[J].江汉论坛,2002(3).
[44] 李宗植.我国三线建设及其得失浅析[J].兰州大学学报,1988(03).
[45] 梁茂春.边角风光亦灿然——浅谈音乐史的边角研究[J].音乐探索,2015(2).
[46] 梁茂春.让音乐史研究深入下去——浅谈"文革"音乐研究[J].音乐艺术,2006(4).
[47] 林楠,张勇.三线建设移民二代地域身份认同研究——以重庆K厂为例[J].地方文化研究,2018(2).
[48] 刘宁.样板戏——古典主义的复活:"文革"主流艺术个案分析[J].戏曲艺术,2003(2).
[49] 刘勇.音乐图像学的历史现状与未来发展刍议[J].中央音乐学院学报,2006(1).
[50] 刘勇.音乐图像学与音乐考古学的关系及研究对象[J].音乐研究,2018(6).
[51] 路风.单位:一种特殊的社会组织形式[J].中国社会科学,1989(1).
[52] 罗成明.铁老虎(外一首)[J].攀枝花文艺,1973(创刊号).
[53] 吕建昌.三线工业遗产的特点、价值及保护利用[J].城乡规划,2020(6).
[54] 吕文秀.金沙江,彩色的胶卷(外一首)[J].攀枝花文艺,1979(3).
[55] 吕钰秀.图像中的音乐史料研究视角与方法[J].中央音乐学院学学报,2014(3).
[56] 毛丁.尖山·"石瀑"[J].攀枝花文艺,1975(1).
[57] 毛泽东.体育之研究[N].新青年,1917-4-1.
[58] 茅盾.对于时事播音的一点意见[N].救亡日报,1937-8-28.
[59] 牛季良,刘洋.回忆电子工业三线建设[J].百年潮,2014(8).
[60] 裴明.练武[J].攀枝花文艺,1978(4).
[61] 彭兆荣.人类学仪式研究述评[J].民族研究,2002(2).
[62] 钱茂伟.公众史学的定义及学科框架[J].浙江学刊,2014(1).
[63] 任正平.拉石滚[J].攀枝花文艺,1975(1).
[64] 任正平.铁肩抬起钢城[J].四川文艺,1975(1).
[65] 三线工地上的播音员[N].大河报,2013-4-19(A28).
[66] 沈国凡.矿山的灯[J].攀枝花文艺,1975(1).
[67] 师子弦.请把标点符号还给诗歌[J].名家名作,2021(3).
[68] 石波.鸡蛋瓜.见彩练当空[M].成都:四川人民出版社,1974.
[69] 石一冰."文革"时期北京音乐演出概观[J].南京艺术学院学报,2013(1).
[70] 史居明,等.攀枝花市攀钢、城区职工社会心理调查结果的对策探析[J].软科学,1987(1).
[71] 苏世奇.三线建设音乐的概念、内涵与研究方法[J].人民音乐,2020(10).
[72] 苏世奇.三线建设时期内迁职工的文艺生活——以音乐生活为中心[J].华中师范大学学报,2021(1).
[73] 孙兰.从错位到恶化——评"文革"文学的流变[J].文艺评论,1999(1).
[74] 孙文涛.知青时期歌曲漫议[J].当代文艺思潮,1985(2).
[75] 谭刚毅.中国集体形制及其建成环境与空间意志探隐[J].新建筑,2018(5).
[76] 谭刚毅.中国集体形制及其建成环境与空间意志探隐[J].新建筑,2018(5).

[77] 皖南深山的上海"飞地"[N].新华每日电讯,2018-8-3.
[78] 汪毓和."文革"时期的音乐和"文革"后的拨乱反正[J].中国音乐,2000(3).
[79] 汪毓和.50年中国音乐回顾之三"文革"时期的音乐和"文革"后的拨乱反正[J].中国音乐,2000(3).
[80] 王庭科.三线建设与西部大开发[J].党的文献,2000(6).
[81] 王小平.历史记忆的文学书写——40年来三线建设题材小说创作与出版述评[J].中华文化论坛,2016(12).
[82] 王小平.三线建设题材纪录片的叙述变迁[J].当代电视,2016(9).
[83] 王晓芸.三线建设的历史背景及当代启示率[J].中国军转民,2021(12).
[84] 王毅,万黎明.三线建设中川渝地区国防企业发展与布局[J].西南交通大学学报(社会科学版),2018(1).
[85] 王焴长.我在中央文革记者站的一次突击采访[J].百年潮,2007(12).
[86] 无线电传播音乐之试验[N].申报,1923-1-22.
[87] 无线电话传布孙先生统一宣言[N].民国日报,1923-1-28.
[88] 吴海琳,王晓欢."单位文艺"与国企动员——计划经济时期Y厂的个案分析[J].社会科学战线,2017.
[89] 武力.《三线建设——备战时期的西部开发》简介[J].中国经济史研究,2003(4).
[90] 习鸣.深山放筏[J].攀枝花文艺,1973(创刊号).
[91] 晓思.描图员[J].攀枝花文艺,1975(1).
[92] 肖谋文,朱建宇.论毛泽东群众体育思想[J].北京体育大学学报,2008(3).
[93] 徐振兵,张少云,石玉虎.建国后我国职工体育的发展及未来趋向[J].上海体育学院学报,1994(4).
[94] 肖作鹏,刘天宝,柴彦威.中国单位制度空间范型的探索性分析[J].新建筑,2018(5).
[95] 谢冕.误解的"空白"[J].文艺争鸣,1993(2).
[96] 辛文.对三线建设的一些认识[J].计划经济研究,1982(8).
[97] 新华社.毛主席畅游长江[N].人民日报,1966-7-26.
[98] 熊晓辉.文革音乐研究[J].绵阳师范学院报,2012(1).
[99] 徐康.火红的攀枝花[J].攀枝花文艺,1979(3).
[100] 徐利权,谭刚毅,高亦卓.三线建设的规划布局模式及其比较研究[J].宁夏社会科学,2020(2).
[101] 徐霞,高银花.中国职工体育的历史回顾及发展趋势研究[J].忻州师范学院学报,2009(5).
[102] 徐有威,张勇,段伟,苏世奇.多维视角下的三线建设研究(笔谈)[J].华中师范大学学报(人文社会科学版),2021(01).
[103] 徐有威,周升起.近五年来三线建设研究述评[J].开放时代,2018(2).
[104] 徐有威.2020年三线建设研究述评[J].三峡大学学报,2021(7).
[105] 徐有威.危机与应对:上海小三线青年职工的婚姻生活——以八五钢厂为中心的考察

[J].军事历史研究,2014(4).

[106] 薛晓宗.瓦工歌[J].攀枝花文艺,1973年创刊号.

[107] 延安广播电台即日开始广播[N].解放日报,1945-9-11.

[108] 杨绍刚.攀枝花树下的艺术守望[J].四川美术,2022(2).

[109] 杨胜生.共和国历史的辉煌一章—读《中国大三线报告文学丛书》[J].求是,1994(18).

[110] 杨叶.攀西地域文化视野下攀枝花地域美术特征研究[J].美术教育研究,2021(6).

[111] 姚丹燕,刘云刚.从域外领土到飞地社区:人文地理学中的飞地研究进展[J].人文地理,2019(11).

[112] 叶圣陶.文明利器[N].申报,1932-12-23.

[113] 易光.文革文学:文学性的终结?[J].涪陵师范学院学报,2004(1).

[114] 用无线电传达音乐及新闻[N].东方杂志,1920-8-10.

[115] 与时代同行:中国美术馆建馆50周年藏品大展[J].中国美术,2013(4).

[116] 袁磊,万涛,徐利权.三线建设遗存建筑的类型与空间特征研究[J].华中建筑,2020,38(11).

[117] 袁磊,万涛,徐利权.三线建设遗存建筑的类型与空间特征研究[J].华中建筑,2020(11).

[118] 张爱红,黄亚玲,徐翔鸿.梁启超"新民"体育思想之研究[J].北京体育大学学报,2015(10).

[119] 张怀渝,张德.对云南三线军工企业调整改造的意见[J].经济问题探索,1986(12).

[120] 张娟.知青歌曲的概念厘定及其历史分期[J].人民音乐,2018(8).

[121] 张启忠:"露天电影"与农村的文化启蒙——十七年农村电影放映网的历史分析[J].艺术评论,2010(8).

[122] 张倩.从家国情怀解读国家认同的中国特色[J].江淮论坛,2017(3).

[123] 张新泉.司炉工的情怀[J].攀枝花文艺,1979(2).

[124] 张秀莉.皖南上海小三线职工的民生问题研究[J].安徽史学,2014(6).

[125] 张杨.三线企业选址与内地工业协作关系研究(1964—1969)[J].浙江学刊,2021(5).

[126] 张勇.回溯与前瞻:多维视角下的三线建设研究述评[J].宁夏社会科学,2020(2).

[127] 张勇.介于城乡之间的单位社会:三线建设企业性质探析[J].江西社会科学,2015,35(10).

[128] 张勇.社会史视野中的三线建设研究[J].甘肃社会科学,2014(6).

[129] 赵锡斌.研究新的标准,正确评价三线军工企业[J].武汉大学学报(社会科学版),1987(3).

[130] 甄秉杰.血泪斧[J].攀枝花文艺,1973(创刊号).

[131] 周明长.三线建设调整改造与重点区域城市发展[J].贵州社会科学,2016(10).

[132] 周明长.三线建设与宁夏城市化[J].宁夏社会科学,2018(3).

[133] 周璞亨.国庆抒怀(六首)[J].攀枝花文艺,1979(5).

[134] 朱丹恒.新中国农村电影放映的实证分析[J].大众文艺,2013(10).

[135] 祝克懿.政论语体向文艺语体的交叉渗透——论"样板戏"中毛主席语录的引用[J].修

辞学习,2001(6).

[136] 邹富敏,徐有威.公共空间对三线建设的非生产性贡献——以上海小三线礼堂为中心的研究[J].上海党史与党建,2020(5).

[137] 邹小燕,尹可丽,陆林.集体仪式促进凝聚力:基于动作、情绪与记忆[J].心理科学进展,2018(5).

后 记

自2013年至今,笔者在三线建设研究这条充满挑战与希望的道路上,已然跌跌撞撞走过了十余个春秋。在这漫漫十多年间,收获颇丰,主要体现在两个方面:

其一,口述访谈之旅犹如一场心灵的洗礼。在这个过程中,有幸聆听数百位三线建设亲历者和知情者生动鲜活的讲述。他们的故事,是激情燃烧岁月的见证,也是一段段鲜为人知的生命传奇。每一次访谈,都仿佛是一次与历史的对话,自己的精神也在这一次次的交流中不断升华。

其二,学术研究之路恰似一座友谊的桥梁。在这里,结识了一大批志同道合的师友。大家携手并肩,相互砥砺,共同在知识的海洋中探索前行。在这条充满艰辛与喜悦的道路上,我们共同进步、共同成长。

正是因为有了这些亲历者、知情者以及各位师友的齐心协力与无私奉献,这部著作才得以成功付梓。他们的付出与努力,如同璀璨的星光,照亮了这部著作诞生的道路。

中国三线建设研究会何民权副秘书长、原水矿教育集团唐怀永夫妇、六盘水市方志办原主任斯信强老师、六盘水市图书馆周友武馆长、六盘水幼专艺术系敖波书记、三线文化研究专家童鹤龄老师、水城钢铁集团原档案馆卢利国馆长、贵飞集团胡安田部长、收藏家杨军和张勇先生、安顺市政协戴红女士、都匀市文联原主席邱祥彬先生、黔南州图书馆原馆长陈剑虹女士、遵义师范学院音乐舞蹈学院刘云松院长、三线建设亲历者吴朝忠先生、郭苏星老师……每当回忆起这

后 记

些年的田野考察经历,他们的身影便会如电影画面般在我脑海中一一闪现。正是他们的满腔热忱,让我们的田野考察始终充满激情与动力,仿佛燃烧的火焰,永不熄灭。

云南艺术学院申波教授、东北师范大学李彩华教授、复旦大学段伟教授、上海大学吕建昌教授、四川大学李德英教授、四川外国语大学张勇教授、宜宾学院周明长教授、辽宁大学黄巍教授、四川师范大学苏杰博士、三峡大学冯明副教授等,他们为著作的撰写提供了无比宝贵的建议。正是他们的智慧之光,让这部著作拥有了多方位的学术考量,如同一座知识的宝库,熠熠生辉。徐有威教授、李晓艳副教授、王蕊副教授以及余成斌博士为著作的完成投入了大量的精力。崔有昌院长、李娟博士、张婷博士、刘飞博士也为史料的采集提供了诸多线索。最后,我还要向上海大学出版社的傅玉芳女士致以最诚挚的谢意。感谢她为本著作的出版付出的辛勤努力和专业编辑。她的专业精神和敬业态度,犹如一座灯塔,为本书的顺利出版指引了方向。

再次感谢所有为本著作做出贡献的专家、学者和编辑。没有他们的共同努力,就如同没有星星的夜空,这部作品无法诞生。这部著作,凝聚着课题组成员的集体智慧和心血。本人作为项目负责人,对全稿的结构布局、章节架构、行文规范等做了全面统筹,并完成了全文的校对、润色以及总序、绪论和第一章的撰写;攀枝花学院王华博士精心完成了第二章的撰写;第三章由攀枝花学院马宏强副教授用心完成;第四章由攀枝花学院许见军博士精心雕琢;第五章由上海交通大学张杨副教授倾心撰写;第六章由上海静安区委党校邹富敏老师认真负责地完成。在此,一并郑重说明。

这部著作的出版,得到了贵州省哲社办、六盘水师范学院以及阜阳师范大学的大力支持。它是贵州省2019年度哲学社科规划文化单列项目"贵州三线建设口述史料搜集整理与研究(19GZWH03)"的研究成果之一,第一署名单位为六盘水师范学院。同时,也得到贵州省高校哲学社会科学实验室——贵州三线工业遗产资源活化利用与旅游形象构建实验室(黔教哲〔2023〕08号)和阜阳师范大学2022年博士、教授科研启动项目"三线建设音乐口述史料搜集整理研究(2023KYQD0065)"的资助。

苏世奇

2024年8月29日